ro
ro
ro

ro
ro
ro

«Die dunklen Fichten schienen näher zusammenzurücken, verschmolzen mit dem Schwarz des Nachthimmels. Kein Stern leuchtete. Seine Beine zitterten so stark, dass er kaum noch laufen konnte. Er wollte nicht sterben. Er wollte mit den Männern reden. Damit sie ihn laufen ließen. Er hatte Mist gebaut, aber er hatte Geld. Er würde es ihnen geben. Alles, wenn es sein musste. Jetzt zitterten auch seine Arme. Er blieb stehen, atmete. Keuchte.»

Stefan Keller, geb. 1967 in Aachen, ist Schriftsteller und Dozent. Nach seinem Studium der Germanistik und Betriebswirtschaft hat er neben mehreren Kriminalromanen Hörspiele, Fernsehshows, Drehbücher und Bühnenstücke verfasst. Außerdem lektorierte er Romane und Drehbücher für Filmproduktionen und Fernsehsender. Seit mehreren Jahren unterrichtet er zudem kreatives Schreiben an der Universität zu Köln.

Stefan Keller

Das Ende aller Geheimnisse

Heidi Kamembas erster Fall

KRIMINALROMAN

Rowohlt Taschenbuch Verlag

2. Auflage Januar 2018

Originalausgabe
Veröffentlicht im Rowohlt Taschenbuch Verlag, Reinbek
bei Hamburg, Februar 2017

Redaktion Katharina Rottenbacher
Umschlaggestaltung Cornelia Niere, München
Umschlagabbildungen Reilika Landen / Arcangel Images;
Fabian Eidherr / EyeEm / Getty Images
Satz Figural PostScript (InDesign) bei
hanseatenSatz-bremen, Bremen
Druck und Bindung CPI books GmbH, Leck, Germany
ISBN 978 3 499 27249 3

PROLOG

Er blickte in die Mündung der Pistole. Sah die schwarze, kreisrunde Öffnung. Die kleine Erhebung darüber, kurz dahinter den u-förmigen Ausschnitt. Kimme und Korn. Das hatte er einmal gehört. Sie dienten zum Anvisieren des Ziels, und die Hand, die die Waffe hielt, richtete beides auf ihn. Hinter der Hand sah er alles nur verschwommen, so wie auf einem Foto, das nur auf einen kleinen Ausschnitt in der Mitte scharf gestellt war. Hätte er etwas von Schusswaffen verstanden, hätte er gewusst, dass es sich bei der Waffe um eine Walther P9 handelte. Allerdings spielte das keine große Rolle mehr. Für ihn war die Pistole der Beweis, dass es zu Ende war.

Das Spiel war aus. Rien ne va plus. Er hatte versucht, die großen Jungs auszutricksen und verloren. Scheiße.

Ein Kloß bildete sich in seinem Hals, schien ihm den Atem abzuschnüren.

Als die Männer ihn auf dem kleinen Waldweg hinter dem Parkplatz angesprochen und um Feuer gebeten hatten, war ihm klargeworden, dass alles schiefgelaufen war. Trotzdem hatte er sein Feuerzeug aus der Jeanstasche gezogen. Ein Reflex aus anerzogener Höflichkeit. Vielleicht auch der Versuch, das Blatt durch Freundlichkeit und Kooperationsbereitschaft noch wenden zu können. Scheißversuch. Scheiße. Scheiße. Scheiße.

Der eine Mann, der kleinere der beiden, hatte beide Hände um das Feuerzeug gelegt, um die winzige Flamme vor dem Wind zu schützen. Dreimal musste er das kleine Rädchen drehen, bis die Flamme dem Wind standhielt. Der Tabak knisterte leise, als der Mann an der Zigarette zog und die Glut sich leuchtend ausbreitete.

Er kannte diese Männer. Er kannte diesen Mann, der so leer wirkte, dass ihm alles zuzutrauen war. Wie wurde man so? Was war falsch gelaufen in deren Leben? Dabei war es sein Leben, in dem gerade alles falsch lief.

Ein Lkw donnerte auf der Landstraße vorbei und verschwand hinter den dunklen Bäumen. Der nasse Asphalt auf der Straße verstärkte den Geräuschpegel. Vielleicht waren seine Sinne im Angesicht des Todes aber nur geschärft. Fokussiert. Er hörte, wie sich das Geräusch des Lasters entfernte. Ein Brummen, das langsam abschwoll und in einem ganz sachte höher werdenden Ton verschwand. Dann rauschte nur noch der Wind in den Bäumen. Hätte er um Hilfe rufen können? Hätte er winken und auf sich aufmerksam machen sollen? Hätte das etwas geändert? Es war schiefgelaufen, und als er das Feuerzeug wieder genommen und dem Mann in die Augen gesehen hatte, war ihm erst richtig bewusst geworden, dass er sterben würde. Hier und jetzt. Der Mann hatte mit dem Kopf auf einen Waldweg gedeutet, der vom Parkplatz weg in den Forst hineinführte. Haushohe

Fichten, aufgereiht wie Soldaten. Stumme Wächter, die den Weg in die Dunkelheit wiesen.

«Gehen wir ein paar Schritte», sagte der Mann.

Er gehorchte, ging los. Senkte den Blick. Seine blauen Beachwalker leuchteten in der Dunkelheit. Die beiden Männer folgten ihm. Langsam gingen sie den Forstweg in die Fichtenschonung hinein, weg von dem Parkplatz, weg von möglichen Rettern. Es roch nach frisch geschlagenem Holz, kleine runde Zapfen lagen auf dem Boden, Baumstämme lagen aufgestapelt rechts des Weges. Auf der anderen Seite standen die Fichten dicht an dicht wie eine Wand aus nachtschwarzen Ästen und Nadeln.

Trotzdem rannte er jetzt los, stolperte in den kleinen Graben, der den Weg vom Wald trennte. Glucksend verschluckte das Wasser darin seinen linken Schuh, gab ihn wieder frei. Der nasse Schuh rutschte auf dem plattgedrückten Gras auf der winzigen Böschung ab, er griff nach den ersten Ästen, um sich festzuhalten. Sie flitschten ihm zwischen den Fingern hindurch. Es knackte, als einer der Äste brach und er zurück in die Böschung rutschte. Dann spürte er, wie eine Hand nach seinem Kragen griff, spürte weiter, wie das kalte Metall der Waffe gegen seinen Kopf gedrückt wurde. Zwei weitere Arme packten ihn unter den Achseln und zerrten ihn aus dem Graben zurück auf den Weg.

«Weiter!»

Er ging. Wackliger jetzt. Unruhiger. Er keuchte. Schon dieser kurze Fluchtversuch hatte ihn außer Atem kommen lassen. Wie hatte er glauben können, eine Chance zu haben? Seine Knie wurden weich. Er knickte mit dem linken Bein ein, stolperte über einen kleinen Ast, der auf dem Weg lag und den er nicht gesehen hatte, weil Tränen seinen Blick trübten, alles verschwimmen ließen.

Wann hatte er das letzte Mal geweint? Er wusste es nicht mehr. Vermutlich als er noch ein Kind gewesen war. Vermutlich aus Wut. Wegen irgendeiner Ungerechtigkeit, die ihm widerfahren war. Oder wegen irgendjemandem, der ihn geärgert, gehänselt, verletzt hatte. Damals hatte er es nicht erwarten können, erwachsen zu werden. Seinen eigenen Weg zu gehen. Es allen zu zeigen. Wie sehr er sich wünschte, wieder in solch einer Situation zu sein.

«Bitte …!», stammelte er.

«Weiter», sagte der Mann mit der Waffe. Er stieß ihm die Pistole in den Rücken. Der Schmerz war eine Ankündigung dessen, was ihm bevorstand.

Die dunklen Fichten schienen näher zusammenzurücken, verschmolzen mit dem Schwarz des Nachthimmels. Kein Stern leuchtete. Seine Beine zitterten jetzt so stark, dass er kaum noch laufen konnte. Er wollte nicht sterben. Er wollte mit den Männern reden. Damit sie ihn laufen ließen. Er hatte Mist gebaut, aber er hatte Geld. Er würde es ihnen geben. Alles, wenn es sein musste. Jetzt zitterten auch seine Arme. Er blieb stehen, atmete. Keuchte.

«Können wir nicht …?», fragte er und drehte sich um.

Im Dunkeln konnte er die Augen des anderen gerade so erkennen. Er sah genug, um zu wissen, dass es aussichtslos war. Langsam sank er vor dem Mann auf die Knie, weinte, brachte aber kein Wort mehr heraus. Nur verschwommen durch die Tränen sah er den zweiten Mann. Er schien irgendwo in den Wald zu blicken. Desinteressiert. Gelangweilt.

«Weiter», wiederholte der Kleine und schlug ihm mit dem Lauf der Pistole ins Gesicht.

Er flog zu Boden, stützte sich auf Armen und Knien auf, während der Mann hinter ihm wartete, bis er wieder stand und losging. Er wollte rennen, aber seine zitternden, schwachen Beine ließen das nicht zu.

«Hier ist es gut», sagte der Kleine schließlich und blieb stehen. Sein Begleiter nickte kurz. Er hatte noch kein Wort gesprochen.

Nur tränenverschmiertes Dunkel sah er und den Mann mit der Pistole, der nun langsam um ihn herumging. Aus seinem Blickfeld verschwand. Eine unsichtbare Bedrohung wurde. Dann hörte er ihn nur noch, hörte jeden einzelnen Schritt, langsam, unbeirrbar. Sein Atem schien leise und gleichmäßig zu gehen, aber vielleicht rauschte auch der Wind in den Baumkronen. Schließlich blieb der Mann hinter ihm stehen. Still. Der andere stand seitlich neben ihm. Er blickte nun in seine Richtung, als beobachtete er ein interessantes, hochspannendes Experiment. Das Geräusch, als der Mann in seinem Rücken die Pistole entsicherte, dröhnte in seinen Ohren. Kurz gab er sich der Hoffnung hin, dass man es bis zur Landstraße hören musste. Dass Hilfe nahte. Dass jemand rief und fragte, was denn da los sei. Dass er Schritte auf dem Waldweg hören würde, die eilig näher kamen. Dass die Männer nervös wurden, die Waffe verschwinden ließen und er mit den Fremden, mit den Rettern, aus diesem Wald herausliefe, seine Mörder zurücklassend. Aber er wusste, dass das nicht sein konnte.

«Bitte», sagte er wieder.

Der Kleine antwortete nicht einmal. Sein Partner sowieso

nicht. Hoffentlich ging es wenigstens schnell. Er spürte, wie der Mann das kalte Metall in seinem Nacken aufsetzte. Er schluchzte und kniff die Augen zusammen, spürte das Zittern im ganzen Körper, die warme Flüssigkeit, die an der Innenseite seiner Jeans herunterlief. Eine Ewigkeit schien gar nichts zu passieren.

Dann war es vorbei.

Dienstag, 1. März 2016

1

Der Mann hinter dem Glaskasten blickte ratlos auf das Stück Papier, das er in seinen Händen hielt, drehte es hin und her. Dann blickte er Heidi Kamemba aus verwaschen blau schimmernden Augen an. «Zu wem wollen Sie?»

«Zu Hauptkommissar Westphalen, KK12.» Heidi lächelte freundlich.

«Oh je», murmelte der alte Polizist und stand auf. Sein Stuhl knarzte, als er ihn nach hinten schob. Mit seiner rechten Hand griff der Polizist nach einem Gehstock, der neben ihm am Tisch gelehnt hatte. «Na, dann bringe ich Sie mal zu Hauptkommissar Westphalen …»

Heidi sah dem Mann zu, wie er sich schwerfällig zur Tür seines kleinen Empfangs wandte. «Machen Sie keine Umstände, ich finde den Weg. Welche Büronummer?»

Der Mann hielt inne, blickte auf Heidi, dann auf seinen Stock und schließlich, ein wenig sehnsüchtig, wie es Heidi schien, auf den Stuhl, von dem er sich gerade erhoben hatte. «Meinen Sie?», fragte er. «Ich bringe Sie gerne!» Er lächelte nun ebenfalls – flirtend, wie das nur Männer hinbekamen, deren Alter es ihnen eigentlich verbot. Sie widerstand der Versuchung, ihm zuzuzwinkern, um zu sehen, wie er reagieren würde.

«Das ist sehr, sehr nett von Ihnen, aber wirklich nicht nötig. Ich finde mich schon zurecht.»

Der Mann stützte sich mit beiden Händen auf der Tischplatte ab, ließ sich langsam auf dem Stuhl nieder und hakte den Stock neben sich an der Kante ein. «Okay, Raum 212. Sie müssen durch 211, um reinzukommen. Er mag es nicht, wenn man überraschend in seinem Büro auftaucht.»

«Ich werde ihn schon nicht erschrecken.»

«Da wäre ich mir nicht so sicher.» Er grinste verlegen.

Sie ging weiter. Ihre Schritte hallten, als sie das kreisrunde Foyer des Düsseldorfer Polizeipräsidiums betrat. Kurz las sie im Vorbeilaufen ein paar der zahlreichen Straßennamen auf der umlaufenden Empore im ersten Stock. Ein paar Beamte drehten sich zu ihr um, als sie zum Paternoster lief. Im zweiten Stock stieg sie aus, ging in einen schäbigen Flur hinein, alter, abgewetzter Linoleumboden, weiße Wände mit grauen Abrieben, denen frische Farbe gut getan hätte. Hinter sich hörte sie Schritte, dann rief jemand.

«Kann man dir helfen?»

Sie wandte sich um. Ein Polizeibeamter lief ihr mit schnellen, watschelnden Schritten hinterher. Schon nach wenigen Schritten keuchte er. Sein hellblaues Uniformhemd spannte am Bauch. Sie wusste, was jetzt kam.

Ihre Papiere steckten, jedes Dokument in einer Klarsichthülle geschützt, in einer Ledermappe, die sie mit beiden Armen vor der Brust hielt, darauf bedacht, das Kostüm, das sie sich extra für diesen Tag gekauft hatte, nicht in Mitleidenschaft zu ziehen. Sie musste aussehen, als versuchte sie, sich vor dem Polizeibeamten zu schützen, der sich vor ihr aufbaute. Deshalb ließ sie die Arme sinken und hielt die Mappe in der rechten Hand fest an die Seite gepresst. Der Mann war mindestens 30 Zentimeter größer als sie und sicher doppelt so schwer. Auf seiner Stirn standen kleine Schweißperlen. Misstrauisch blickte er auf sie herab. In den letzten vier Jahren hatte die Uniform sie vor diesem Blick geschützt. Damit war es jetzt vorbei.

«Ich bin auf dem Weg zu Hauptkommissar Westphalen.»

Noch bevor sie erklären konnte, was sie von Westphalen wollte, sprach ihr Gegenüber bereits wieder. Lauter als nötig – als ob sie ihn nicht auch in normaler Lautstärke verstehen würde.

«So, zu Hauptkommissar Westphalen!? Und was willst du von dem?»

Er klang, als spräche er mit einem Kind.

Einem sehr dummen Kind.

«Du kannst nicht einfach hier hereinspazieren und durch die Flure schleichen. Das ist das Polizeipräsidium der Landeshauptstadt Düsseldorf, nicht irgendein …»

«Ich schleiche nicht. Mein Name ist Heidi Kamemba und ich habe um 8 Uhr einen Termin mit Hauptkommissar Westphalen. Dienstantritt.»

Heidi klappte die Ledermappe auf und zog den Brief des Innenministeriums heraus, in dem ihr mitgeteilt worden war, dass sie ab heute als Kriminalkommissarin im Kriminalkommissariat 12 der Düsseldorfer Polizei arbeiten würde. Dienstbeginn 01.03.2016, 8:00 Uhr. ‹Bitte melden Sie sich pünktlich bei Ihrem Dienststellenleiter und Vorgesetzten,

HK Bruno Westphalen.› Jetzt war es 7 Uhr 57. Sie reichte die Klarsichthülle mit dem Brief dem Polizisten, der ihn las, sie anschaute und ihn wieder las.

«Haben Sie einen Ausweis?» Er ließ nicht locker.

Genervt zog sie ihn aus der Tasche. Sinnlos, Ärger zu machen. Nicht kurz vor dem großen Ziel: Kriminalkommissarin!

Aufmerksam studierte der Kollege Heidis Ausweis, blickte von dem Namen auf dem Brief zu dem Namen, den ihm Heidi vor die Nase hielt. Sie sah förmlich, wie es hinter seiner Stirn arbeitete. Es musste traurig in einem Kopf zugehen, der von ein bisschen Hautfarbe überfordert war.

«Würden Sie mich jetzt bitte zu meinem Arbeitsplatz bringen, *Herr Kollege*?»

Sie konnte sich die Aufforderung nicht verkneifen. Ihr Gegenüber gab ihr Ausweis und Brief zurück.

«Raum 211, dritte Tür links», sagte er. «Anklopfen nicht vergessen!» Watschelnd machte er sich auf den Rückweg zum Treppenhaus. Heidi hielt Klarsichthülle und Ausweis in der Hand, als sie weiterging. Vielleicht würde sie sie noch brauchen.

Die Tür zu Raum 211 stand offen. Sie atmete tief durch. Trat ein. In der Mitte des etwa 25 Quadratmeter großen Büros standen vier aneinander geschobene Schreibtische. Darauf Computer, die nicht mehr auf der Höhe der Zeit waren, und am Fenster eine Birkenfeige, die das Schicksal der Computer teilte. Aktenmappen lagen auf den Tischen neben den Tastaturen. Deutsche Bürokultur. Als Kind hatte sie sich vor solchen Räumen gefürchtet. Jetzt würde sie selbst eine Frau in solch einem Raum sein.

Hinter den Tischen halbhohe Regale aus der gleichen Baureihe. Akten reihten sich darin aneinander. Als die Möbel gekauft wurden, hatten sie vermutlich weiß geglänzt. Jetzt waren sie so mattgrau wie die Wände. Farbton: angegraut weiß. Glänzend weiß und fast neu sah allerdings das Whiteboard aus, das in einer Ecke des Raums stand, als warte es darauf, von Heidi mit Gedanken zu Ermittlungen gefüllt zu werden.

Sie wettete mit sich selbst, dass an der Wand neben der Tür, die sie nicht sehen konnte, alte Aufklärungsposter der Polizei hingen, dazu Postkarten und ein paar persönliche Bilder der Kollegen, von denen keiner anwesend zu sein schien.

Das Vibrieren ihres Handys riss sie aus ihren Gedanken. Sie schaute auf das Display. Drei Nachrichten: *Guten Start wünscht Papa; Toi, toi, toi* – ebenfalls von ihrem Vater – und als Letztes: *Alles ok? Papa*. Ihr Vater. Lieb, aber anstrengend. Lächelnd schaltete sie den Vibrationsalarm aus. Sie wusste, dass ihr Vater vor Stolz platzte, weil seine Tochter eine deutsche Kriminalkommissarin sein würde. Aber er war manchmal eine Glucke.

Ein zufriedenes Grinsen huschte über ihr Gesicht, als sie sich nach rechts wandte. Neben der Tür warnte ein Plakat vor den Gefahren durch Einbrecher. Daneben hingen Postkarten mit Strandmotiven und viel Blau. Eine Frau im knappen Bikini blickte lasziv in die Kamera. Darunter war mit einem bunten Reißnagel ein Bild befestigt, das vermutlich ihre neuen Kollegen zeigte.

Sie saßen in einer Bar oder Kneipe. Um sie herum Kirschholzfurnier und dreieckige Spiegel, 80er-Jahre-Schick. Heidi betrachtete die fünf Personen auf dem Bild, vier Männer und eine Frau. Sie saßen an einem Tisch, dem Fotografen zugewandt. Während die Männer entspannte Lässigkeit ausstrahlten, sich teilweise im Arm hielten, saß die Frau stocksteif und hoch aufgerichtet mitten in der Gruppe. Das ernste Gesicht starr in die Kamera gerichtet, überragte sie ihre Kollegen um einen halben Kopf. Einer der Männer hielt einen Karton mit einem Spielzeugschiff in die Kamera und lachte noch mehr als die anderen. Seine Augen leuchteten. Er wirkte wie ein Siebenjähriger an Weihnachten.

Unter dem Bild hingen ein Dienstplan und ein Zeitungsartikel. Beide verdeckten einen Ausschnitt, der darunter hing. Die Kommissarin konnte nur sein unteres Eck erkennen, Zeitungspapier mit einem schwarzen, schmalen Streifen am Rand. Mit zwei Fingern schob sie die beiden Zettel beiseite und blickte auf eine ausgeschnittene Todesanzeige.

Rolf Becker, Kriminalkommissar, las sie.

Geboren 10.1.1969, gestorben 27.11.2015. Der Mann, der sie von dem Foto auf der Anzeige anschaute, saß auf dem anderen Bild zwischen den Polizisten in der Bar. Er hielt das Schiffchen in die Kamera.

Die Tür zum hinteren Büro wurde aufgerissen. Ein untersetzter Mann um die fünfzig musterte Heidi von oben bis unten. Sie schätzte ihn auf knapp einsfünfundsiebzig. Die Ärmel seines dunklen Poloshirts spannten über den Oberarmen. Irgendwann früher hatte dieser Mann viel Sport gemacht. Kraft besessen. Jetzt verlor das Fleisch langsam seine Festigkeit. Auf dem Foto hatte er neben Rolf Becker gesessen, ihm die Hand auf die Schulter gelegt. Mehr als Kollegen. Freunde vermutlich. Zur Begrüßung streckte sie ihm die Hand entgegen. Lächelte. Er ignorierte Lächeln und Hand.

«Frau Makemba?»

«Kamemba», korrigierte sie ihn.

«Kommen Sie rein!»

Im zweiten, kleineren Büro stand ein einzelner Schreibtisch so, dass jemand, der dahinter saß, Tür und Fenster im Blick hatte. Hinter dem Tisch ein Regal, ähnlich wie die im Vorraum, vollgestellt mit Akten. Auf dem Regal zwei Pokale. Sie konnte nicht erkennen, wofür Westphalen die bekommen hatte.

An der Wand zum Vorraum stand ein kleiner quadratischer Besprechungs- oder Verhörtisch mit drei Stühlen. Zwei Männer und eine Frau saßen dort. Derjenige, der näher zur Tür saß, war ein kräftiger Mann mit kurzgeschorenen schwarzen Haaren und Halbglatze. Seine blasse Haut wirkte teigig, das schwarz-weiß karierte Hemd hing halb aus der schwarzen, verwaschenen Jeans. Die Beine streckte er raumgreifend von sich. Der Mann neben ihm überragte ihn nicht nur wegen seiner kerzengeraden Sitzposition. Das blonde Haar trug er länger als seine Kollegen. Sein schlanker, drahtiger Körper war braun gebrannt und schien vor Gesundheit nur so zu strotzen. Leuchtend blaue Augen blickten Heidi offen an. Ganz im Gegensatz zu seinem Sitznachbarn strahlte er eine enorme Vitalität aus. Heidi tippte auf Ausdauersport und gesunde Ernährung. Sein Lächeln wirkte charmant und ein klein wenig jungenhaft.

Gegen das Licht des Fensters konnte Heidi ihre einzige weibliche Kollegin kaum ausmachen. Ihre schlanke Silhouette, die an der Fensterbank lehnte und in einen weiten Wollpullover gehüllt war, schien mit dem Licht dahinter zu verschwimmen. Schemenhaft nahm Heidi einen hellgrauen Pagenkopf wahr und ahnte eine für eine Frau untypisch große Nase, als sie leicht den Kopf neigte. Alle starrten sie an.

«Hallo! Heidi Kamemba. Ich bin die Neue!»

«Heidi?», fragte der Blonde erstaunt.

«Heidi!», bestätigte sie, nicht bereit, zu ihrem Namen eine lange Erklärung abzugeben.

Also streckte sie dem mit den ausgestreckten Beinen die Hand hin, der nahm sie kurz. Wachsweicher Händedruck. «Löwinger.» Mehr nicht. Okay. Sie ging weiter zu seinem Nachbarn, kletterte über die Beine, die Löwinger mit einem leicht missbilligenden Knurren wegzog.

«Hallo! Ich bin Paul», sagte er. «Paul Dennewitz, Kriminaloberkommissar», fügte er hinzu. Sein Händedruck war fest. Er blickte sie freundlich und offen an, deutete ein kleines Lächeln an.

Sie setzte ihre Runde fort. Die Frau am Fenster war älter, als sie auf dem Foto wirkte. Das Gesicht mit der großen Nase zeigte tiefe Falten. Die riesigen Augen hätten einer Eule zur Ehre gereicht. Die Haare waren grauer als auf dem Bild. Die Frau erhob sich höflich, wankte leicht. Wie ein Blatt im Wind, dachte Heidi. Ihr Händedruck allerdings war ein Schraubstock. Dazu verströmte sie eine Duftmischung aus altmodischem Parfüm und Pfefferminz.

«Anna Mehring, Kriminaloberkommissarin … einfach Anna!»

Heidi wandte sich ihrem neuen Chef zu. Hauptkommissar Bruno Westphalen, 53, seit sieben Jahren Leiter des Kriminalkommissariats 12, Todesermittlung, landläufig auch Mordkommission genannt. Das wusste sie, weil sie es recherchiert hatte, denn er stellte sich nicht vor.

«Sie treffen uns hier bei unserer morgendlichen Frühbesprechung. Wir haben das eingeführt, da lebte Rolf noch …», erklärte er stattdessen. Er machte eine kurze Pause. Es schien, als wären alle im Raum kurz zusammengezuckt, als Westphalen Beckers Vornamen erwähnte. Alle außer ihr, der Fremden. «… es hat sich bewährt», fuhr er fort. «Wir bringen uns auf den aktuellen Stand, sprechen Aufgaben ab, klären teaminterne Dinge …»

«… die im Team bleiben», fiel Löwinger seinem Vorgesetzten ins Wort.

Westphalen sah Löwinger kurz scharf an, sagte aber nichts. Stattdessen schlug er eine dünne Mappe aus blassrotem Karton auf.

«Quasi frisch reingekommen: ein Toter in einer Fichtenschonung draußen auf der Landstraße in Richtung Mettmann. Das wäre was für dich, Jo.» Löwinger nickte bloß und nahm einen Schlüsselbund, der vor ihm auf dem Tisch lag. An den Schlüsseln hingen neben einem Stoffesel eine kleine, silbrig glänzende Stabtaschenlampe und ein Schweizer Messer. «Nimm die Neue mit!» Heidi jubilierte innerlich. Der erste Arbeitstag und gleich ein Fall! Am liebsten hätte sie die Hand zur Faust geballt. Yes!

Löwinger hielt in der Bewegung inne, beide Hände auf den Stuhllehnen abgestützt. «Paul oder Anna wären besser.»

Betretenes Schweigen.

«Die Neue fährt mit», entschied Westphalen, klappte die

rote Mappe zu und reichte sie Heidi. Die griff augenblicklich danach, bevor Löwinger weiter darauf bestand, sie hier zu lassen. Ihr Partner stand auf und blickte finster drein.

«Sonst noch was?», fragte er.

Westphalen schüttelte den Kopf. «Für euch nicht, nein.»

Dennewitz und Anna folgten Löwinger in den vorderen Raum. Heidi wollte sich ihnen anschließen.

«Auf ein Wort noch», hielt Westphalen sie zurück. «Und schließen Sie die Tür.» Er machte keine Anstalten, ihr einen Sitzplatz anzubieten.

Ihr neuer Chef hielt eine Hand auf der Tischplatte aufgestützt, die andere in der Tasche seiner Jeans vergraben. Dann griff er nach einer schmalen Aktenmappe, die vor ihm auf dem Schreibtisch lag, und schlug sie auf.

«Zweitbeste beim Einstellungstest in Ihrer Gruppe, Bachelor 1,3, Praktika beim LKA im Dezernat 14 …»

«Das war die Auswertungs- und Analysestelle.»

«Ich weiß.» Scharf blickte er sie unter buschigen Augenbrauen an. Ein Halten-Sie's-Maul-Blick.

«… vorher ein Praktikum auf der Polizeiwache Dinxperlo im deutsch-niederländischen Streifendienst. Zuletzt waren Sie bei einer Einsatzhundertschaft in Duisburg. Warum Duisburg?»

«Ich bin dort aufgewachsen. Mein Vater lebt dort.»

Westphalen nickte. «Sie haben einige Belobigungen eingesammelt.»

«Ich habe versucht, meine Arbeit zu tun.»

«Darauf sollten Sie sich auch hier beschränken.»

«Das habe ich vor.» Sie hatte keine Ahnung, worauf der Hauptkommissar hinauswollte.

«Ihre Anstellung wird früher oder später für Aufsehen sorgen. Das liegt in der Natur der Sache. Sie haben eine Sonderstellung: Deutschlands erste schwarze Kriminalkommissarin …»

«Ich will keine Sonderstellung. Ich bin ein Teamplayer.»

«Was Sie wollen, spielt keine Rolle.» Er kramte einige Blätter aus einem Stapel Papier hervor. «Das sind die Presseanfragen aus den letzten drei Tagen. Neun Stück. Acht davon möchten ein Interview mit Deutschlands erster schwarzer Kriminalbeamtin. Sie sind eine Berühmtheit, Kamemba. Die Medien reißen sich um Sie.»

«Wirklich, ich lege da keinen Wert drauf. Ich bin nicht Polizistin geworden, um in der Zeitung zu stehen.» Sie war aufrichtig schockiert. Ihr war klar, dass sie für Aufsehen sorgte. Und sie war durchaus stolz auf das, was sie bisher erreicht hatte. Aber eine Berühmtheit wollte sie weiß Gott nicht werden.

«Wir werden sehen.» Westphalen richtete sich auf. «Es ist so: Bei uns gibt es keine Extrawürste. Für niemanden. Und egal, aus welchen Gründen. Wir können niemanden mit Starallüren brauchen. Hier ziehen alle an einem Strang. Wir sind ein Team. Keine Alleingänge! Keine Allüren!»

Es klang wie eine Beschwörung. Er ging um den Tisch herum, öffnete die Tür. Draußen wartete die nächste Überraschung auf Heidi Kamemba. Und auf Bruno Westphalen.

Löwinger stand, die schwarze Lederjacke angezogen, neben der Tür, die Hand auf der Klinke. Vor ihm stand der Polizeipräsident persönlich, sein dunkelblauer, maßgeschneiderter Anzug bildete einen augenfälligen Kontrast zu Löwingers speckiger Jacke, das fast weiße, nach hinten geföhnte Haar saß perfekt, ebenso Krawatte und Einstecktuch. Hinter dem Präsidenten lugte der Kriminaldirektor hervor, draußen auf dem Flur sah Heidi gerade noch einen dritten Mann, der eine Spiegelreflexkamera in der Hand hielt.

Paul Dennewitz stand hinter seinem Schreibtischstuhl, die Hände auf der Rückenlehne. Er schien gerade etwas gesagt zu haben, denn der Präsident blickte ihn an und lächelte künstlich. Anna Mehring wirkte von dem Trubel wenig beeindruckt. Sie saß hinter ihrem Computer, beachtete die Szenerie vor sich nicht weiter, und tippte.

«Hauptkommissar Westphalen!», rief der Polizeipräsident, streckte die Hand aus und eilte auf den Kommissariatsleiter zu. Er wirkte erleichtert, eine Hierarchieebene gefunden zu haben, mit der er reden konnte. «Es freut mich sehr, Sie zu sehen!» Mit beiden Händen griff er nach Westphalens rechter Hand und schüttelte sie. Der Hauptkommissar ließ es über sich ergehen und murmelte etwas, das wie «Herr Präsident» klang.

Der Kriminaldirektor, ebenfalls im Anzug, angemessen weniger elegant als der Polizeipräsident, nutzte die Gelegenheit und trat aus dem Türrahmen heraus und zwei Schritte ins Büro hinein. Der Fotograf rückte auf und stand jetzt neben Löwinger. Die Kamera etwas unschlüssig in der Hand neben der Hüfte, sah er sich im Raum um, blickte prüfend auf die Deckenlampe, begutachtete die angegrauten Möbel, die Ordner, den halbtoten Ficus. Offensichtlich gefiel ihm nicht, was er sah.

«Das ist unsere Neue?» Strahlend wandte sich der Polizeipräsident Heidi zu, schüttelte ihr auf die gleiche Art wie Westphalen die Hand. «Sie können sich gar nicht vorstellen, wie stolz wir sind, Sie in unseren Reihen zu haben! Damit setzen wir gerade in Zeiten wie diesen ein wichtiges Zeichen! Die Düsseldorfer Polizei steht für Weltoffenheit und Toleranz!» Der Kriminaldirektor flüsterte dem Präsidenten leise etwas ins Ohr. «Und natürlich für Chancengleichheit und exzellente Polizeiarbeit! Vielleicht haben Sie kurz Zeit für ein Foto? Wir wollen der Welt ja zeigen, wer wir sind, nicht wahr?»

Heidi schaute Hilfe suchend Westphalen an, der mürrisch schwieg. «Wir sind mitten in einem Fall, vielleicht ...», begann sie, bemüht, weder den Präsidenten noch ihren direkten Vorgesetzten zu brüskieren.

«Ach was! Nur ein paar Minuten! Vielleicht gleich hier vorne?», schlug der Präsident vor und deutete auf die Wand neben der Tür, von der eine halbnackte Blondine lasziv in den Raum lächelte.

«Es wäre wahrscheinlich besser, wenn wir das Bild im Foyer machen», warf der Fotograf ein. «Wegen des Lichts.»

«Sie sind der Profi», entgegnete der Polizeipräsident und ging mit dem Fotografen hinaus. Der Kriminaldirektor schloss sich ihnen an. Heidi folgte ihnen widerwillig. Lieber wäre sie im Boden versunken. Westphalen sah aus, als wollte er sie töten.

Das halbe Präsidium schien sich auf dem Flur versammelt zu haben und beobachtete das Schauspiel. Der Präsident und der Kriminaldirektor nahmen Heidi in die Mitte und reckten sich, was sie noch größer wirken ließ. Heidi stand eingekeilt zwischen ihnen, ernst. Vermutlich sah man ihr an, dass sie sauer war. Der Fotograf ging in die Hocke, knipste seine Bilder, und nach wenigen Minuten war der

Spuk vorbei. Die beiden hohen Tiere nickten kurz und verschwanden. Der Fotograf nestelte ein wenig an seiner Kamera herum, bevor er Heidi und Löwinger kurz zuwinkte und die Treppe ins Erdgeschoss hinuntereilte.

Heidi sah in die Gesichter der Kollegen und ahnte, was sie dachten: ein kleiner Medienstar. Und was noch schlimmer war: kein Teamplayer. Keine von uns. Sie versuchte es mit einem gequälten Lächeln, sagte halblaut: «Ich hab's überlebt», aber niemand ging darauf ein. Löwinger stand am Treppenabsatz, den Schlüsselbund in der Hand.

«Können wir jetzt endlich los?», sagte er nur.

2

Der Wagen roch neu. Sein Kilometerzähler stand bei 4562 km. Die Düsseldorfer Polizei investierte vielleicht nicht in die Ausstattung ihrer Büros, aber immerhin in ihren Fuhrpark. Heidi nahm auf dem Beifahrersitz Platz, auf dem Schoß die Mappe, die ihr Westphalen beim Rausgehen in die Hand gedrückt hatte und die nun, neben ihrer Ledermappe mit den Einstellungsunterlagen, Bestandteil einer Art offiziellen Begrüßungsfotos mit dem Polizeipräsidenten und dem Kriminaldirektor geworden war.

«Schicker Wagen!», versuchte sie es mit Small Talk.

«Ford Mondeo 2.0 EcoBoost ScTi, 240 PS, 246 km/h Spitze.» Löwinger strahlte und erinnerte an Rolf Becker, wie er stolz ein Spielzeugboot im Arm gehalten hatte.

«Er bildet einen hübschen Kontrast zu unserem Büro.»

Löwinger lachte schallend.

Der Motor brummte leise, fast zärtlich schnurrend, bis der Polizist das Gaspedal antippte und zu schnell in Richtung Ausfahrt losbrauste. Instinktiv wollte Heidi sich am Türgriff festhalten, ließ es aber bleiben. Aus den Augenwinkeln belauerte Löwinger sie, erwartete genau das. Den Gefallen würde sie ihm nicht tun. Auch nicht, als er aus der Ausfahrt und in einer scharfen Kurve hinaus auf die Straße preschte. Sie blickte unbeteiligt und ein bisschen gelangweilt nach vorn.

«Vielleicht werden die Büros auch irgendwann aufgemotzt. Eine Baufirma hat gegen die Ausschreibung zur Modernisierung geklagt. Jetzt ist ein paar Monate erst mal gar nichts passiert. Immerhin können wir von Glück sagen, dass wir noch in unseren Büros sitzen. Die Kollegen von der Sitte hocken in Containern. Ohne Heizung.»

«Mir macht Kälte nichts aus.»

Eine Weile schwiegen sie. Sie wechselte vorsichtig das Thema.

«Ich hab das Foto in eurem Büro gesehen. In diesem Imbiss ...»

Löwinger setzte den Blinker und wechselte die Spur. Der morgendliche Berufsverkehr war mittlerweile abgeklungen. Dafür war die Sonne, die am kalten Morgen noch geschienen hatte, inzwischen hinter Wolken verschwunden. Für ein paar Meter konnte er Gas geben, dann bremste er den Wagen kurz hinter einem roten Toyota Yaris ab.

«Ihr seid zu fünft auf diesem Bild. Darunter die Todesanzeige. Mein Vorgänger?»

Ihr Fahrer antwortete nicht, sondern schaltete das Radio ein. Ein Lokalsender brachte Nachrichten, aber nichts über die Leiche, zu der sie gerade auf dem Weg waren. Stattdessen einen längeren Bericht über einen Landtagsabgeordneten, der sich lautstark über das Verhalten des nordrhein-westfälischen Verfassungsschutzes im Kontrollausschuss beklagte.

«Diese Politiker nutzen auch jede Gelegenheit, uns das Leben schwer zu machen», murrte Löwinger, bevor er das Radio wieder abschaltete. Als sie das Gespräch über Becker wieder aufnehmen wollte, tippte er bereits eine Nummer in sein Handy, das locker auf dem Lenkrad lag.

«Hallo Papa», meldete sich blechern eine quäkende Kinderstimme.

«Hallo, mein Spatz, immer noch krank?»

Demonstrativ hustete das Kind am anderen Ende der Leitung.

«So gehörst du ins Bett, nicht ans Telefon!», kommandierte Löwinger. Er klang weich dabei.

«Aber Papa! Ich liege im Bett!», protestierte Löwingers Tochter. Heidi grinste. Als Kind hatte sie ähnlich spitzfindig argumentiert.

«Ist deine Mutter zu Hause?»

«Mama», brüllte das Kind. Mehr konnte es nicht rufen, dann endete alles in einem heftigen Hustenanfall. Löwinger schien bemerkt zu haben, dass Heidi das Gespräch mithörte. Er schaltete die Freisprechanlage aus und hielt sich das Handy ans Ohr, während er mit einer Hand den Wagen lenkte. Nach ein paar Minuten, die sich in erster Linie um Fragen der Haushaltsführung drehten und in deren Verlauf Löwinger immer wortkarger geworden war, legte er auf, wählte gleich darauf aber erneut. Ihr Kollege schien um jeden Preis ein weiteres Gespräch mit ihr vermeiden zu wollen. Weil sie nach Rolf Becker gefragt hatte? Heidi schlug die Mappe auf. Sie beinhaltete nicht mehr als eine kurze Wiedergabe des Anrufs, mit dem ein Spaziergänger den Leichenfund gemeldet und seinen Standort durchgegeben hatte.

«Wer hat bei euch Dienst?», hörte sie Löwinger fragen. «Spoehri? Fein. Dann wird's lustig.» Er schaute zu ihr hinüber, als wäre er sich nicht sicher, ob es für sie beide lustig werden würde. Heidi klappte die Mappe zu.

«Was steht drin?» Mit dem Kinn deutete Löwinger auf die Mappe in ihrem Schoß.

«Verbrannte Leiche, etwa 500 Meter von einem Parkplatz an einer Landstraße vor Mettmann. Anrufer: ein gewisser Hans-Joachim Merz. Er geht dort immer mit dem Hund. Das hat er zumindest dem Beamten gesagt, der den Anruf entgegengenommen hat.»

«Verbrannt, Waldparkplatz? Klingt nach einem Fall für die OK.»

«Organisierte Kriminalität? Möglich …» In der Ausbildung hatte man ihnen eingetrichtert, unbefangen an einen Fall heranzugehen. «Es könnte genauso gut etwas völlig anderes sein.»

«Ein Haufen Papierkram und null Ergebnis. Dann geben wir den Fall ab an die Kollegen vom KK11.» Er schien ihr gar nicht zugehört zu haben.

«Lassen wir uns überraschen!»

«Du willst dir deine erste Leiche nicht madig machen lassen, was?»

«Hübsches Wortspiel.»

«Ich will dir den Spaß nicht nehmen. Tob dich ruhig aus!»

Für was hielt er sie? Die Spielkameradin seiner Tochter?

«Ich finde was. Sollen wir wetten?»

Löwinger knurrte.

«Fürs Wetten ist Paul zuständig.» Erneut drückte er aufs

Gas. «Ihr Berufsanfänger seid immer so enthusiastisch. Stört es dich, wenn ich rauche?»

Er griff in die Seitentasche seines hellen Anoraks, um Zigaretten hervorzukramen.

«Ehrlich gesagt: Ja.»

Der Kommissar ließ die Zigaretten zurück in die Tasche gleiten.

«Nichtraucherin? Mist!»

Heidi sah hinaus auf die Straße, die sich steil den Berg hochzog. In wenigen Minuten würden sie die Stadt hinter sich lassen.

«Falls unser Täter gut war und seinen Job konsequent erledigt hat, finden wir gar nichts», nahm er ihr Gespräch wieder auf. «Hast du dir mal angeschaut, wie viele verbrannte Leichen auf den Fahndungsseiten des BKA gelistet sind? Wie lange die teilweise nicht identifiziert werden können?»

Das konnte Jahre dauern. Heidi kannte die Bilder von der Seite des Bundeskriminalamtes. Sie hatte beim LAFP in Brühl, dem Landesamt für Ausbildung, Fortbildung und Personalangelegenheiten der Polizei Nordrhein-Westfalen, übungsweise einige dieser Fälle bearbeitet. Vergeblich. Trotzdem konnte sie es nicht erwarten, mit diesem Fall zu beginnen. Sieben Jahre hatte sie auf diesen Tag hingearbeitet. Sie lehnte sich in den bequemen Sitzen des Mondeo zurück und schaute zu Löwinger hinüber.

«Ich wette immer noch, dass wir etwas finden.»

Der Kriminalkommissar schüttelte resigniert den Kopf.

Endlich setze Löwinger den Blinker und bog auf einen Parkplatz am Rand der Landstraße ein. An beiden Einfahrten flatterte das schwarzgelbe Absperrband der Polizei. Streifenbeamte achteten darauf, dass niemand unbefugt den Parkplatz betrat. Zur Stadt hin parkten mehrere Pkw und Kleinlaster vor dem Absperrband, einer mit dem typischen Sendemast eines Fernsehwagens. Die Medien wussten bereits Bescheid. Ein Journalist fotografierte in den Wagen hinein, als der Streifenpolizist ihnen das Absperrband anhob. Außer der Polizei dürfte niemand von dem Leichenfund wissen. Hatte der Mann, der die Leiche gefunden hatte, sie angerufen? Oder waren es Kollegen gewesen, die einen Tipp gegeben hatten?

Löwinger lenkte den Wagen an drei Streifenwagen vorbei und parkte ihn hinter dem schwarzen Van der Spurensicherung, der aussah, als hätte die Düsseldorfer Polizei ihn aus dem Fundus einer amerikanischen Fernsehserie rausgekauft.

Die Mappe unter den Arm geklemmt, nahm Heidi zwei Paar Plastik-Überschuhe aus dem Seitenfach des Wagens. Eines reichte sie Löwinger, das andere streifte sie über ihre für den Wald denkbar ungeeigneten Pumps. Hätte sie doch heute Morgen weniger daran gedacht, den Eindruck einer Frau zu machen, die wusste, wie man sich in einem Büro angemessen kleidete. Die Kleiderordnung bei der Kriminalpolizei wurde leger gehandhabt. Dämliche Überkorrektheit! Jetzt stolperte sie Löwinger, der mit festen Schritten – und festem Schuhwerk – voranging, auf Pumps in Plastiküberzügen hinterher.

Die Luft war feucht und einige Grad kälter als in der

Stadt. Zu kalt für die Jahreszeit. Inzwischen nieselte es leicht. Bevor sie sich in wenigen Sekunden in alle Richtungen krausen konnten, band sich die Kommissarin die Haare neu zusammen. Etwa zehn Meter vor ihnen führte ein Waldweg schnurgerade in eine Fichtenschonung. Ein Stück weit den Weg hinein leuchteten grell die Scheinwerfer, die die Spurensicherung am Tatort aufgestellt hatte, um das dämmerige Licht des Waldes aufzuhellen und jede, wirklich jede Spur zu finden. Endlich hatte sie sich halbwegs daran gewöhnt, mit den Schuhen auf dem Waldboden zu laufen, da hielt Löwinger sie zurück.

«Langsam, Kollegin!» Er packte die Zigaretten aus, zündete sich eine an und nahm einen tiefen Zug. «Wenn du nicht rauchst, bist du bei uns übrigens Exotin.»

«Das bin ich gewohnt.»

Löwinger lachte nicht, sondern stapfte weiter in den Wald hinein, die Zigarette in der Hand. Vor den Scheinwerfern war ein weiteres Absperrband zu erkennen, das sich in einem Viereck von etwa 4 mal 4 Metern um den Tatort zog. Darin ein Plastikzelt, das die Männer der Spurensicherung aufgebaut hatten, damit nicht noch weitere Spuren durch den Regen vernichtet wurden. Zwei standen in ihren Plastikoveralls davor und unterhielten sich.

Der unangenehme Geruch verbrannten Fleisches verstärkte sich, je näher sie dem Tatort kamen. Das Zelt stand inmitten einer Wegkreuzung. Am Rand stand eine Grillhütte, deren Holz an der Seite schwarz verkohlt war. Die beiden Männer nickten Löwinger kurz zu. Sie mussten sich bücken, um in das Zelt hineingehen zu können. Ein verkohlter Klumpen lag darin, den Heidi erst bei genauem

Hinsehen als massigen, menschlichen Körper erkennen konnte. Zwei Männer arbeiteten im näheren Umkreis der Leiche, sammelten mit kleinen Spachteln und Zangen mögliche Beweismittel. Ein dritter kniete neben der Leiche und untersuchte sie.

«Spoehri!», rief Löwinger.

«Stopp!» Der Mann an der Leiche drehte sich zu ihnen um und hob warnend die Hand.

Löwinger und Heidi blieben stehen. Der Mann stand auf. Er hinkte leicht und zog sich die Kapuze des Overalls vom Kopf, als er auf sie zuging. Sein hageres Gesicht erinnerte an einen Raubvogel. Schlohweiße Haarbüschel über und in den Ohren ließen diesen Raubvogel arg zerzaust wirken.

«Wir sichern. Je weniger Leute hier rumtrampeln, umso besser.» Seine Stimme klang scharf, schneidend, als gehörte sie jemandem, der permanent seine Position behaupten müsse.

«Ich bin nicht scharf drauf, ihn mir aus der Nähe anzugucken», antwortete Löwinger. Er drehte sich um und verschwand. «Tob dich aus!», sagte er zum Abschied.

Heidi hörte sein Feuerzeug. Offenbar zündete sich ihr Kollege eine weitere Zigarette an. Er stand tatsächlich lieber draußen im Regen und rauchte, als mit ihr und der Spurensicherung die Leiche zu begutachten. «Die Neue ist viel schärfer auf den Fall!», rief er von draußen.

Spoehri hob eine Augenbraue. So sah er noch vogelartiger aus. «Verkohltes Grillfleisch ist kein schöner Anblick.» Er schaute sie an. Graue, ernste, böse Augen.

Heidi ging nicht darauf ein. «Heidi Kamemba, Kriminalkommissarin», stellte sie sich vor. Sie lächelte. Er nicht.

«Wir haben bisher nicht viel für euch. Toter Mann. Verbrannt. Post mortem vermutlich.» Kurze Pause. Durchdringender Blick. «Sonst läge er nicht so friedlich da.»

«Und die Umgebung wäre stärker in Mitleidenschaft gezogen», ergänzte Heidi.

«Wenn Sie das sagen …»

«Er wäre doch herumgerannt, hätte sich auf dem Boden gewälzt, versucht, die Flammen zu ersticken. Gestern Abend hat es nicht geregnet. In den letzten Tagen auch nicht. Wir müssten also an den umliegenden Bäumen und auf dem Boden Brandspuren entdecken. Vielleicht hätte sich sogar das Gras entzündet. Meinen Sie nicht?»

«Sie ist clever, was?», brüllte Spoehri zu Löwinger hinaus. Die beiden Spurensicherer im Zelt blickten hoch, setzten ihre Arbeit dann aber fort.

Löwinger schaute durch die Öffnung. Die Zigarette hielt er nach draußen, was seiner Haltung etwas Unnatürliches, Verdrehtes gab. «Sie will uns was beweisen!» Er grinste breit. Wenn die beiden dachten, sie könnten sie hier kleinhalten, hatten sie sich getäuscht.

«Hmhm», grunzte Spoehri. Seine Augen sezierten sie förmlich. «Wenn er noch gelebt hätte, wäre seine Körperhaltung definitiv verkrampfter. Menschen, die bei lebendigem Leib verbrennen, rennen nicht nur herum oder wälzen sich ein bisschen im Schlamm. Irgendwann zucken und krampfen sie nur noch. Ein schrecklicher Anblick!» Seine Augen bohrten sich in Heidis. Eine kleine, private Gruselshow. Extra für sie. «Sie rollen sich auf dem Boden, können ihre Bewegungen nicht mehr kontrollieren. Der Schmerz macht sie wahnsinnig. Überall! Überall brennt es! Es ist furchtbar!» Er fletschte tatsächlich die Zähne! «Dann ersticken sie irgendwann. Oder der Schock macht sie fertig. Sie empfinden das als Erleichterung, als Glück! Eine Hoffnung bietet der Tod durch Verbrennen: Man ist glücklich, wenn es vorbei ist. Aber das wissen Sie bestimmt, Frau Kollegin?»

Heidi hielt dem Blickkontakt stand. Spoehris Augen funkelten. Sie wartete, bis er wegsah. Dann blickte sie an ihm vorbei auf den Klumpen verbrannten Fleisches, der einmal ein Mensch gewesen war. Sie ging in die Hocke, um ihn näher zu betrachten.

«Seine Finger sind sehr kurz.»

«Gut!» Spoehri klang beeindruckt. Er ging neben ihr in die Hocke und deutete mit einer Pinzette auf das, was einmal Fingerkuppen gewesen waren. «Jemand hat ihm die halben Finger abgehackt.»

«Und mitgenommen?»

Der alte Mann nickte.

«Also keine Fingerabdrücke …»

«Es sei denn, Sie finden die Kuppen im Gebüsch.»

«Der Mörder wird sie kaum am Tatort weggeworfen haben», warf Löwinger von außen ein. Offenbar war er mit seiner Zigarette fertig, denn er kam wieder zu ihnen ins Zelt, hockte sich widerwillig neben Heidi und Spoehri, hielt sich ein Taschentuch vor den Mund.

«Was ist mit seinem Gesicht passiert?»

«Ah, das ist ebenfalls toll!», setzte Spoehri an. «Es wurde zertrümmert. Da scheint jemand der Gesichtsrekonstruktion sehr viel zuzutrauen. Oder zumindest eine Heidenangst davor zu haben. Jedenfalls hat unser Mörder den Schädel gründlich mit etwas sehr Schwerem bearbeitet.»

«Wissen wir womit?»

«Bisher noch nicht. Vielleicht eine Axt, vielleicht aber auch ein Stein.»

«Und wie ist er», sie deutete auf den schwarzen Klumpen, «ums Leben gekommen?»

Der Mann von der Spurensicherung lächelte und zeigte dabei ein bemerkenswert schiefes Gebiss. «Völlig unspektakulär: Er wurde erschossen.»

«Wie langweilig! Woran sehen Sie das?»

Spoehri bohrte mit dem Kugelschreiber in einem Loch, das sich in dem kleineren, zertrümmerten Klumpen befand, der einmal der Kopf des Toten gewesen war. «Er hat ein kleines Einschussloch im Schädel. Und ein zweites in der Brust.»

«Kugeln?»

«Walther PP, nicht registriert, keine Übereinstimmungen in der Datenbank.»

«Sieht nach der Arbeit eines Profis aus», warf Löwinger ein.

«Oder nach jemandem, der zu viele Fernsehkrimis gesehen hat. In jedem Fall wird es uns schwerfallen, unseren Toten zu identifizieren.»

«Es gibt gar keine Hinweise?», fragte Heidi.

«Bisher nichts.»

Sie schaute sich den Toten ein weiteres Mal an. Als würde er ihr seine Identität offenbaren, wenn sie ihn nur lange genug anschaute. Diesmal blieb ihr Blick an seinen Füßen hängen. «Interessante Schuhe!»

«Beziehungsweise das, was davon übrig geblieben ist. Vollplastik. Das verschmilzt mit der Haut und dem Fleisch darunter, dass es eine reine Freude ist. Es sei denn, man lebt noch. Oder man muss es hinterher wieder auseinanderklamüsern.»

Heidi ging ein paar Schritte, um sich die Füße näher anzuschauen. Geschmolzenes Plastik an den Sohlen, so schwarz wie alles andere an dem Toten. Aber auf dem Fußrücken konnte sie ein paar blauschwarze Fäden ausmachen. «Ich habe so etwas schon einmal gesehen. Keine Ahnung, wo. Sichern Sie mir davon eine Probe», sagte sie zu Spoehri.

«Aye, Madam!», antwortete er. Einen Moment blickte er zu Löwinger, der schweigend wieder seinen Platz am Eingang des Zelts eingenommen hatte, dann wieder zu ihr. «Sie sind der Boss.»

«Papiere hatte der Tote keine bei sich? Ist es überhaupt ein Mann?»

«Kleidung und Körperbau sprechen dafür. Auf die Idee, nach Papieren zu suchen, sind wir natürlich noch nicht gekommen.»

Heidi grinste. «Dann suchen Sie mal danach!»

Sie merkte, dass Spoehri noch etwas sagen wollte, es sich aber verkniff. Allerdings wusste sie selbst, wie man solche Fleißarbeit bei der Polizei nannte: Negerarbeit. Aber er behielt es für sich, schaute Löwinger an.

«Sie ist der Boss», sagte der, grinste und nestelte eine weitere Zigarette hervor.

Auf dem Weg zum Parkplatz spähte Heidi in die Schonung und in die schmalen Gräben zwischen Weg und Fichten. Vielleicht hatten Täter oder Opfer entgegen aller Wahrscheinlichkeit etwas weggeworfen oder verloren.

Die Bäume standen dicht an dicht, eine grüne Wand

aus Nadeln. Hinter der Wegkreuzung wuchsen die Bäume höher, der Wald öffnete sich dort. Hier jedoch würde es Tage brauchen, ehe sich ein Trupp Polizisten durch das Grün gekämpft hatte. Warum war der Mörder so erpicht darauf, die Identität seines Opfers zu verschleiern? Oder ging es darum, sie zu vernichten? Hatte Löwinger mit seiner These, dass es sich um ein OK-Verbrechen handelte, ihren Blick getrübt? Der Kommissar ging neben ihr her, den Kopf gegen den Regen gesenkt. Seine Halbglatze glänzte feucht. Er zog an einer Zigarette.

«Der Fall wird noch beschissener, als ich gedacht habe», knurrte er.

«Warum vernichtet jemand die Identität seines Opfers?»

«Weil er uns das Leben schwermachen will.»

«Vielleicht möchte er aus persönlichen Gründen die Identität des Toten auslöschen.»

«Beziehungstat?» Löwinger blieb stehen und schaute sie überrascht an.

«Möglich wäre es.»

«Möglich wäre eine Menge. Trotzdem: Ich würde davon ausgehen, dass wir es mit Profikillern zu tun haben.»

«Wie Spoehri sagte: Oder mit jemandem, der zu viel Fernsehkrimis geguckt hat.» Sie gingen weiter. «In jedem Fall mit jemandem, auf den wir stoßen können, wenn es uns gelingt, das Opfer zu identifizieren.»

Löwinger ließ die aufgerauchte und nasse Zigarette zu Boden fallen. Zischend erlosch sie, als er drauftrat und sie fester als nötig in den Boden stampfte. «Du bist echt hartnäckig, oder?»

«Da kannst du dich drauf verlassen.»

Auf dem Parkplatz blickte sie sich um. Irgendetwas fehlte hier. Sie brauchte einen Augenblick, ehe sie erkannte, was.

«Wie ist das Opfer eigentlich hierher gekommen? Irgendwo muss er sein Auto abgestellt haben.»

«Vielleicht sind Täter und Opfer zusammen rausgefahren?»

«Es wäre gut, wenn wir das wüssten.»

«Ja, Chefin.»

Fünf Meter vor dem Ford drückte Löwinger auf den Schlüsselbund, und der Wagen zeigte mit einem Blinken an, dass die Türen offen waren. Heidi setzte sich auf den Beifahrersitz und zog die Plastik-Überzieher aus. Dabei schaute sie sich die Fahrzeuge auf dem Parkplatz noch einmal an. Jedes einzelne gehörte zu ihnen. Vor dem Absperrband standen die Wagen der Journalisten. Sie wollte die Tür schließen, aber Löwinger hielt sie zurück und griff erneut nach seinen Zigaretten.

«Eine auf Vorrat!», sagte er.

Während Löwinger am Ford lehnte und rauchte, ging Heidi den Parkplatz noch einmal auf und ab. Drei weitere Kurznachrichten ihres Vaters sammelten sich auf ihrem Handy-Display. Bevor er weiter nervte, war es klüger, ihm kurz zu antworten. Im Gehen tippte sie. Gleichzeitig schaute sie auf den Boden, studierte den Rand der Böschung, die den Asphalt vom Wald trennte. Vielleicht entdeckte sie etwas, das ihnen weiterhelfen könnte. Reifenspuren, ein weggeworfenes Papierchen, an dem vielleicht DNA zu finden war. Aber da war nichts. Sie wollte gerade auf «Senden» drücken, als ihr doch etwas auffiel.

Etwa zwanzig Meter neben dem Forstweg waren einige Äste der jungen Fichten verbogen, Gras niedergetrampelt. Ein schmaler Pfad führte durch die Bäume hindurch. Heidi musste sich bücken, um ihm folgen zu können. Wasser tropfte von den Ästen und lief ihr unter die Jacke. Es roch nach Wald. Und nach Dreck. Fast wäre sie in Kot getreten. Jemand hatte mitten auf den schmalen Pfad gekackt. Sie stieg darüber hinweg, schob weitere Äste beiseite, Wasser lief herunter, Rücken und Kostüm waren nun richtig durchnässt. Sie ignorierte die Kälte des Wassers. Ignorierte, dass sie in ihren Schuhen auf dem nassen Gras abrutschte und sich an den kleinen Bäumen festhalten musste, um nicht zu fallen. Harz klebte an ihren Fingern. Sie ignorierte auch das.

Nach etwa zwanzig Metern betrat sie eine kleine Lichtung. Jemand hatte die Bäume umgeknickt, gebrochen und platt getrampelt, als sie noch jung waren, um ein circa vier Quadratmeter großes Rechteck entstehen zu lassen. Ebenfalls platt gedrücktes Gras wucherte über die mickrigen Nadelbäume. Eine schmuddelige, feuchte Decke lag zusammengeknüllt auf dem Boden, um sie herum zahlreiche Papiertaschentücher. An einem Zweig am Rand der kleinen Lichtung hing ein Kondom. Gefüllt.

«Hier hätte ich ebenfalls gerne die Spurensicherung», rief sie in Richtung des Parkplatzes. Der Beamte am Absperrband schaute irritiert in den Wald hinein, dann zu Löwinger, der seinen Platz am Auto verließ und zu dem Weg lief, den Heidi gegangen war. Als er neben ihr stand, hob er anerkennend den Daumen.

«Heidi!», rief jemand, als sie aus den Bäumen hervortraten und über den schmalen Graben auf den Parkplatz kletterten. Sie schaute in die Richtung, aus der der Ruf gekommen war, neugierig zu erfahren, wen sie hier kannte.

Ein Blitz blendete sie kurz.

«Was haben Sie herausgefunden?», rief einer der Journalisten, die hinter dem Absperrband, das nur wenige Schritte entfernt war, warteten. Er hielt ihr ein Aufnahmegerät unter die Nase, seine Kapuze triefte im Regen.

«Kein Kommentar», antwortete sie. «Gehören die Wagen alle Ihnen?», fragte sie dann.

«Kein Kommentar», hörte sie aus der kleinen Meute, die sich um sie und den Journalisten, der sie angesprochen hatte, gebildet hatte. Einige lachten.

Sie wandte sich an den Streifenbeamten, der die Journalisten im Blick behielt. «Wären Sie so nett und überprüfen für mich, wem die Fahrzeuge hier gehören?» Dann blickte sie zurück zu den Journalisten. «Und wer mit welchem Wagen hier hochgefahren ist.» Die Medienleute schauten sie wenig freundlich an. Sie wussten, was das hieß. Heidi und Löwinger würden zurück in die Stadt fahren. Sie hingegen mussten warten, bis der Streifenbeamte jeden Wagen zugeordnet hatte. Ein paar murrten leise. Sie ignorierte sie und wandte sich ab.

«Neue Freunde haben Sie sich da gerade aber nicht gemacht», kommentierte der Polizist. Sie zuckte mit den Achseln und ging.

«Kanntest du den?», fragte Löwinger misstrauisch, als sie in den Ford einstieg.

«Ich hab den noch nie gesehen.»

«Er kannte dich jedenfalls.»

«Schon vergessen? Ich bin eine Berühmtheit, ein halbes Dutzend Presseanfragen, bevor ich überhaupt einen Tag gearbeitet habe», erwiderte sie, und es klang so zynisch, wie sie es meinte.

Löwinger hob leicht eine Augenbraue, als er den Wagen startete. Der Polizist vor ihnen hob das Absperrband, um sie durchzulassen. Mit dem Fuß auf dem Gaspedal preschte der Kommissar vom Parkplatz. Zwei vorwitzige Journalisten mussten zurückspringen, so nah kam er ihnen. Heidi hörte sie fluchen.

«Vielleicht solltest du dir Autogrammkarten drucken», schlug Löwinger vor, als er den Wagen auf die Landstraße lenkte.

3

Zurück im Büro gab Löwinger einen kurzen Bericht. Er vergaß nicht, Heidis Leistung zu erwähnen. Dennewitz lächelte aufmunternd. Sie selber wärmte sich an einer Tasse Kaffee auf, hielt sie mit beiden Händen umklammert, um möglichst viel von der Hitze aufnehmen zu können.

«Wir haben also eine Art Sextreff und ein paar Meter weiter eine Leiche, die von ihrem Mörder auf professionelle Weise unkenntlich gemacht worden ist», fasste der Hauptkommissar zusammen. Er lehnte an der Tür zu seinem Büro. Die Hände hinter dem Körper trommelten leise auf dem Holz. «Was schließen Sie daraus, Kamemba?»

Heidi saß auf dem Stuhl, der früher Becker gehört hatte, vor einem dunklen Bildschirm und einem ausgeschalteten Computer. Außer ihrem Handy und der blassroten Mappe lag nichts auf dem Schreibtisch. Nichts, was an ihren Vorgänger erinnern könnte. «Dass wir vielleicht Zeugen finden, wenn es der Rechtsmedizin gelingt, den Todeszeitpunkt einzugrenzen.»

«Mehr nicht?»

«Es besteht die Möglichkeit, dass beide Funde miteinander zu tun haben. Aber wir haben dafür keinen Beweis.»

«Für den Anfang reicht mir die Wahrscheinlichkeit. Ich glaube nicht an Zufälle. Versuchen Sie herauszufinden, wer sich da draußen vergnügt. Paul, du hörst dich bei den Kollegen von der OK um, ob im Sexgewerbe irgendetwas los ist, was wir wissen sollten. Neue Konkurrenz, Streit, Rachefeldzüge, Revierkämpfe – das übliche Gedöns. Anna hält den Kontakt zu SpuSi und Rechtsmedizin. Löwinger tippt den Bericht von draußen.»

«Ich?» Löwinger lehnte auf der anderen Seite des Büros an einem Aktenregal, eine Ader pochte auf seiner Schläfe.

«Hättest du was gefunden, hätte die Neue den Bericht geschrieben.»

Löwinger blickte zornig zu Heidi hinüber. Sie ignorierte ihn, beugte sich unter den Tisch, um den Startknopf ihres Computers zu drücken. Keiner von ihnen dachte an eine Mittagspause.

Eine Passwortabfrage erschien auf dem Bildschirm. Dennewitz telefonierte, Anna saß an ihrem Rechner und durchsuchte ihn nach vergleichbaren Fällen, irgendwelchen Übereinstimmungen. Löwinger und Westphalen diskutierten in der Tür zum Büro des Hauptkommissars.

«Kennt jemand das Passwort für meinen PC?», fragte sie.

«Beckers Passwort?», fragte Löwinger zurück.

«Wenn es seitdem niemand mehr geändert hat, ja», antwortete Heidi in die Stille hinein. «Irgendein Tipp? Gibt es irgendetwas Persönliches, das Becker als Passwort hätte nehmen können? Die Namen der Kinder, seiner Frau vielleicht?»

«Kinder hatte er keine», erwiderte Anna. Heidi meinte, Löwinger leise ‹zum Glück› murmeln zu hören, als er an ihr vorbei zurück zu seinem Schreibtisch lief, war sich aber nicht sicher. Die anderen drucksten herum. Löwinger verkroch sich hinter seinem Bildschirm und hämmerte auf die Tastatur.

Heidis Versuche mit ein paar Standardpasswörtern und Beckers Geburtsdatum, das sie von der Todesanzeige an der Wand abtippte, blieben erfolglos. Dennewitz kritzelte etwas auf ein Post-it und reichte es ihr, die andere Hand auf der Sprechmuschel seines Telefons. «Die Nummer der IT, die müssen dir den freischalten», sagte er leise, dann widmete er sich wieder seinem Gespräch.

Heidi griff nach dem Telefon, das einmal Beckers Telefon gewesen war, und wählte die Nummer auf dem Post-it. Eine Mailbox meldete sich. Sie sagte, was sie wollte, und legte auf. Ratlos blickte sie sich um.

«Braucht jemand seinen Rechner gerade nicht?»

Anna Mehring winkte ihr. «Ich muss eh kurz an die frische Luft!»

Noch nie hatte Heidi auf einem Schreibtischstuhl gesessen, der so niedrig eingestellt war. Kein Wunder, dass Anna mit ihrer Größe überraschte, wenn sie aufstand. Heidi saß hinter dem Computer ihrer Kollegin wie ein kleines Kind.

«Ich stell dir das gleich wieder ein», sagte sie und verbesserte ihre Sitzposition. Ansonsten hätte Anna Mehrings Schreibtisch auch der von Rolf Becker sein können. Heidi fand nichts, aber auch gar nichts Persönliches darauf. Keine Bilder von Kindern, keine Erinnerungsstücke. Der schwarze

Terminkalender, der neben der Tastatur lag, war das Intimste, was Anna dem Büro anvertraute.

In einer Internetsuchmaschine gab sie die Adresse des Parkplatzes ein und landete gleich ein paar Treffer. Ihr Tatort war als Sextreff bekannt. Im Internet fand sie mehrere Foren, die ihn empfahlen. Das meiste, was sie las, überflog sie mit Widerwillen. An einer Anzeige in einem dieser Foren blieb sie hängen:

Parkplatzsex? Wir sind willig. Wir sind geil.
Und für dich da, wenn du uns brauchst.

Dazu ein Link, der auf die Seite eines eindeutig professionellen Angebots führte. Auf einer billig aussehenden Homepage mit zu grellen Farben inserierten vier Prostituierte und boten Sex auf Parkplätzen an. Offenbar fuhren sie den Großraum Nordrhein-Westfalen mit einem Kleinbus ab und trafen sich mit ihren Freiern auf verkehrsgünstig, aber einsam gelegenen Parkplätzen wie dem, auf dem sie heute Morgen gewesen waren. Sie klickte auf den Link, der zu «Termine & Treffpunkte» führte. Volltreffer! Am gestrigen Abend waren die vier Mädchen am Tatort gewesen. Heidi wählte die Handynummer, die sie auf der Seite fand.

Ein gedehntes «Ja».

Dann Schweigen.

«Kriminalpolizei Düsseldorf, Kamemba. Mit wem spreche ich?»

Am anderen Ende wurde leise getuschelt. Heidi verstand kein Wort, dann meldete sich eine andere weibliche Stimme, fester und härter im Ton.

«Ja bitte?»

«Kriminalpolizei Düsseldorf, Kriminalkommissarin Kamemba. Mit wem spreche ich?», wiederholte sie.

«Wenn Sie nicht wissen, mit wem Sie sprechen, warum rufen Sie dann an?»

So nicht, Fräulein!

«Ihre Telefonnummer ist im Rahmen einer polizeilichen Ermittlung aufgetaucht», antwortete sie deutlich kühler.

Wieder Schweigen am anderen Ende, dann leises Flüstern.

«Ich weiß nicht, wovon Sie reden.»

Dennewitz schaute zu ihr herüber. Prüfte er ihren Fragestil am Telefon? Als er sah, dass sie seinen Blick bemerkt hatte, lächelte er kurz und blickte wieder auf seinen eigenen PC.

«Es geht um den gestrigen Abend. Sie waren auf einem Parkplatz an der Bergischen Landstraße tätig, Frau …»

«Kusmin, Olga. Aber wenn Sie etwas von mir wollen, müssen Sie vorbeikommen.»

Na endlich, dachte Heidi: Eine Einladung!

«Kein Problem, geben Sie mir die Adresse!» Auf der anderen Seite herrschte ein, zwei Sekunden verdutzte Stille. Dann gab ihr die Frau eine Anschrift in Wuppertal. «In vierzig Minuten sind wir da.» Sie legte auf. «Irgendwer Lust auf einen Ausflug ins Bergische?», rief sie salopp in die Runde.

Löwinger hämmerte immer noch. Paul Dennewitz hob die Hand. Gerne, dachte sie. Vielleicht erwies er sich als gesprächiger.

«Was gibt es denn da?», fragte er.

«Nutten!»

Er sprang auf. «Und Koks?»

«Nur wenn ich fahren darf!»

«Einverstanden!»

«Gibt es was Neues?» Anna trat fast geräuschlos durch die Tür.

«Unsere Neue verführt Paul zu Koks und Nutten.»

«Als ob das nötig wäre ...»

Paul verzog verärgert das Gesicht. Anna zwängte sich an ihm vorbei zu ihrem Schreibtisch, stellte das Fenster auf Kipp, bevor sie sich setzte und den Stuhl neu einstellte.

Heidi erklärte ihr, was sie herausgefunden hatte. «Gute Arbeit», lobte sie die Kollegin. Löwinger grunzte. Seine Finger hämmerten immer noch auf die Tastatur. Die beiden Zeigefinger, wie Heidi feststellte, als sie neben ihm stand und den Autoschlüssel von seinem Schreibtisch nahm.

«Wo wollen Sie denn so eilig hin?» Das war Westphalens tiefer Bass.

«Wir haben eine Zeugin in Wuppertal. Paul und ich fahren hin und reden mit ihr!»

«So. Tun Sie das?»

«Je schneller wir konkrete Anhaltspunkte haben, umso besser.»

«Und Sie entscheiden, wer hier was wann macht, Frau Kriminalkommissarin Kamemba?»

Sie schwieg. Mist.

«Gewöhnen Sie sich an, Ihre Ermittlungen mit mir und Ihren Kollegen abzusprechen. Hier geht alles seinen geordneten Gang. Keine Alleingänge! Keine Allüren! Ich sagte das bereits.»

«Es tut mir leid», erwiderte Heidi kleinlaut.

Westphalen blickte sie scharf an. «Sie sind hier nicht der Boss.»

«Spoehri sieht das anders», kommentierte Löwinger trocken. Niemand lachte.

«Die beiden sollten trotzdem losfahren», warf sich Anna für Heidi in die Bresche.

«Dann fährst du mit ihr, Anna», entschied Westphalen und verschwand in seinem Büro. Anna nickte, zog ihren Mantel an, nickte Heidi kurz zu und lief aus dem Büro. Der Mantel wehte hinter ihr her wie ein Umhang. Von hinten sah sie ein wenig aus wie eine alt gewordene Superheldin, dachte Heidi.

Kaum hatte Anna Mehring das Gebäude verlassen, zog sie bereits gierig an einer Zigarette, die sie hastig aus der Seitentasche ihres zu langen und zu weiten Mantels gezogen hatte. Sie musste noch süchtiger sein als Löwinger. Etwas klirrte in der Tasche, als sie das Feuerzeug zurücksteckte. Heidi wandte sich ab, als ihr Anna den Rauch ins Gesicht blies.

«Sorry», sagte sie, «wir können gleich los.»

Mit ihren Pumps drückte sie die halbe Kippe auf dem Boden aus. Heidi registrierte ein paar Dreckspritzer auf den ausgetretenen Schuhen.

«Willst du fahren?»

Heidi wollte. Vorsichtig, mit Respekt vor der Leistung des Fords, lenkte sie ihn vom Parkplatz. An der Ausfahrt musste sie nach der Parkkarte suchen, die Löwinger im Seitenfach der Fahrertür verkramt hatte.

«Jetzt hast du deinen ersten Anschiss schon hinter dir.»

«Ist das gut?»

«Wie war dein Ausflug mit Löwinger?»

«Es war nicht unbedingt ein romantischer Waldspaziergang.»

Anna lachte heiser.

«Er wirkt extrem angespannt», redete Heidi weiter und dachte ‹Du auch›, behielt das aber für sich.

«Er *ist* angespannt.»

«Warum?»

«Weil er Joachim Löwinger ist.»

«Also ist er immer so?»

«Nein, manchmal entlädt sich seine Spannung. Dann ist er noch schlimmer.»

«Schlimmer als Westphalen?»

Es hatte aufgehört zu nieseln. Auf der Völklinger Straße drückte Heidi das Gaspedal etwas tiefer durch. Noch war die Straße frei. Der Motor reagierte sofort, und in wenigen Sekunden erreichte der Wagen die zulässige Höchstgeschwindigkeit von 70 km/h. Anna starrte aus dem Seitenfenster, eine Hand am Haltegriff.

«Du hast dich gezielt auf die Stelle bei uns beworben, oder?»

«Ich wollte nach Düsseldorf und ich wollte zur Kripo. Da kam mir die Ausschreibung gerade recht.»

«Warum Düsseldorf?»

«Mein Freund arbeitet hier. Wir wohnen seit einem Jahr zusammen.»

«Also bist du vorher nach Duisburg gependelt.»

«Ich hätte bei meinem Vater wohnen können.» Sie lächelte kurz. «Aber irgendwann ist man zu alt für sein Kinderzimmer.»

«Hast du was gegen Musik einzuwenden?», wechselte Anna abrupt das Thema.

Heidi vermutete, dass sie beide einen ziemlich gegensätzlichen Musikgeschmack hätten – ihrer zumindest galt als speziell –, wollte aber nicht unhöflich sein. «Nein, mach ruhig.»

Anna hob ihre schwarze Umhängetasche auf den Schoß und kramte eine CD daraus hervor, die sie in den Player schob. Ein Jazzpiano begann. Heidis Vermutung war richtig gewesen.

«Thelonious Monk», erläuterte Anna.

«Ich weiß. Mein Vater hat versucht, mich für Jazz zu begeistern.»

«War er erfolgreich?»

«Nicht wirklich, aber lass laufen.» Jetzt war es an ihr, das Thema zu wechseln. «Es ist nicht einfach bei euch, oder?»

«Wie meinst du das?» Anna drehte Monk leiser.

«Euer Empfang war nicht allzu freundlich. Löwinger knurrt nur, Westphalen scheint vor allem Wert darauf zu legen, dass ich mich eingliedere und keine, wie er es nennt, ‹Allüren› an den Tag lege. Aus Paul werde ich nicht schlau. Er scheint immerhin ganz nett zu sein.»

Anna grunzte genervt, fast wie Löwinger. Heidi fädelte in die linke Spur ein, um eine Kolonne Lkw zu überholen. Hinter ihnen brauste ein Porsche heran, den Blinker links gesetzt. Heidi ignorierte ihn.

«Dennewitz ist eine immer gut gelaunte Nervensäge und ein Schleimer.»

«Du magst ihn nicht.»

Anna schwieg.

«Ist er ein guter Polizist?»

«Er hat seine Fähigkeiten», räumte Anna ein.

Der Porsche betätigte die Lichthupe. Anna ließ das Fenster herunter, kramte aus dem Fußraum die Polizeikelle und hielt sie hinaus. Augenblicklich ließ sich der Porsche zurückfallen. Anschließend fuhr sie das Fenster wieder hoch und warf die Kelle auf die Rückbank.

«Eigenwillige Art, den Verkehr zu beruhigen.»

Statt zu antworten, kramte Anna eine Dose mit Pfefferminzbonbons aus der Manteltasche und steckte sich zwei davon in den Mund.

«Du auch?»

Heidi schüttelte den Kopf. Kahle Bäume zogen an ihnen vorbei. Mit ihren Zähnen knackte Anna die Bonbons.

«Und Westphalen?»

«Bruno war einmal der beste Polizist, den ich kannte. Ein unfassbar guter Ermittler und ein sensationeller Chef! Du hast für den 24-Stunden-Schichten geschoben, wenn es sein musste. Sieben Tage die Woche! Aber dann ...» Sie starrte aus dem Fenster.

«... dann ist Rolf Becker gestorben?»

Ein Schuss ins Blaue.

Volltreffer.

Anna nestelte an ihren Zigaretten, steckte sie wieder weg und wandte sich schließlich wieder Heidi zu, nickte.

«Was ist mit ihm passiert?»

«Wir haben ihn umgebracht.»

Den Rest der Fahrt überlegte Heidi, ob das ein Scherz war.

Nach knapp dreißig Minuten führte das Navigationsgerät Heidi aus der Innenstadt Wuppertals hinaus auf eine steil den Berg hinaufführende Straße. Es dämmerte mittlerweile, Dauerregen hatte eingesetzt. Verschmutzt aussehende Altbauten reihten sich aneinander. Selbst die Gesichter, die mit Gips auf die Stuckfassaden aufgesetzt waren und Fensterrahmen und Türbögen schmücken sollten, blickten griesgrämig zu ihnen herab. Die Straße wirkte eng, schäbig, beklemmend. Heidi parkte den Wagen vor der Hausnummer 6.

Anna sprang aus dem Wagen, rannte unter das schützende Dach vor der Haustür und zog schon wieder an einer Zigarette, noch bevor Heidi das Auto zugesperrt hatte.

Kein Mensch war außer ihnen unterwegs. Ein kalter Wind wehte ins Tal hinab. Irgendwo raschelte Papier in einem Abfallkorb.

Mit einer Handbewegung deutete die Ältere an, Heidi den Vortritt zu lassen. Sie klingelte an einem mehrstöckigen, heruntergekommenen Mietshaus, das irgendwann zu Beginn des vorigen Jahrhunderts in eine schmale Stelle zwischen Hang und Straße gequetscht worden war. Auch wenn die Haustür nicht mehr richtig schloss, warteten sie, bis der Summer ertönte, um sie hereinzulassen.

Im dritten Stock öffnete ihnen eine füllige, stark geschminkte Blondine. Heidi schätzte sie auf Mitte dreißig. Eine Mittdreißigerin, die vor der Zeit gealtert war und versuchte, das zu übertünchen. Buchstäblich. Notdürftig verdeckte dunkelroter Lippenstift die rissigen Lippen. Die sonnenbankgebräunte Haut wirkte ledrig. Der Kajal um die Augen betonte deren helle Farbe, ließ sie aber zugleich müde und wässrig wirken. Sie trug eine graue Jogginghose und einen pinkfarbenen Sweater. Ihre Augen blickten ausdruckslos, unbeteiligt.

«Die Polizei», stellte sie fest.

Sie musterte Heidi, als sie die beiden in die Wohnung ließ. Pflichtschuldig zeigten ihr sowohl Heidi als auch Anna ihre Ausweise.

«Den müssen Sie öfter zeigen, oder?» Jetzt hörte die Polizistin den leicht gurrenden Akzent der Frau, die ansonsten ein sehr sauberes Deutsch sprach.

«Ich hab ihn noch nicht so lange. Sie sind Olga Kusmin?»

Die Frau nickte.

«Auf Ihrer Internetseite nennen Sie sich ‹Yvonne›. Ist das so eine Art Künstlername?»

«So können Sie das nennen.» Sie führte die beiden Polizistinnen durch den engen, dunklen Flur ins Wohnzimmer. Die sonnengelben Vorhänge waren zugezogen, ließen bloß das Licht einer Straßenlaterne diffus in das kleine Zimmer schimmern, das mit Sofa, Couchtisch, Essecke und riesigem Flatscreen-TV auf einem langgestreckten Sideboard gegenüber der Couch völlig überfüllt wirkte.

«Lassen Sie mich zuerst klarstellen, dass nichts gegen Sie vorliegt und wir auch nicht gegen Sie ermitteln, Frau Kusmin.»

«Warum sollten Sie auch?», antwortete die Blonde und ließ sich auf das rot bezogene Sofa fallen.

Dort zog sie die Füße unter die Knie und wies auf zwei Sessel, die gegenüber an einem kleinen, nicht zur Garnitur passenden Glastisch standen. Eine zusammengerollte Fernsehzeitung lag neben einem vollen Aschenbecher.

Die Sessel ließen nur eine kerzengerade Sitzposition zu. Heidi sah Anna an, die ebenfalls aufrecht saß und aussah wie eine Musterschülerin. Sie selber musste ähnlich wirken.

«Sie haben gestern an der Bergischen Landstraße gearbeitet? Als Prostituierte?», übernahm Anna das Gespräch.

Sie betonte «gearbeitet» und gab dem Wort einen abfälligen Tonfall, den ihre Zeugin aufmerksam registrierte. Sie zog die Füße unter den Knien hervor und kreuzte die Arme vor dem üppigen Busen.

«Soweit ich weiß, ist das nicht verboten.»

«Darum geht es gar nicht», schaltete sich Heidi ein. Sie beugte sich ein wenig nach vorne, um Nähe herzustellen. Die Sessel ließen das nicht wirklich zu. Kurz verharrte sie in einer sehr unbequemen Position, dann richtete sie sich wieder auf. «Wir wollen wissen, ob Ihnen gestern auf dem Parkplatz irgendetwas aufgefallen ist. Danach lassen wir Sie in Ruhe.» Sie lächelte und hoffte, dass das Olga milder stimmen könnte.

«Auf dem Parkplatz?»

Heidi nickte.

«Abgesehen von den üblichen Perversen, Spannern und kranken Typen?»

«Abgesehen von denen, ja.»

«Nein!» Olga verschränkte die Arme unter dem Busen und lehnte sich weit zurück, zog ihre Füße wieder unter die Oberschenkel. Verteidigungshaltung, dachte Heidi. Sie lügt. Nachhaken.

«Wir ermitteln in einem Mordfall. Unweit des Parkplatzes, auf dem Sie gestern gearbeitet haben, wurde jemand umgebracht. Möglicherweise zur gleichen Zeit.»

«Davon weiß ich nichts.»

«Wir können Sie auch vorladen», warf Anna ein, «das wird dann unangenehmer für Sie.»

«Wenn Sie das sagen …»

«Hören Sie», startete Heidi einen weiteren Versuch, die Stimme betont freundlich, «wahrscheinlich hat dieser Mord überhaupt nichts mit Ihnen und Ihrer Arbeit zu tun. Aber vielleicht haben Sie oder eine Ihrer Kolleginnen etwas gesehen, jemanden gesehen? Jemand, der sich auffällig verhalten hat?»

Die Prostituierte lachte. «Wo wir sind, verhalten sich eine Menge Männer auffällig, Schätzchen!»

«Dann wollen Sie uns nicht mehr sagen?» Heidis Stimme kühlte kalkuliert ab.

«Ich wüsste nicht, was.» Sie hielt dem Blick der Kommissarin nicht lange stand und schaute auf die zugezogenen Gardinen. Heidi und Anna tauschten einen kurzen Blick, dann zog Anna ihr Handy aus der Tasche und ging hinaus in den Flur. «Ich darf mal kurz telefonieren?», fragte sie rhetorisch, wartete die Antwort aber nicht ab.

Schweigend saßen Heidi und Olga im Wohnzimmer, hörten auf das leise Gemurmel Annas im Flur. Heidi wandte den Blick nicht von der Prostituierten ab. Sie sollte sich nicht zu wohl fühlen. Mit mürrischer Miene kehrte Anna zurück und ließ das Handy in der Manteltasche verschwinden.

«Sie hören von uns», sagte sie in Richtung der Prostituierten. Es sollte wie eine Drohung klingen, aber in Heidis Ohren klang es nach einer Niederlage.

«Westphalen wollte nicht, dass wir sie mitnehmen», erklärte Anna, als die Haustür hinter ihr zufiel und Heidi den Wagen mit der Fernbedienung am Schlüssel öffnete. «Er besteht auf einer ordentlichen Vorladung.»

«Dann besorgen wir eine!»

«Heute nicht mehr.» Anna schüttelte den Kopf. Durch dunkelgraue Wolken schien ihr eine blassorange Abendsonne ins Gesicht.

4

Schon der Hausflur roch nach indischem Essen. Erst jetzt fiel ihr auf, dass sie den ganzen Tag nichts gegessen hatte. Mit knurrendem Magen schloss sie die Wohnungstür auf und hörte das Klappern von Töpfen in der Küche. Yeah! Das würde ein schöner Abend werden.

Sie hängte ihre Jacke neben die Lederjacke ihres Freundes und schlüpfte aus den Pumps. Selbst die stellte sie ordentlich unter die Garderobe, obwohl sie sie am liebsten in die Ecke gepfeffert hätte, dachte sie an ihr hilfloses Staksen im Wald zurück. Auf Strümpfen lief sie in die Küche, stellte sich auf die Zehenspitzen und drückte Manuel, der am Herd stand, einen Kuss in den Nacken.

«Das riecht fantastisch!»

Manuel drehte sich zu ihr um, er grinste. Auf seiner weißen Schürze prangten ein paar gelbe Curry-Flecken. «Dein erster Arbeitstag hat deine Beobachtungsgabe bemerkenswert geschärft», antwortete er selbstbewusst. Dann hielt er ihr einen Holzlöffel hin, auf dem eine dicke, gelbe Soße mehr hockte als sonst irgendetwas. «Magst du probieren?»

Sie ließ sich nicht lange bitten und schleckte die Soße vom Holz. «Du solltest öfter kochen.»

«Im Wohnzimmer ist schon gedeckt. Wenn du magst, kannst du rübergehen. In zwei Minuten bin ich fertig.»

Das ließ sie sich nicht zweimal sagen und huschte an dem gedeckten Esstisch vorbei zum Sofa. Manuels Fotoausrüstung stand daneben. Sie beachtete sie nicht, musterte vom Sofa aus den in der Tat liebevoll gedeckten Tisch. Selbst die Kerzen brannten. «Was hast du angestellt?», rief sie in die Küche.

Er lugte hervor, die Pfanne in der Hand. «Nichts!» Seine angehobenen Augenbrauen sollten ihn unschuldig aussehen lassen. Ein Fehlschlag, der ihr gefiel. «Warum?»

«Du hast die Kerzen angezündet.»

«Und den Wein geöffnet.»

«Was ist los?» Misstrauen mischte sich in ihre freudige Überraschung.

«Nach dem Essen», erwiderte er und verschwand mit der Pfanne in der Küche. Heidis euphorische Stimmung nahm er mit.

Er brachte sie nicht wieder, als er mit zwei tiefen Tellern in der Hand zurückkam. «Wie war dein erster Tag?», fragte er, als sie sich setzten.

Sie überlegte, was sie antworten sollte. Während sie auf das Essen blickte, wusste sie nicht, was sie ihm sagen sollte. Sollte sie ihm erzählen, dass sie den Tag mit einem verkohlten, verbrannten und mit brutalen Mitteln seiner Identität beraubten Mordopfer begonnen hatte? «Anstrengend.»

«Verbrecher gefangen?», fragte er arglos, nicht ahnend, wie wenig diese Unschuld zu den Bildern in Heidis Kopf passte. Es schien, als baute sich quer über dem Tisch, zwischen den beiden Kerzen, eine unsichtbare Mauer zwischen ihnen auf, eine Mauer, die die Welt, in die Heidi eingetreten war, von der Welt, in der sie mit ihrem Freund lebte, trennen sollte.

«Was willst du mir erst nach dem Essen erzählen?», lenkte sie ab.

Er griff mit der Hand nach ihrem Gesicht. Sie schmiegte ihre Wange an die Hand, für einen Moment überwand das die Mauer. «Komm erst mal an und genieß das Essen.» Er zog die Hand zurück. «Ich hab selber einen Riesenhunger.»

Gabel und Löffel klapperten auf den Tellern, eine der Kerzen knisterte leise. Heidis Fuß suchte unter dem Tisch nach Manuels Nähe und bekam sie. Sie lächelten sich an. Weiter schweigend, jeder in seine eigenen Gedanken vertieft. Heidi dachte über ihre seltsam schwierigen Kollegen nach, über den Toten. Und über ihren Vorgänger Rolf Becker, über den niemand reden wollte.

«Magst du einen Nachschlag?», riss Manuel sie aus ihren Gedanken.

«Sehr gerne!» Sie schob ihm den Teller rüber. Während er aus der Küche die zweite Portion holte, warf sie einen Blick auf ihr Handy. Wieder drei Nachrichten ihres Vaters. *Wie war's?, Geht es dir gut, Heidi? Papa* und zuletzt *Spann mich doch nicht so auf die Folter!!!! P.* Sie tippte eine rasche Antwort. *Alles gut. Melde mich später. HDL, Heidi.* Dann kehrte Manuel mit den Tellern zurück.

«Ein heimlicher Verehrer?»

«Was sonst?»

Er stellte den Teller vor ihr ab und küsste sie. «Ebendrum frag ich.»

«Mein Vater», antwortete sie. «Er will wissen, wie mein erster Tag war. Ungefähr neun Mal.»

Manuel ließ sich auf den Stuhl fallen und griff nach dem Löffel, hielt aber inne, bevor er anfing zu essen. «Das wollen wir alle.»

«Es ist komisch», begann sie, «gleich ein Mord, die Kollegen sind seltsam …» Sie wusste nicht, wie sie weiter erzählen sollte. «Erzähl mir lieber, was mit dir ist. Das Essen ist fantastisch, was ist der Preis dafür?»

Manuel blickte sie einen Moment an, beugte sich dann nach vorne und stemmte die Ellbogen auf den Tisch. «Ich hab einen Job angeboten bekommen.» Heidi musterte ihn schweigend. Abwartend. «In Dubai.»

«Für wie lange?» Eben noch hatte sie nach Worten gerungen, weil sie ihrem Freund nicht erklären konnte, was sie an ihrem neuen Job so bedrückte. Jetzt fürchtete sie, er würde sie mit dieser Bedrücktheit allein lassen.

«Drei bis vier Wochen wahrscheinlich. Erst mal. Es ist eine Reisereportage für ein amerikanisches Magazin.»

«Ein internationaler Auftraggeber? Das ist ziemlich cool, oder?»

«Das ist sensationell! Ein Riesenschritt, Quatsch, ein Quantensprung für mich! Und so zahlen sie auch.»

Heidi stand auf und lief um den Tisch herum. «Ich bin so stolz auf dich», sagte sie, als sie ihn umarmte, und sie meinte es so. «Wann geht es los?»

«Morgen früh um sechs.»

«Scheiße!»

«Tut mir leid.»

«Du kannst nichts dafür.»

«Es gefällt dir trotzdem nicht.»

«Ich glaube, ich könnte dich hier gerade gut gebrauchen», antwortete sie und versuchte ein verschwörerisches Grinsen. «So am Anfang des neuen Jobs.»

Manuel ließ den Kopf hängen. «Ich bin ja nicht aus der Welt», sagte er, «sie schicken mich nur in die Wüste.» Er versuchte ein Grinsen. «Es gibt Skype, Telefone, WhatsApp, SMS.» Er nahm ihre Hand. «Ich bin immer für dich da. Das weißt du.»

Sie hielt seine Hand, wusste aber, dass das nicht stimmte.

Mittwoch, 2. März 2016

5

Die Nacht war kurz. Im Halbdunkel suchte sie im Regal neben dem Kleiderschrank nach ihren Biker Boots. Statt des Businesskostüms hatte sie sich gestern Abend eine schwarze Jeans, einen dunklen Rollkragenpullover und das ebenfalls schwarze Lederjackett zurechtgelegt. Nicht nur ein Outfit, in dem sie sich wohler, stärker und sicherer fühlte. Sondern eins, in dem sie aussah «wie ein richtiger Bulle». So hatte sich Manuel ausgedrückt. Daran änderte auch die silberne Kette und das ebenfalls silberne Armband nichts, die sie angelegt hatte, um nicht ganz so burschikos zu wirken. Noch einmal würde sie nicht mit Pumps durch einen Wald staksen! Sie fand die Boots unter Manuels Neopren-Strandschuhen. Ihr Blick blieb an dem blauen Plastikgewebe auf der Oberseite der Schuhe hängen. Das kannte sie. Das hatte sie gestern an den Füßen der verkohlten Leiche gesehen. Sie nahm einen der Schuhe und packte ihn in eine Plastiktüte. Was zum Teufel machte jemand mit Strandschuhen im Wald?

«Bist du so weit?» Manuel kam, eine Reisetasche und seine Fotoausrüstung in den Händen, aus dem Wohnzimmer. Sie nickte. Trotz des frühen Abflugs hatte sich Heidi bereit erklärt, ihn zum Flughafen zu bringen.

Im Auto warf er Reisetasche und Fotoausrüstung auf die Rückbank und ließ sich neben Heidi auf den Beifahrersitz fallen. Die Fahrt durch die menschenleere Stadt am frühen Morgen war kurz, nach nicht einmal 20 Minuten stoppte Heidi den kleinen Mercedes A-Klasse ihres Freundes vor dem Flughafen.

«Pass auf dich auf!», sagte sie zum Abschied. Sie küssten sich lange. Er stieg aus dem Wagen und nahm die Taschen von der Rückbank, dann beugte er sich erneut hinein, küsste sie wieder.

«Wir schreiben!», sagte er. «Und ich ruf dich an, sobald ich in Dubai gelandet bin!»

«Okay», sagte sie. Sie hasste Abschiede. Sie hasste es, dass er weg war. Gerade jetzt. Manuel verschwand im Gebäude. Bevor sie losfuhr, tippte sie noch eine SMS. *Guten Flug! Viel Spaß! Ich liebe dich.* Dann schob sie eine CD in den Player und fuhr zurück in die Stadt. Sie ließ das Fenster hinunter, sodass kalte Morgenluft hereinströmte. Langsam sägte sich Manowars ‹Warriors of the World United› aus den Boxen. Sie drehte die Musik lauter, während sie den Wagen auf die Autobahn lenkte. Das war genau das, was sie jetzt brauchte. Hinter ihr startete ein Flugzeug in den immer noch nachtdunklen Himmel. Sie beobachtete es im Rückspiegel, bis es aus ihrem Blickfeld verschwunden war. In einer Stunde würde auch Manuel in so einem Flugzeug sitzen. Sie überprüfte ihr Handy. Keine Nachricht. Also legte sie es auf den Beifahrersitz, vor dem ihre Handtasche und die Plastiktüte mit Manuels Strandschuh standen.

Nur wenige Kollegen waren so früh am Morgen auf den Fluren unterwegs. Von draußen drang zaghaft erstes Tageslicht in den Flur. Der Portier schaute von seiner Zeitung hoch. Es war der gleiche Beamte, der sie gestern zu Westphalen geschickt hatte. Er nickte freundlich. Sie lächelte. Er lächelte zurück. Sie zwinkerte. Er lachte. Als sie das Büro betrat, fiel ihr Blick als Erstes auf die Wand neben der Tür. Sie vermisste das leicht vergilbte Papier von Beckers Todesanzeige, blieb stehen und schaute sich die mit Postkarten und Zetteln vollgepinnte Wand genauer an. Sowohl die Anzeige wie auch das Foto, das das Team mit Becker zeigte, waren verschwunden. Die Tür vom Flur zu Westphalens Büro wurde aufgeschlossen. Der Chef kam früh. Er betrat das Zimmer des Teams, hielt eine Zeitung in der einen Hand und einen Kaffeebecher mit einem Aufdruck von Borussia Mönchengladbach in der anderen.

Wortlos hielt er die Zeitung hoch. Sie sah sich selbst, wie sie offen und freundlich in die Kamera blickte, im Hintergrund Bäume und ein Stück des Parkplatzes. ‹Der geheimnisvolle Tote im Wald›, lautete die Überschrift. Weniger gefiel ihr, was darunter stand: ‹Deutschlands erste schwarze Kommissarin auf Mörderjagd›. Westphalen faltete die Zeitung zusammen und reichte sie ihr. «Lesen Sie das ruhig, falls Sie es nicht schon kennen.»

«Nein, kenne ich nicht», murmelte sie. Der Artikel drehte sich tatsächlich ausschließlich um sie, am Ende fand sie sogar das Foto, das sie gemeinsam mit dem Polizeipräsidenten und dem KD hatte machen müssen.

«Die etwas seriöseren Blätter bringen nur das Foto», kommentierte der Hauptkommissar. «Hatte ich Sie nicht gebeten, sich zurückzunehmen und nicht mit der Presse zu reden?»

«Ich habe nicht mit der Presse geredet, wirklich nicht.»

«Da drin steht was anderes. Ich darf zitieren: ‹Leider kann ich Ihnen noch nichts Genaues sagen. Aber wir arbeiten alle fieberhaft daran, dieses schreckliche Verbrechen aufzuklären.›» Der Hauptkommissar konnte den Satz auswendig.

Heidi hielt die Zeitung zusammengerollt in der Hand. «Möchten Sie wissen, was ich wirklich gesagt habe?»

«Also geben Sie zu, mit dem Journalisten gesprochen zu haben?»

«Er hat mit mir gesprochen.» So leicht ließ sie sich nicht beirren. «Meine Antwort lautete: ‹Kein Kommentar›. Das war alles.»

«Und das soll ich Ihnen glauben?»

«Sie können Löwinger fragen, der war dabei.»

«Das werde ich tun.» Er hob Daumen und Zeigefinger. «Bis dahin ist das meine zweite Warnung an Sie.»

Sie nickte. Was hätte sie sagen sollen? Sie hielt die Zeitung hoch. «Darf ich die behalten?»

«Wenn Sie meinen, dass Sie das Erinnerungsstück nötig haben, gerne.»

«Ich habe eher die Absicht, jemanden damit zu schlagen.»

Um acht Uhr füllte sich das Büro. Nicht nur ihre drei Kollegen betraten nacheinander den Raum, auch Spoehri und einer seiner Mitarbeiter, den der Alte als Tom vorstellte, gesellten sich zu ihnen. Die Zeitung lag zugeschlagen vor ihr. Auf der Titelseite prangte sie zu ihrer Erleichterung nicht. Die gehörte einem Landtagsabgeordneten, der wegen einer Liebesgeschichte ins Gerede gekommen war. Heidi hatte den Artikel über sich noch einmal gelesen. Der Journalist hatte ihn nicht einmal mit Namen gezeichnet, nur mit dem Kürzel ‹pm›.

«Unser neuer Superstar», stellte Spoehri sie dem jungen Mann vor. Er hatte also auch schon Zeitung gelesen. Die anderen nicht, Dennewitz und Löwinger stürzten sich begierig auf den Artikel.

«Hübsches Foto», lachte Paul.

«Lob sie nicht noch dafür», murrte Westphalen.

Heidi sah Löwinger an, der auf seinem Stuhl Platz genommen hatte, den Schlüsselbund mit dem Esel neben sich auf dem Tisch. «Könntest du ihm bitte sagen, dass ich mit keinem Journalisten da draußen gesprochen habe?»

«Du hast mit ihnen gesprochen.»

Heidi blickte ihren Kollegen fassungslos an. Um sie herum herrschte mit einem Mal Stille. «Ich hab *was*?»

«Mit ihnen gesprochen. Sie haben dich angesprochen, du hast geantwortet.»

«Ich habe ‹Kein Kommentar› gesagt, mehr nicht.»

«Was du gesagt hast, habe ich nicht gehört.»

«Könntet ihr eure internen Probleme klären, wenn wir wieder weg sind?», schaltete sich Spoehri ein. «Wir haben nämlich zu arbeiten.»

«Habt ihr denn was für uns?», fragte Anna. Heidi war froh, dass sie das Thema wechselte, fragte sich aber, warum Löwinger sie hängen gelassen hatte. Sie würde ihn das fragen.

«Um ehrlich zu sein: nicht viel. Wer auch immer den Mann getötet hat, ist sehr gründlich darin gewesen, Spuren zu verwischen.»

«Was ist mit Fuß- oder Reifenspuren?», fragte Heidi.

«Jede Menge. Am Wochenende waren Dutzende Ausflügler da draußen unterwegs. Das ist ein Naherholungsgebiet.»

«Hat die Rechtsmedizin schon was?», fragte Dennewitz.

Spoehri schüttelte den Kopf. «Nein, die sind unterbesetzt.»

«Gibt es nicht einmal eine ungefähre Angabe zum Todeszeitpunkt?», fragte Dennewitz ungläubig.

«Irgendwann zwischen acht Uhr am Montagabend und sechs Uhr am Dienstagmorgen.»

«Wie kommt die Rechtsmedizin darauf?»

«Gar nicht. Das ist logisches Denken. Um acht Uhr ist es auf dem Parkplatz und der Landstraße noch zu belebt, da würde ein brennender Mann irgendwem auffallen. Selbst wenn er hundert Meter im Wald ist.»

«Und um sechs? Was war da?»

«Da hat unser einziger Zeuge den Toten gefunden», warf Löwinger ein.

«Wie auch immer: Die Rechtsmediziner haben versprochen, uns bis heute Abend den Bericht zu schicken.»

«Uns hoffentlich auch», warf Westphalen ein.

«Davon gehe ich aus», erwiderte Spoehri trocken.

«Also ist die Spur zu diesem Sextreff das Beste, was wir haben.» Westphalen kratzte sich nachdenklich am Kinn. «Wir sollten die Prostituierten, die am Montagabend gearbeitet haben, vorladen und den Mädels auf den Zahn fühlen. Versucht herauszufinden, wer die da rausschickt und sonst noch mit drinhängt.»

Die Runde wollte sich schon auflösen, als Heidi die Plastiktüte nahm und Manuels Strandschuh herauszog. «Ich hab da etwas gefunden», sagte sie und wandte sich an Spoehri.

«Könnten die Schuhe des Toten so ausgesehen haben? Das blaue Plastik oben scheint mir das Gleiche zu sein.»

Spoehri nahm den Schuh in die Hand, drehte und betrachtete ihn. Dann hielt er ihn sich fast direkt vor die Nase, kniff ein Auge zusammen und musterte das blaue Plastikgeflecht auf der Oberseite. «Gut möglich», sagte er. «Wo haben Sie den her?»

«Der gehört meinem Freund. Den hat er sich auf Ibiza gekauft. Gibt es aber an hunderten Strandshops rund ums Mittelmeer.»

«Zeig mal!» Löwinger streckte die Hand aus.

Spoehri reichte ihm den Schuh. «Nimm einen tiefen Zug, Löwinger, tut dir gut.»

«Spaßvogel!» Löwinger betrachtete den Schuh, gab ihn zurück. «Ja, so was Ähnliches habe ich da unten schon gesehen.»

«Löwinger verbringt jeden Urlaub auf seiner kleinen Finca auf Mallorca», erklärte Dennewitz Heidi.

«Es ist Menorca und es ist bloß eine Ferienwohnung», antwortete Löwinger gereizt.

«Ja, ja, schon gut! Was mich mehr interessiert: Wie helfen uns diese Strandlatschen weiter?», unterbrach Westphalen das Geplänkel der beiden.

«Es bringt deine Theorie eines Mordes im Zuhältermilieu ins Wanken», antwortete ihm Anna.

«Warum?»

Anna deutete mit der Dose, in der sie sonst ihre Pfefferminzbonbons aufbewahrte, auf die Strandschuhe. «Hast du schon einmal einen Zuhälter gesehen, der mit so was herumläuft?»

Strandschuh hin oder her, Westphalen ließ es sich nicht nehmen, Olga Kusmin noch am Vormittag von zwei Streifenpolizisten ins Präsidium bringen zu lassen. Trotz des Anschisses am Morgen und dem Umstand, dass Heidi seine Theorie nicht teilte, ließ er sie keine langweilige Büroarbeit erledigen. «Sie gehen mit Dennewitz in Verhörraum 232 und unterhalten sich noch einmal mit der Dame. Vielleicht lernen Sie was!»

Dennewitz machte in der Kantine einen kleinen Stopp und holte zwei Kaffee. «Nimm dir auch einen mit», sagte er. Heidi zog sich einen Cappuccino, während ihr Kollege in der Tür wartete und mit einer Schwarzhaarigen in Uniform redete.

Im Verhörraum saß Olga Kusmin in dem gleichen Sweatshirt, das sie gestern getragen hatte, darüber eine schwarze Plastiklederjacke. Eine Handtasche aus dem gleichen Material, nur in Weiß, hing über ihrer Schulter.

«Werde ich jetzt verdächtigt?», fuhr sie die beiden Polizisten zur Begrüßung an.

«Kaffee?», antwortete Dennewitz und stellte einen Becher vor ihr ab. Dann kramte er zwei Zuckerpäckchen, eine Plastikdose mit Milch und einen Plastiklöffel aus seiner Jackentasche und legte alles neben den Becher. Olga Kusmin stand die Überraschung ins Gesicht geschrieben.

Schon was gelernt, dachte Heidi und überwand sich, Westphalen innerlich zu danken. «Ich wusste nicht, wie Sie Ihren Kaffee mögen, Frau Kusmin», fuhr Paul jovial fort. Schwungvoll zog er einen der Stühle unter dem Tisch hervor, hängte seine Jacke über die Lehne und setzte sich Olga gegenüber. Die riss das Milchdöschen auf und goss sich ein.

Heidi lehnte sich an die Wand. «Meine Kollegin, Kriminalkommissarin Kamemba, kennen Sie ja bereits.» Olga blickte kurz zu Heidi hinüber. Heidi nickte. Olga nicht. «Um auf Ihre Frage einzugehen», redete Paul in munterem Plauderton weiter, «Sie werden überhaupt nicht verdächtigt. Da kann ich Sie beruhigen. Wollen Sie die Jacke nicht vielleicht doch lieber ausziehen? Es ist warm hier drin.»

Olga zog sich tatsächlich die Jacke aus. Heidi konnte ihr förmlich dabei zusehen, wie sie sich unter Pauls sanftem Redeschwall entspannte. Er plauderte weiter über das Wetter. Olga trank ihren Kaffee. «Was ich aber schon sagen muss», wechselte er für eine Nuance in einen schärferen Tonfall, «dass Sie gestern nicht sehr kooperativ waren, als meine Kolleginnen den weiten Weg auf sich genommen haben, um Sie in dem traurigen Mordfall, der uns beschäftigt, zu befragen. Und deswegen», er beugte sich vor und faltete die Hände auf dem Tisch, «sind Sie heute hier.» Jetzt machte er eine kleine Pause. Olga wirkte nicht sehr beeindruckt, sondern trank einen Schluck von ihrem Kaffee.

«Der schmeckt scheiße.» Sie stellte den Becher wieder hin. Paul Dennewitz verzog für einen winzigen Moment die Mundwinkel.

«Der Kaffee ist noch das Beste hier. Sie müssten sich mal unsere Büros angucken.»

«Danke, mir reicht das schon.» Die Prostituierte deutete mit einer Handbewegung durch den Raum.

«Dann wollen Sie sicher schnell wieder hier weg», erwiderte Paul, die Stimme noch eine Nuance schärfer.

«Worauf Sie Gift nehmen können. Oder weiter diesen Kaffee trinken.»

Heidi trank selber einen Schluck von ihrem Cappuccino, den sie gar nicht so schlecht fand. Es fiel ihr schwer, in der Rolle der Beobachterin zu verharren, aber es war offensichtlich, dass Dennewitz eine Strategie verfolgte, und sie wollte ihm dabei nicht dazwischenfunken. Außerdem wollte sie sehen, ob seine Strategie aufging. Sie zweifelte daran. Kusmin würde blocken.

«Reden wir über Montagabend», setzte Paul das Verhör fort. «Sie haben oben an der Landstraße gearbeitet, auf dem Parkplatz.»

«Das wissen Sie doch schon.»

«Wahrscheinlich zur gleichen Zeit wurde rund hundert Meter entfernt ein Mann erschossen, sein Gesicht zertrümmert, seine Finger abgehackt und was von ihm übrig blieb, verbrannt.»

Sie schwieg und schlang die Hände um den Becher.

«Davon haben Sie nichts mitbekommen?»

Einen Augenblick zögerte die Frau. «Nein.»

Dennewitz griff urplötzlich über den Tisch und nahm ihr den Kaffee aus der Hand.

«Was soll das?»

«Ich gebe niemandem einen Kaffee aus, der mich verarscht.»

«Ich ...»

«Sie verarschen mich. Wollen Sie mir ernsthaft erzählen, dass quasi neben Ihnen im Wald Schüsse gefallen sind und Sie nichts gehört haben?»

«Vielleicht hat Ihr Mörder einen Schalldämpfer benutzt?»

«Und dass es gebrannt hat, haben Sie auch nicht mitbekommen? Bestimmt haben Sie und Ihre Kolleginnen alle einen Schnupfen und riechen nichts. Flammen sieht man ja auch nicht so gut, wenn es dunkel ist.»

Olga verschränkte die Arme vor der Brust und lehnte sich zurück. Heidi kannte diese Geste von ihr. Paul stand auf. «Reden wir mit Ihren Kolleginnen. Und Ihren Kunden.» Ein letztes Mal drehte er sich zu Olga um. «Sie sind vorläufig festgenommen wegen des Verdachts, eine Straftat zu vertuschen.» Er griff an ihre Schulter und nahm der verdutzten Prostituierten die Handtasche ab. «Ich nehme an, Sie haben da drin ein Adressbuch oder ein Handy mit den Kontaktdaten Ihrer Kunden?»

«Das können Sie nicht machen!», protestierte die Frau.

«Ich kann», antwortete Dennewitz. Seine Stimme klang nicht mehr scharf, sondern nüchtern und kalt. Heidi hätte schwören können, dass sogar die Temperatur im Raum gesunken war.

Sie musste rennen, um mit Paul Dennewitz auf dem Rückweg Schritt zu halten, so schnell lief er den Flur hinunter. Er bremste kaum ab, als er die Tür zum Büro aufriss und hineinstürmte, Heidi knapp hinter ihm. Der Kommissar ließ sich auf seinen Stuhl fallen. Löwinger grinste breit. «Da war jemand nicht erfolgreich, oder?»

«Sie schweigt weiter», antwortete Heidi an Pauls Stelle.

«Aber sie verheimlicht uns etwas!» Paul schlug mit der Faust auf den Tisch.

«Deckt sie jemanden?», fragte Anna.

«Mit Sicherheit!», entfuhr es Dennewitz. Heidi war sich da nicht so sicher. Sie hatte das Gefühl, dass sie auf einer falschen Spur waren. Aber sie wusste nicht, wie sie das sagen sollte. Westphalen würde mehr als ein Gefühl von ihr verlangen und hatte damit recht. Trotzdem: Sie war überzeugt, dass der tote Unbekannte nichts mit Zuhälterei oder Prostitution zu tun hatte. Olga Kusmin mochte bockig sein. Aber solange sie nicht einmal genau wussten, wann der Verbrannte oben im Wald erschossen worden war, hatten sie nichts in der Hand. Und konnten der Prostituierten nicht einmal einen Vorwurf machen.

«Und jetzt?», riss Löwinger Heidi aus ihren Gedanken.

«Haben wir schon die Bilder des Toten?», fragte Heidi. Anna reichte sie ihr in einer Mappe.

«Was hast du vor?»

Bevor Heidi antworten konnte, drehte Paul den Bildschirm zu seinen Kollegen. Eine billig aufgemachte Homepage war da zu sehen, darauf ein Gruppenbild mehrerer Mädchen, die vor einem schwarzen Großraumwagen standen und mehr oder minder verführerisch in die Kamera schauten. «Wir fragen ihre Kolleginnen.»

Das Spektakel war beeindruckend. Heidi stand neben dem Alten von der Pforte, der an der Tür seines Glaskastens lehnte und staunte. Löwinger, Westphalen und Dennewitz standen ihnen gegenüber, inmitten einiger anderer Kollegen. Nur Anna fehlte. Heidi schaute sich um, konnte sie aber nirgends entdecken.

«Flossen weg!», schrie jemand, und Heidi wandte sich wieder dem Spektakel zu. Olga Kusmins vier Kolleginnen, umringt von der doppelten Anzahl Streifenbeamter, die sie teilweise im Klammergriff hielten, weil sich die Mädchen weigerten, das Präsidium zu betreten, oder eben in gehörigem Abstand nebeneinander hergingen, weil jede eine

Annäherung unter Armlänge mit Geschrei und Fluchen unterband.

«Wenn sie anfangen, Bonbons zu werfen, ist das wie der Rosenmontagszug», kommentierte der Beamte vom Empfang auf seinen Stock gestützt.

«Nur bunter», antwortete Heidi.

Wieder kreischte jemand.

«Und lauter.» Der Alte steckte sich die Finger in die Ohren, als das Geschrei immer schriller wurde und durch das Foyer hallte. Auf der anderen Seite lachten die Kollegen. Westphalen winkte ihr zu und bedeutete mit einem Kopfnicken, dass es wieder zurück in die Büros ging.

Fünfzehn Minuten später saß Heidi auf dem Stuhl im Verhörraum 232, auf dem vor einer Stunde Paul vergeblich versucht hatte, Olga Kusmin zum Reden zu bringen. Hinter ihr an der Tür lehnte Westphalen, die Arme verschränkt, die Augen auf das Mädchen gerichtet, das Heidi gegenübersaß. Es war die, die draußen am lautesten gekreischt hatte. Jetzt saß sie still da, spielte mit einer Zigarettenpackung in ihrer linken Hand und fuhr sich mit der anderen gelegentlich durch die langen Haare, die am Ansatz und bis zur Mitte blondiert waren, darunter einen leuchtend pinken Farbton hatten. Das enge Kleid betonte die schlanke Figur und die vermutlich für viel Geld vergrößerten Brüste. Heidi nahm an, dass Westphalen an der Tür stehen blieb, weil da die Aussicht auf die Brüste besser war. Das Mädchen, das sich als Jenny vorgestellt hatte, laut ihrem Personalausweis aber Svenja Welkenrath hieß, tat dem Hauptkommissar den Gefallen und beugte sich ein Stück nach vorne.

Nachdem Heidi die Formalitäten erledigt hatte, stand sie kurz auf und schaltete das Videogerät ein, das das Verhör aufzeichnen sollte.

«Verhör Svenja Welkenrath, Mittwoch, 2. März 2016, Beginn 12 Uhr 45. Anwesende Beamte Hauptkommissar Bruno Westphalen, Kriminalkommissarin Heidi Kamemba.» Es war das erste Mal, dass sie das so förmlich sagte. Es gefiel ihr gut.

«Muss das sein?», maulte Jenny / Svenja. Sie sächselte.

«Ja, muss es», antwortete Heidi knapp, in dem Tonfall, den Manuel – von dem sie weiter kein Lebenszeichen bekommen hatte – ihren Bullensprech nannte. Bullenoutfit und Bullensprech. Gelernt auf den Straßen von Duisburg, in Situationen, wo es ratsam war, als Polizistin erst gar keine Diskussionen aufkommen zu lassen. Svenja Welkenrath zog eine Schnute, beugte sich vor, blickte auf Westphalen, der schwieg. Im Grunde war die Aufzeichnung tatsächlich unnötig. Heidi wollte dem Ganzen nur einen etwas bedeutsameren Anstrich geben. Taktik. Sie wollte sich nicht wie Paul mit Freundlichkeit und Kaffee die Zähne ausbeißen.

«Legen wir los», sagte sie, als sie sich wieder setzte. «Sie wissen wahrscheinlich, dass es um die vorletzte Nacht geht. Sie haben gemeinsam mit Olga Kusmin und Ihren Kolleginnen auf dem Parkplatz an der Bergischen Landstraße gearbeitet.» Sie tat kurz so, als blicke sie in die Mappe, die vor ihr lag. «Was haben Sie dort gemacht?», fragte sie dann.

«Das wissen Sie doch.»

«Ich versuche mir ein Bild von dem Abend zu machen.

Von der Situation auf dem Parkplatz. Laufen Sie da rum? Warten Sie im Wagen auf Ihre Freier? Stehen Sie an der Straße oder auf dem Parkplatz?»

«Auf dem Parkplatz, an der Straße gibt's nur Ärger.» Sie drehte die Zigarettenpackung in der Hand.

«Also laufen Sie den Parkplatz rauf und runter?»

«Kommt drauf an. Manchmal sitzen wir einfach nur im Wagen und warten.»

«Das hängt vom Wetter ab, könnte ich mir vorstellen.»

Svenja nickte.

«Wie war das Wetter am Montag?»

«Kalt, ungemütlich.»

«Also haben Sie die meiste Zeit im Wagen gesessen?»

«Nein, ich bin ein bisschen rumgelaufen.» Sie zögerte einen Moment, ehe sie weitersprach. «Ich brauch das Geld, wissen Sie. Da muss man manchmal ein bisschen ... na ja ... auf sich aufmerksam machen.» Hinter sich hörte Heidi Westphalen schnauben.

«Ich könnte auf Aufmerksamkeit gut verzichten.»

«Na, Sie fallen ja auch überall auf.»

«Sie nicht? Mit den Haaren?»

Svenja griff nach einer Strähne und betrachtete sie kurz, als bemerkte sie die Farbe zum ersten Mal. «Man muss ein bisschen was aus sich machen.»

«Bis wann waren Sie ungefähr auf dem Parkplatz?»

Das Mädchen schaute auf die goldene, etwas zu dicke Uhr, die sie am Handgelenk trug, als könne die ihr die Antwort verraten. «Normalerweise bleiben wir immer bis neun.»

«Am Montag auch?»

«Am Montag ...? Nein, da sind wir etwas länger geblieben. Ruth hatte noch einen Freier, das zog sich hin. Stammkunde.»

Montagabend neun Uhr fiel in den Zeitraum, den Spoehri als mögliche Tatzeit genannt hatte.

«War da jemand, der nicht zu Ihren Freiern gehörte? Ein Spaziergänger vielleicht?»

Svenja schüttelte den Kopf.

«Sie wissen, dass wir hier über einen Mord reden, Frau Welkenrath?»

Die junge Frau senkte kurz den Blick. Heidi zog die Bilder des verkohlten Körpers aus der Mappe und legte sie vor Svenja auf den Tisch. Die schaute darauf, wandte dann aber rasch das Gesicht ab. So hartgesotten war die Prostituierte doch nicht. Mord mochte in Kriminalromanen oder Fernsehserien alltäglich sein, in der Wirklichkeit war die Konfrontation mit einer Mordermittlung und einem Mordopfer für die meisten Menschen, selbst die Abgebrühtesten, immer noch beängstigend und unheimlich.

«Da war jemand, nicht wahr?», hakte Heidi nach. Svenja Welkenrath starrte nun auf ihre Fingernägel, schwarzweißes Zebramuster in pinker Umrandung. «Wenn Sie uns etwas verschweigen, machen Sie sich strafbar.»

«Und wie Sie schon sagten», mischte sich Westphalen ein, «Sie brauchen den Job und das Geld.»

«Ein Mann wurde dort oben erschossen, verstümmelt und verbrannt.» Heidi tippte mit dem Zeigefinger auf die Bilder. «Etwa zur gleichen Zeit, als Sie auf dem Parkplatz gearbeitet haben. Es ist also gut möglich, dass Sie etwas gesehen haben, vielleicht etwas, das Ihnen am Montag ganz harmlos erschien.»

Der letzte Satz war ein Angebot. Alle im Raum wussten das. Die Prostituierte überlegte einen Moment, die Zigarettenschachtel drehte sich im Kreis. Heidi und Westphalen schwiegen. «Ich möchte wirklich keinen Ärger …», setzte Svenja an und legte die Schachtel auf den Tisch. Nach drei Sekunden klopfte sie nervös mit dem Zeigefinger darauf.

«Kannten Sie denjenigen, den Sie gesehen haben?», fragte Heidi.

«Nein, den hatte ich vorher noch nie gesehen.»

Heidi meinte fast spüren zu können, wie sich die Haare auf ihren Armen aufrichteten. Hier war etwas zu holen.

«Können Sie den Mann beschreiben?»

«Netter Kerl, nichts Besonderes. Ein junger Typ, wie man sie heute dauernd sieht. Bisschen cool, bisschen ungepflegt, blond, Bart, Ende zwanzig vielleicht.»

«Was hatte er an?»

Svenja dachte nach. «Jeans, glaube ich, so einen Kapuzenpulli … schwarz …»

«Was für Schuhe?»

«Ja, die waren komisch!», erinnerte sich das Mädchen. «So … ich weiß gar nicht, wie ich die beschreiben soll … das waren so Plastiklatschen. Wie von Tauchern oder so …»

«Was hat der Mann gemacht?» Heidi wusste nun, dass sie von ihrem Mordopfer redeten. Dem Mann, den sie nur als verkohlten Klumpen kannte, wie es Spoehri ausgedrückt hatte.

Svenja zuckte mit den Achseln. «Er lief die Landstraße entlang.»

«Zu Fuß? Das ist ziemlich weit draußen.»

«Das weiß ich.» Sie grinste. Seitdem sie sich entschlossen

hatte zu reden, war ihre Nervosität verschwunden. «Deswegen fahren wir ja da hin.»

«Aber da läuft doch niemand zu Fuß raus?», bohrte Westphalen nach.

Svenja quittierte Westphalens Ungläubigkeit mit einem trotzigen Blick. Sie war sich offenbar bewusst, dass sie den Polizisten etwas zu bieten hatte. «Kalt hier drin», sagte sie, als sie die Jacke von der Stuhllehne nahm und sich überzog.

«Wollte er zu Ihnen?», fragte Heidi weiter.

«Nein, er ist an uns vorbeigelaufen. Olga hat ihn angesprochen, aber er hat nur den Kopf geschüttelt und konnte nicht schnell genug an uns vorbei sein. War ein wenig schüchtern, der Kleine», lachte sie, dann fiel ihr Blick auf die Bilder und sie verstummte.

«Wann haben Sie diesen Mann gesehen?»

«So gegen Viertel nach neun muss das gewesen sein. Kurz bevor wir gefahren sind.»

«War sonst noch irgendetwas auffällig an ihm?»

«Er hatte eine Plastiktüte in der Hand. Von der Tankstelle neben dem Busparkplatz.»

«Sind Sie sicher, dass die Tüte von der Tankstelle war?»

Die Prostituierte richtete sich auf. In Heidis Kopf ratterte es derweil. Tankstelle. Plastiktüte. Mit etwas Glück Einkäufe. Mit noch mehr Glück hatte der Mann nicht mit Bargeld, sondern mit Karte gezahlt.

«Sie können ja fragen gehen.»

«Das werden wir», sagte Heidi.

«Gute Arbeit!», lobte der Hauptkommissar Heidi, als sie den Verhörraum verließen und zurück ins Büro gingen. «Aber machen Sie nicht gleich eine Pressemeldung draus.»

«Können wir das Thema vielleicht mal auf sich beruhen lassen?» Sie blieb stehen. «Schauen Sie mich mal an.» Westphalen, der ein paar Schritte weitergelaufen war, drehte sich zu ihr um. Heidi deutete mit dem Finger in ihr Gesicht. «In dieser Behörde falle ich genug auf, oder? Können Sie sich vorstellen, dass ich nicht noch mehr Aufmerksamkeit brauche? Und auch keinen Chef, der mir das dauernd unterstellt.»

Im Büro trommelte der Hauptkommissar das Team zusammen und berichtete von Svenja Welkenraths Aussage. «Paul und Anna, ihr fahrt da raus.»

«Wenn er nicht bar bezahlt hat, erfahren wir vielleicht seinen Namen», ergänzte Heidi.

«Überprüft das!», griff Westphalen den Gedanken auf.

«Kann das nicht jemand anders machen?» Alle blickten Anna an. «Ich hab nachher einen Arzttermin.»

«Schön, dass ich auch davon erfahre», murrte Westphalen. «Macht hier jetzt jeder, was er will?»

«Ich kann mit Heidi fahren», schlug Dennewitz vor.

Westphalen zögerte einen Moment mit der Antwort. «Dann mach das.»

6

Dennewitz konzentrierte sich auf den Verkehr. Anders als Löwinger schien er es nicht eilig zu haben oder sie mit dem Wagen beeindrucken zu wollen. «Die Chancen stehen nicht schlecht, dass wir erfolgreich sind.» Er wirkte sehr selbstzufrieden. «Mit irgendwem muss unser Opfer an der Tankstelle geredet haben, und jemand, der zu Fuß so weit draußen einkaufen geht, fällt auf. Außerdem gibt es mit ziemlicher Sicherheit eine Videoüberwachung, also ein Bild unseres Opfers. Wenn er dann noch mit EC-Karte bezahlt hat, könnten wir gleich noch seine Identität klären.» Er bremste an einer Ampel ab. «Du passt gut in unser Team», sagte er zu Heidis Verblüffung. Sie fühlte sich nach dem Streit mit dem Hauptkommissar wie eine Fremde, hatte aber keine Lust, das Thema mit Paul Dennewitz zu besprechen.

Aber sie konnte das Gesprächsangebot für etwas anderes nutzen. «Wie war mein Vorgänger eigentlich so?»

«Becker?»

Sie nickte.

«Guter Polizist, hartnäckig, clever. Guter Kollege, auf den man sich verlassen konnte.»

Floskeln. «Aber was war er für ein Mensch?»

Dennewitz schaute sie an, als verstünde er die Frage nicht. «Guter Kerl, freundlich, witzig.»

Lag es an Becker oder an Dennewitz, dass er ihr so wenig über den toten Kollegen erzählen konnte?

«Und wie ist er gestorben? Im Dienst?»

«Nicht im Dienst, nein.»

«Er war ziemlich jung», bohrte Heidi weiter.

«Wen die Götter lieben, den rufen sie früh zu sich», antwortete er. «Eine alte griechische Weisheit, und ich glaube, da ist was dran.»

Heidis Handy brummte in der Tasche. Sie kramte es hervor, weil sie auf eine Nachricht von Manuel hoffte.

«Nachricht von deinem Freund?», fragte Dennewitz.

«Von meinem Vater», antwortete Heidi wahrheitsgemäß und las, dass ihr Vater ihr auch für den zweiten Tag Glück wünschte, an sie glaubte und sich freuen würde, wenn sie ihn bald besuchen käme.

«Hast du einen Freund?»

«Ja», antwortete Heidi. «Er ist Fotograf.»

«Cool. Wohnt ihr zusammen?»

Sie nickte.

«Kinder?»

«Nein, das hat noch Zeit. Du?»

Er lachte und schüttelte den Kopf. «Nein, ich hab keine Kinder. Löwinger und Westphalen haben welche. Ich brauch das nicht.»

Das Hinweisschild der Tankstelle tauchte hinter kahlen

Bäumen auf. Die Sonne stand hinter ihnen und leuchtete ein paar aufgerissene Wolken dramatisch an. Dennewitz setzte den Blinker und parkte den Wagen direkt vor dem Eingang der Tankstelle. «Dann wollen wir mal!»

Die Kassiererin, eine etwa zwanzigjährige Blondine mit Pferdeschwanz, deren Namensschild sie als Sarah Hein auswies, stand hinter der Kasse und knöpfte sich gerade den Kittel zu. An einem Stehtisch machten zwei Handwerker Mittagspause. Ihr Wagen parkte draußen vor dem Shop. Neben Schokoriegeln lagen die regionalen Zeitungen an der Kasse. Für den Boulevard war die Affäre des Landtagsabgeordneten Schäfer mit der Freundin seiner Tochter das große Thema. Der verbrannte Tote fand sich weiter unten auf der ersten Seite.

«Dienstbeginn», erklärte sie verlegen lächelnd.

«Steht Ihnen», erwiderte Dennewitz.

«Danke.» Sie musterte die beiden misstrauisch.

«Paul Dennewitz, Kripo Düsseldorf.» Er hielt ihr seinen Dienstausweis hin. Doch sie sah zu Heidi.

«Kamemba, ebenfalls Kripo Düsseldorf.»

«Aha», antwortete das Mädchen. «Ist wieder Geld aus der Kasse gestohlen worden?»

«Nein, es geht um einen Mord.» Dennewitz lehnte sich mit einem Arm auf die Theke vor der Kasse.

«Mord? Hier?»

«Nein, weiter oben an der Landstraße. Aber das Opfer hat vorher bei Ihnen eingekauft.»

«Haben Sie am Montagabend gearbeitet?», mischte sich Heidi ein.

Sarah Hein blickte zu Paul.

«Haben Sie?», ergänzte der.

Sie schüttelte den Kopf. «Nein, am Montag hatte ich frei.»

«Wer war denn hier?», fragte Heidi.

«Ich weiß nicht.»

«Können Sie es rausfinden?»

«Ich könnte mal nachfragen.»

Heidi fragte sich, ob Hein unkooperativ oder einfach nur sehr, sehr langsam war.

Dennewitz lächelte das Mädchen an. «Das wäre nett.»

«Haben Sie eine Karte oder so?»

Sie spielte auf Zeit. Warum? Paul suchte in seinen Jackentaschen, zuckte dann entschuldigend mit den Achseln und drehte sich zu Heidi um. «Meine sind irgendwie aus. Hast du welche?»

«Meine sind noch gar nicht da.» Sie wandte sich an die Verkäuferin. «Ich schreibe Ihnen meine Nummer auf.»

Dennewitz kam ihr zuvor, griff nach dem Kugelschreiber, der neben dem Kartenlesegerät hing, und zog ein Stück Papier aus der Tasche.

«Nehmen Sie meine», sagte er, während er Sarah den Zettel über die Theke schob.

Hein nahm den Zettel und steckte ihn ein. «Okay», sagte sie nur. «Ich melde mich.»

Dennewitz gab sich souverän, nickte ihr freundlich zu und drehte sich um. Heidi blieb noch einen Moment stehen.

«Sie haben hier Videoüberwachung.» Sie deutete mit dem Finger auf eine Kamera an der Decke. «Beobachtet die nur oder zeichnet die auf?»

«Die zeichnet auch auf.»

Dennewitz stellte sich wieder neben sie. «Wir würden gerne die Aufzeichnungen von Montagabend sehen.»

«Ich weiß nicht, ob das in Ordnung ist.» Die Kassiererin sah sich nach links und rechts um, als würde dort jemand aus dem Boden wachsen, der ihr sagen könnte, ob die beiden Polizisten die Aufzeichnungen sehen dürften.

«Ist kein Kollege da, der das entscheiden kann?», fragte Heidi.

Das Mädchen schüttelte den Kopf. Sie wirkte arg hilflos. Dennewitz schien das zu spüren. «Na ja, aber wir sind die Polizei und wir ermitteln in einem Mordfall. Das ist schon ziemlich wichtig. Sie sind verpflichtet, uns zu helfen.»

Das Mädchen schaute Heidi an, als rechnete sie damit, dass die ihr beisprang. Doch Heidi schwieg. Sie war viel zu sehr daran interessiert, die Videobänder zu sehen, als dass sie Dennewitz' seltsame Methoden unterlaufen würde. Außerdem: Paul gehörte zu ihrem Team. Das Mädchen nicht. Nach ein paar Sekunden schaute das Mädchen weg und griff zu dem Hörer des Telefons. «Ich frag den Chef», erklärte sie.

«Fragen Sie ihn gleich danach, wer am Montagabend gearbeitet hat», sagte Heidi. Das Mädchen nickte eifrig. Dennewitz vergrub die Hände in den Taschen.

Die Verkäuferin lief mit dem Mobilteil ihres Diensttelefons in einen Raum hinter der Theke. Heidi sah sich um. Hier war ihr Mordopfer gewesen, sofern Svenja Welkenrath die Wahrheit gesagt hatte. Was hatte er gekauft? Und warum hatte er es hoch zum Parkplatz geschleppt?

Nach ein paar Minuten kam Sarah wieder aus dem Kabuff

hervor. Sie hielt das Telefon lose in der Hand und wirkte um einiges selbstsicherer als vorher. «Mein Chef sagt, Sie brauchen so einen richterlichen Beschluss, um unsere Videos zu sehen.» Sie steckte das Mobilteil zurück in die Station und stellte sich hinter ihre Kasse. Sie wirkte ein klein wenig empört, als sie Dennewitz ansah. «Vorher darf ich Ihnen die Sachen nicht zeigen.»

«Glauben Sie, wir haben Probleme, einen richterlichen Beschluss dafür zu bekommen?», blaffte der sie an. Zwei Abfuhren an einem Tag waren offenbar zu viel für ihn. «Sie verursachen uns nur unnötig Ärger und unnötige Wege.»

«Das tut mir leid», sagte die Verkäuferin. «Entschuldigen Sie mich kurz, ich muss da jemanden kassieren», ergänzte sie und wechselte an die unbesetzte zweite Kasse.

«Haben Sie den Namen der Kollegin, die am Montag da war?»

Das Mädchen nickte. «Ich hab's Ihnen aufgeschrieben», sagte sie und zog einen Zettel aus der Tasche ihres Kittels, den sie Heidi reichte.

Eine halbe Stunde später schellte Heidi an einer Haustür in Gerresheim. Paul stand neben ihr, die Arme verschränkt.

«Ja, bitte?», ertönte es aus der Gegensprechanlage.

«Kamemba, Kriminalpolizei! Wir haben eben telefoniert.»

Der Summer ertönte, Heidi drückte die Tür auf, Paul folgte ihr. Sie liefen ein helles, klinisch sauber wirkendes Treppenhaus hoch bis ins Dachgeschoss, wo eine dunkelhaarige Frau etwa im gleichen Alter wie ihre Kollegin Sarah Hein sie in der Tür erwartete. «Haben Sie einen Ausweis?»

Beide zeigten ihre Ausweise vor. Die Frau nickte und bat sie herein.

«Es geht um Montagabend», kam Heidi direkt zur Sache. «Sie haben an der Tankstelle gearbeitet.»

Das Mädchen bejahte. Sie standen zu dritt in dem kleinen Flur der Wohnung vor einem überdimensionierten Spiegel mit silbernem Rahmen, der an einer knallroten Wand lehnte. Heidi konnte Paul im Spiegel sehen, der neugierig in das Schlafzimmer lugte.

«Können Sie sich an einen Mann Ende zwanzig erinnern, blonde Haare, Bart, T-Shirt? Er trug Neopren-Strandschuhe mit blauem Plastik. Das dürfte das Auffälligste an ihm gewesen sein.»

Die junge Frau kratzte sich hinter dem Ohr.

«Er müsste zu Fuß gekommen sein!», ergänzte Heidi.

Die Augen der Schwarzhaarigen leuchteten auf. «Ja, zu Fuß!», antwortete sie. «An den erinnere ich mich, blonde Locken, schlabberiges T-Shirt, komische Schuhe. Und hübsch war der. Leider roch er etwas streng», sagte sie. «Nach Schweiß. Ich mag das nicht. Deswegen fällt mir das auf, verstehen Sie?»

Heidi überlegte, ob es klug war, wenn einem Sachen auffielen, die man nicht mochte.

«Wann war der Mann da?»

«So gegen neun, vielleicht etwas früher.»

«Was hat er gekauft?»

«Eine Tüte Chips, eine Flasche Wasser.» Sie zeigte kurz mit dem Finger auf, als wäre sie in der Schule und müsste um Erlaubnis bitten, noch etwas sagen zu dürfen. «… und eine Tafel Schokolade.»

«Das sind ziemlich alltägliche Einkäufe. Trotzdem können Sie sich so gut daran erinnern?»

«Ja, wissen Sie, er hat mit Karte gezahlt. Das ist mir im Gedächtnis geblieben. Also einer, der schwitzt und mit Karte zahlt.»

Karte, Beleg, Identifizierung. Volltreffer!

«Warum? Da wird er nicht der Einzige gewesen sein», schaltete sich Paul ein, der seine Betrachtungen des Schlafzimmers beendet hatte.

«Nein», lachte sie, «aber der Einzige, der so heißt wie mein Freund. Der Name stand ja auf seiner EC-Karte und ich habe mich gewundert. Ich habe ihn sogar noch drauf angesprochen, aber es hat ihn nicht interessiert. Er meinte, so etwas könne vorkommen. Der Name sei ja nicht so selten. Ich finde ihn aber schon ungewöhnlich.»

Heidi unterbrach aufgeregt den Redefluss des Mädchens.

«Wie hieß der Mann?»

«Das sagte ich doch gerade. Wie mein Freund!» Empört blickte sie Heidi an, dann Paul, als hoffte sie, dass der sie verstehen würde. Aber der sah nicht so aus. «... also Nils», fügte die Kassiererin schließlich hinzu. Pampig.

«Und der Nachname?»

«Oh, den weiß ich nicht mehr so genau ...» Sie biss sich mit ihren blendend weißen Zähnen auf die Lippe, während sie nachdachte. Zwischen den Schneidezähnen konnte Heidi einen kleinen Brillanten als Piercing erkennen. «Jensen!», rief sie schließlich.

«Also Nils Jensen?»

«Nein ... warten Sie ... Hansen war es!»

«Nils Hansen?»

«Ja, genau. Nils Hansen.»

«Sind Sie ganz sicher?»

«Ja, Nils, wie mein Freund. Hab ich doch gesagt! Was ist denn jetzt mit dem Mann?»

«Wahrscheinlich ist er tot.»

Noch im Wagen startete Heidi eine Personenabfrage nach Nils Hansen. Der Name war in Düsseldorf seltener, als sie gedacht hätte. Drei private und eine Firmenadresse gab ihr der Diensthabende in der Zentrale durch. Dennewitz telefonierte derweil mit Westphalen. Der versprach, Löwinger raus zur Tankstelle zu schicken, um einen Blick auf die Videobänder zu werfen und die Kasse noch einmal zu überprüfen.

Heidi nutzte die Zeit und telefonierte die drei Nils Hansen ab. Einer meldete sich sofort und schied damit aus. Blieben zwei Nummern übrig. Heidi hinterließ bei der ersten eine Nachricht und bat um Rückruf. Doch es war ihr letzter Anruf, der sie stutzig werden ließ. «Kein Anschluss unter dieser Nummer», hörte sie nur. Sie kontrollierte die Nummer, wählte sie ein zweites Mal mit dem gleichen Ergebnis. Auf der Rückfahrt versuchte sie über den Netzbetreiber mehr zu erfahren. Aber vergeblich.

Als sie am Präsidium aus dem Wagen stieg, machte ein Gitarren-Stakkato, von rollenden Trommeln untermalt, Heidi darauf aufmerksam, dass sie angerufen wurde. Dennewitz hielt sich demonstrativ die Ohren zu und schüttelte den Kopf.

«Kamemba, Kriminalpolizei Düsseldorf», meldete sich Heidi.

«Nils Hansen, Sie hatten mich angerufen.»

«Sind Sie der Nils Hansen aus Derendorf?»

«Ja, der bin ich.»

«Danke, dann hat sich das schon erledigt. Wir mussten nur eine Adresse überprüfen. Sie haben uns sehr geholfen.» Sie verabschiedete sich und legte auf.

«Was war das denn eben?»

«Nils Hansen. Ich glaube, wir wissen jetzt, welcher der drei unser Mordopfer ist.»

«Ich meinte den Klingelton.»

«Ach so!» Sie steckte das Handy zurück in die Tasche ihrer Lederjacke. «Kreator, *Impossible Brutality*. Ich mag das Schlagzeug am Anfang. Wenn ich den Vibrationsalarm an hab, ist das fast im gleichen Rhythmus.» Sie grinste ihn an.

«Ich hatte andere Musik bei dir erwartet», antwortete ihr Kollege.

«Das hör ich öfters.»

7

Am späten Nachmittag standen sie vor einer Wohnungstür in einem Mietshaus in Düsseldorf-Friedrichstadt. Viel mehr als die Meldeadresse hatten die obligatorischen Suchabfragen nicht erbracht. Immerhin wussten die Polizisten nun, dass Hansen hier allein lebte oder zumindest gemeldet war, im November 1987 in Cuxhaven zur Welt gekommen war und im polizeiinternen Informationssystem InPOL nicht erwähnt wurde. Hansen war bisher also weder als Beschuldigter noch als Zeuge oder Geschädigter in irgendeinen Kriminalfall verwickelt – auch nicht im Rotlichtmilieu.

Das Treppenhaus roch nach Windeln und Putzmitteln. Die Wandfarbe war an zahlreichen Stellen abgeblättert. Kabel lagen offen auf dem Putz. Dennewitz stand vorne an der Tür, hinter ihm Löwinger. Heidi stand neben Anna eine Stufe unter den Männern.

Sie beobachtete ihre Kollegen. Löwinger, der nervös die Finger zur Faust ballte und wieder öffnete. Anna, die angespannt neben ihr stand, ihren weiten Mantel wie einen

Schutz um sich gelegt. Heidi konnte etwas Hartes in Annas Manteltasche fühlen, das an ihre Hüfte drückte, so nah standen sie beieinander. Eine zweite Waffe? Paul räusperte sich. Seine sonnengebräunte Haut konnte ebenso wenig über seine Augenringe hinwegtäuschen wie das bunte T-Shirt mit dem Regenbogenmotiv.

Hinter ihnen wartete der Mann vom Schlüsseldienst. Er war der Einzige, der nicht angespannt wirkte. Stattdessen hatte er seine Werkzeugtasche vor sich abgestellt, hockte auf der Stufe und kramte in aller Seelenruhe in der Tasche herum, ohne die Polizisten zu beachten.

Heidi hielt den Durchsuchungsbeschluss des Eilrichters in der Hand.

Paul klingelte.

Keine Reaktion.

Er klingelte erneut.

Wieder nichts.

Löwinger trat einen Schritt vor, hämmerte mit der Faust mehrfach an die Tür und brüllte: «Nils Hansen? Sind Sie zu Hause? Hier ist die Polizei!»

Heidi hätte drauf gewettet, dass Löwinger derjenige sein würde, der hämmern und brüllen würde. Aber auch darauf reagierte in der Wohnung niemand. In der Etage über ihnen ging eine Tür auf und eine alte Dame schaute zu ihnen hinunter. Anna drehte sich zu ihr um und legte den Finger auf die Lippen. Die Frau verschwand wieder in ihrer Wohnung. Heidi hörte, wie sie den Schlüssel im Schloss zweimal umdrehte.

«Nils Hansen?», brüllte Löwinger erneut. «Wir kommen jetzt rein!»

Er trat einen Schritt zur Seite. Der Mann vom Schlüsseldienst ging die vier Stufen hoch, die ihn von der Tür trennten, kniete sich vor das Schloss und nahm einen elektrischen Schraubenzieher aus seiner Werkzeugtasche. Die Polizisten behielten die Tür im Blick. Der Schraubenzieher sirrte ein paarmal kurz, dann blickte der Mann zu Löwinger hoch. Nach dessen kurzem Nicken packte der Mann sein Werkzeug zurück in die Tasche, stand auf und ging zügig drei Schritte zurück. Jetzt wirkte er nicht mehr so entspannt.

Löwinger zog die Waffe, ebenso wie Paul und Anna. Unnötig, dachte Heidi, folgte aber dem Beispiel ihrer Kollegen. Vorsichtig stieß Löwinger die Tür auf, Anna huschte in gebückter Haltung in den Flur. Es sah aus, als habe sie zu viele SEK-Einsätze beobachtet.

«Sauber», rief sie.

Heidi hörte, wie sie im Flur weiterlief, nacheinander huschten die vier Polizisten in die Wohnung. Dennewitz als Letzter. Heidi lief durch einen kurzen Flur, von dem links eine Tür ins Badezimmer abging. Am Ende des Flurs traf sie Anna und Löwinger wieder, die in der Mitte des Raumes standen, die Waffen immer noch in der Hand.

Ratlos blickten sie sich um. Heidi ging zu der zweiten Tür im Raum, die in eine winzige, fensterlose Küche neben dem Flur führte. Das war alles. Buchstäblich alles. Die Wohnung war bis auf den braunen Nadelfilz auf dem Boden komplett leer. Nur die Lampen hingen noch an der Decke, ein schlichter weißer runder Papierschirm schaukelte leicht in dem Durchzug, den die geöffnete Flurtür und ein nicht ganz dichtes Fenster verursachten.

Heidi steckte die Waffe in das Holster zurück, sah noch

einmal in die Küche, zog sich Plastikhandschuhe über und öffnete die Schubladen und Schränke. Sie waren leer.

«Da hat jemand reinen Tisch gemacht», sagte Löwinger.

«Die Frage ist: Wer?», fügte Heidi an.

«Und wann? Wurde die Wohnung vor Montagabend ausgeräumt oder danach?» Anna stand am Fenster und sah hinaus.

«Das sollten uns die Nachbarn vielleicht sagen können. Irgendwem muss ja auffallen, wenn so ein Hausstand abtransportiert wird», warf Paul ein, der immer noch ratlos die Deckenlampe begutachtete.

«Sollen wir trotzdem die Spurensicherung rufen?», wollte Anna wissen.

«Ich bezweifle, dass die hier was finden», meinte Löwinger skeptisch. «Wenn es unser Täter war, der sich der Wohnung angenommen hat, dann wird er auch hier ganze Arbeit geleistet haben.»

«Aber warum?», fragte Heidi. «Was gab es hier, dass er gleich die gesamte Einrichtung ausgeräumt hat? Außerdem kann das nicht ein Mann allein gewesen sein.»

«Womit wir wieder bei Westphalens Ausgangsthese wären: Organisierte Kriminalität. Ich bezweifle, dass bei einem Eifersuchtsdrama der Täter einen Begleiter hat.»

«Ich würde gar nichts ausschließen», erwiderte Heidi. «Und ich finde, wir sollten der SpuSi eine Chance geben. Vielleicht finden sie irgendwas.»

«Ja, Chefin», murrte Löwinger.

Paul klopfte ihr aufmunternd auf den Arm, als er rausging. «Hier gibt es für uns wohl kaum noch was zu tun.» Anna folgte ihm.

Löwinger schaute Heidi an. «Rufst du die SpuSi an? Spoehri freut sich sicher, von dir zu hören.»

Sie ließ sich die Nummer geben.

«Kamemba», meldete sie sich.

Der Alte knurrte etwas ins Telefon, was «Ja» heißen konnte.

«Wir haben die Wohnung unseres Toten gefunden und Sie sollten sich die anschauen.»

«Was gibt es da denn Schönes?»

«Nichts.»

«Nichts? Wollen Sie mich verarschen?»

«Die Wohnung ist leer. Komplett leer.»

Spoehri schwieg. «Ausgeräumt?», fragte er nach einer Weile.

«Es sieht so aus.»

«Könnte sein, dass er vor kurzem umgezogen ist», warf er ein. Im Hintergrund hörte Heidi Verkehr rauschen und Wind. Spoehri war also nicht im Labor.

«Wir überprüfen das. Es wäre trotzdem gut, wenn Sie sich umschauen.»

Ein Schiffshorn tutete am anderen Ende der Leitung. Der Chef der Spurensicherung war also am Rhein. «Sind Sie gerade im Einsatz?»

«Geht Sie das was an?»

«Ich war nur neugierig. Berufskrankheit.»

«In einer Stunde kann ich Ihnen jemanden vorbeischicken. Bleiben Sie da oder bringen Sie uns den Wohnungsschlüssel?»

«Die Wohnung hat kein Schloss mehr. Wir versiegeln sie, bevor wir gehen.»

«Bleiben Sie da und warten Sie. Sagen Sie meinen Leuten vor Ort, wonach sie in diesem Nichts suchen sollen.»

«Ich muss das kurz mit den Kollegen klären.»

«Grüße», sagte er nur kurz, dann legte er auf.

Heidi lief hinaus ins Treppenhaus. Anna wartete dort. Als Einzige. «Die Jungs sind schon draußen im Wagen.»

«Spoehri will, dass ich hier warte.»

«Okay, ich sag den anderen Bescheid.» Anna winkte kurz und ging die Treppe hinunter. Sie wankte leicht, dachte Heidi.

In der Wohnung überlegte sie, sich auf eine der Fensterbänke zu setzen, die aber waren ausgekühlt. Also hockte sie sich im Wohnraum auf den Boden, an die Wand gelehnt. Für zwei Minuten tat sie nichts anderes, als konzentriert in den Raum zu starren. Stimmte – abgesehen von der kompletten Leere – etwas nicht? War ein Heizkörper, eine Steckdose nicht an ihrem Platz? Sie zog an dem braunen Filzteppichboden, probierte, ob sie ihn anheben konnte. Er war fest verklebt. Das Stillsitzen ging ihr nach ein paar Minuten auf die Nerven. Es war das, was sie an ihrem Job immer schon am meisten gehasst hatte: Warten. Warten auf Zeugen. Warten auf den Einsatz. Warten auf die SpuSi. Gerade in der Hundertschaft gehörte das Warten quasi zur Arbeit dazu. Aber da war man wenigstens nicht allein und oft froh, dass außer Warten nichts geschah. Doch jetzt sprang sie auf, durchsuchte Bad und Küche ein weiteres Mal nach Verstecken im Spülkasten oder hinter den Schränken. Erfolglos. Anschließend rief sie Westphalen an.

«Kamemba?», begrüßte er sie. Offensichtlich hatte er ihre

Handynummer abgespeichert. Oder ein exzellentes Zahlengedächtnis.

Sie gab ihm einen kurzen Bericht. Er versprach sich darum zu kümmern, herauszufinden, ob Hansen vor kurzem umgezogen war. «Hat einer der Kollegen daran gedacht, mit den Nachbarn zu reden?»

«Ich weiß es nicht», antwortete Heidi. So schnell, wie die Kollegen das Haus verlassen hatten, ging sie davon aus, dass sie das nicht getan hatten. Aber sie wollte sie gegenüber dem Hauptkommissar nicht einem möglicherweise falschen Verdacht aussetzen. In dem Fall also lieber einmal die Klappe halten.

«Hoffen wir das mal. Sonst können die morgen früh gleich wieder hinfahren.» Er legte auf.

Als Nächstes wählte Heidi Manuels Nummer. Keine Antwort. Wie spät war es jetzt in Dubai? Sie blickte eine Weile aus dem Fenster hinaus auf die Straße und den Regen. Die Leute gingen schneller, den Kopf unter Kapuzen oder Schirmen verborgen. Autoscheinwerfer reihte sich an Autoscheinwerfer. Der Asphalt spiegelte ihre Lichter. Was sollte sie fast eine Stunde hier tun? Ihrem Freund hinterhertelefonieren?

Heidi entschloss sich zu etwas anderem. Sie überprüfte den LTE-Empfang ihres Handys. Der erwies sich als passabel. Also tippte sie den Namen ihres Vorgängers im KK12 ‹Rolf Becker› in das Suchfeld ihrer Suchmaschinen-App. Wenig überraschend erhielt sie mehr Ergebnisse, als sie brauchen konnte. Mehrfach versuchte sie die Suche einzuschränken, aber Informationen über den Polizisten Rolf Becker fand sie nicht. Auch auf den Seiten der regionalen

Zeitungen fand sie nichts über den Tod des Polizisten, stattdessen stieß sie auf den Artikel über sich selbst. Darunter hatten sich ein paar wenig schmeichelhafte anonyme Kommentare versammelt. Sie klickte beides weg, suchte in den Archiven der Zeitungsseiten nach irgendeinem Bericht über einen toten Polizisten, der mit dem Todeszeitpunkt Beckers zusammenpasste. Nichts.

Kurz darauf wurde draußen an die Tür geklopft. Endlich! Noch ehe sie antworten konnte, betraten drei Mitarbeiter der Spurensicherung den Raum. In ihren Overalls erinnerten sie Heidi an eine Art Sondereinsatzkommando für Chemieunfälle und Gefahrengüter. Eine Assoziation, die in dieser leeren Wohnung Endzeitstimmung bei ihr auslöste.

Der Chef des Teams hatte sich die Plastikkapuze noch nicht übergezogen. Gut aussehender Mann, dachte sie. Zu jung ergraut vielleicht, aber das stand ihm. Viel zu gut aussehend für seinen Job und den Plastikoverall. Die drei sahen sich ebenso ratlos um wie die Polizisten.

«Sieht ziemlich aufgeräumt aus», kommentierte der Anführer. Er streckte ihr die Hand entgegen. «Martin Joist! Sie müssen Heidi Kamemba sein?» Joist besaß einen angenehm festen Händedruck. «Suchen wir nach den drei F? Fasern, Fingerabdrücke, Fetzen? Also Hautfetzen für DNA?»

«Und Haare, wenn Sie welche finden.»

Joist nickte. Seine Kollegen klappten ihre Koffer auf und begannen still mit ihrer Arbeit.

«Sonst noch irgendwas?»

«Ich habe nach Verstecken gesucht, aber nichts gefunden.»

«Was sollte hier versteckt sein?», fragte einer der beiden anderen von der Tür zum Flur aus.

«Wenn wir das wüssten, wären wir klüger.»

Einer seiner Mitarbeiter stellte einen Scheinwerfer in die Mitte des Raumes und steckte sein Kabel in die Steckdose neben der Tür zum Flur.

«Soll ich rausgehen?», fragte Heidi. Sie deutete auf ihre Schuhe. «Ich habe keine Schutzkleidung.»

Joist schüttelte den Kopf. «Bleiben Sie ruhig hier. Sie sind eh schon die ganze Zeit hier rumgetrampelt. Aber wo Sie gerade da stehen, könnten Sie das Licht in der Küche anmachen, Frau Kollegin!»

«Haben Sie das denn schon abgepinselt hier?»

«Aufmerksam! Die meisten Kollegen würden einfach auf den Knopf drücken.»

«Damit ist sie für Westphalens Team überqualifiziert», rief der dritte Mann aus der Küche.

«Da wäre ich mir nicht so sicher», antwortete Heidi diplomatisch.

«Sitzt ganz schön locker», kommentierte er, während er den Lichtschalter abpuderte. «Aber hat keinerlei Abdrücke.»

«Haben Sie hier überhaupt schon Fingerabdrücke gefunden?»

«Keinen einzigen.»

«Gar nichts?»

Der Mann schüttelte den Kopf.

«Also hat jemand die Wohnung nicht nur ausgeräumt, sondern gründlich geputzt, um Spuren zu verwischen», stellte Heidi fest. So wie er auch versucht hatte, den Leichnam nicht identifizierbar zu machen. Sie zweifelte jetzt entschieden daran, dass Nils Hansen kurz vor seinem Tod umgezogen war. Was konnte in diesem kleinen Appartement gewesen sein, was niemand finden sollte? Sie drückte den Lichtschalter. Er funktionierte nicht. Wie der Plastikanzug gesagt hatte: Der Lichtschalter saß locker.

«Haben Sie einen Schraubenzieher?», fragte Heidi. Joist ging zu seinem Koffer, suchte und reichte ihr schließlich einen.

«Ich vermute, Sie kennen sich mit Elektrik aus?»

«Es reicht, um einen Lichtschalter zu öffnen.»

«Tolles Mädchen!», hörte sie Joist, der ebenfalls in die Küche verschwunden war. «Heiraten Sie mich?»

Heidi steckte den Kopf in die Tür zur Küche, deutete auf den Overall. «Wenn das Ihr Hochzeitsanzug ist: sofort!»

Danach hebelte sie mit dem Schraubenzieher die Abdeckung des Schalters aus der Halterung. Sie zog sie ab, hielt inne und blickte in das Loch. Die Kabel waren von der Fassung des Schalters abgeklemmt worden. Unter der Fassung steckte ein kleiner Plastikstift, kaum zwei Zentimeter lang. «Das sollten Sie sich mal anschauen», rief sie Joist zu.

«Haben Sie unsere Ringe gefunden?» Er trat aus der Küche neben sie. Die Kommissarin deutete mit dem Schraubenzieher auf den offenen Schalter.

Joist ging in die Hocke und pfiff anerkennend durch die Zähne. Er wirkte jetzt völlig ernst und konzentriert. Mit einer kleinen Taschenlampe leuchtete er in das Loch. Das Plastik schimmerte rötlich im Licht. Er holte eine Pinzette und zog mit ihr den Stift heraus, hielt ihn in die Luft. Auch seine beiden Kollegen standen nun bei ihnen. «Ein USB-Stick!» Er reichte ihn einem Kollegen. «Einmal Fingerabdrücke bitte!» Der Plastikanzug nahm Pinsel und Puder. Es sah nicht so aus, als rechnete er mit einem Erfolg.

«Oha!», sagte er dann.

«Haben wir etwas?»

«Einen hübschen Daumen auf der Oberseite und einen Zeigefinger unten.» Mit einem Klebestreifen sicherte er beide Abdrücke. Dann gab er den Stick Joist zurück. Der steckte ihn in eine Plastiktüte und reichte die Heidi. «Ihre Beute, Frau Kollegin.»

Dennewitz schaute, als habe Heidi ihm zum zweiten Mal an diesem langen Tag den Kuchen vom Teller geklaut. Das Licht der Straßenlaterne vor dem Fenster gab seinem hageren Sportlerkopf etwas Diabolisches. Löwinger nahm das Plastiktütchen mit dem Stick in die Hand, hielt ihn gegen das Licht und kniff ein Auge zusammen wie ein Insektenforscher, der einen seltenen Käfer begutachtet.

«Wer hat ihn gefunden?», sagte er, machte dann aber eine wegwerfende Bewegung mit der Hand. «Ach, ich frag erst gar nicht. Sag einfach, wo du ihn gefunden hast!»

«Im Lichtschalter neben der Küchentür.»

«Du hast die Lichtschalter abgeschraubt?»

«Einer von Joists Leuten hat gemeint, er sei locker, da dachte ich, dass ich mal reinschauen sollte.»

«Du bist wirklich hartnäckig.»

«Darauf kannst du wetten!»

Sie meinte, leichte Missbilligung in Anna Mehrings Gesicht zu erkennen, die am gekippten Fenster stand.

«Wenn Sie noch lernen, diese Hartnäckigkeit in die richtigen Bahnen zu lenken, wird mal eine gute Polizistin aus

Ihnen», dröhnte Westphalens Bass aus seiner Bürotür. «Was haben Sie?»

Löwinger reichte ihm das Tütchen. «Einen USB-Stick, versteckt im Lichtschalter!»

«Ich hoffe, Sie haben ihn von der Spurensicherung da rausholen lassen.»

Nein, dachte Heidi. Ich habe ihn mit meinem Patschehändchen angefasst und sämtliche Spuren ruiniert! «Natürlich», sagte sie.

«Gut.»

«Wollen wir ihn nicht an einen unserer Computer anschließen und schauen, was drauf ist?», fragte Paul. Das Missgünstige verbarg er hinter einem Lächeln.

«Vielleicht sollten wir das einem Experten überlassen?», schlug Heidi vor.

Westphalen nickte. «Je nachdem, was drauf ist, legt uns das kleine Teil das ganze System lahm. Ich rufe beim LKA an, die sollen uns jemanden rüberschicken. Vor morgen wird da nichts passieren.» Heidi verbarg ihre Enttäuschung. Jetzt hätte sie die Nacht durcharbeiten können.

Mit ihrer Beute in der Hand verschwand der Hauptkommissar in seinem Büro. In der Tür drehte er sich noch einmal um.

«Gab es sonst noch irgendetwas in der Wohnung?»

«Nichts, absolut gar nichts. Nicht einmal Fingerabdrücke.»

«Also hat jemand die Wohnung ausgeräumt und alle Spuren beseitigt.»

«So sieht es aus.»

«Aber auf diesem USB-Stick müssen Fingerabdrücke sein.

Oder hat den jemand konsequent mit Gummihandschuhen angepasst?», fragte Westphalen und hielt den Stick hoch.

«Das würde mich bei diesem Fall nicht wundern», warf Löwinger ein.

«Ein Zeigefinger, ein Daumen», antwortete Heidi auf die Frage des Hauptkommissars. «In keiner Datenbank und deswegen nicht zuzuordnen.»

«Vermutlich also von Hansen selber», dachte Westphalen laut.

«Wer macht so etwas?», fragte Anna, die bisher geschwiegen hatte. «Wer räumt eine Wohnung komplett aus, um sämtliche Spuren zu tilgen?»

«Jemand von uns würde das machen, wenn er etwas vertuschen müsste.» Es war von Dennewitz als Witz gemeint, aber Heidi lachte nicht. Ein Polizist würde tatsächlich so vorgehen, wenn er einen Mord vertuschen müsste. War das möglich? Steckte jemand von der Polizei hinter dem Mord an diesem Nils Hansen?

Statt bei ihr anzurufen, postete Manuel ein Dutzend Fotos auf seinem Instagram-Account. Die meisten zeigten die spektakulären Wolkenkratzer Dubais. Der Himmel wirkte auf den Bildern diesiger, als Heidi erwartet hätte. Sie hatte mit strahlendem Blau gerechnet. Spektakulär sah es dennoch aus. Manuels letztes Foto zeigte ihn im Kreis des Teams, einer Journalistin der amerikanischen Zeitschrift, einer Assistentin und einem arabischen Führer oder Dolmetscher in langem Gewand und Kopftuch. Auch Manuel trug ein ähnliches Gewand. Sie lachten in die Kamera, das obligatorische Gruppenselfie. Heidi verspürte Neid und eine leichte, stechende, grundlose Eifersucht auf die Assistentin, die Manuel für das Foto in den Arm genommen hatte.

Als sie seine Handynummer wählte, erreichte sie wieder nur die Mailbox. Stattdessen fluteten fünf Minuten später weitere Fotos ihr E-Mail-Postfach. Dazu ein paar entschuldigende Worte, dass er nicht telefonieren könne. Sie klickte die Bilder durch: Wolkenkratzer, Wüste, Wolkenkratzer, Wüste. Immerhin keine Selfies mit der Assistentin. Verärgert schaltete sie das Handy aus, ging hinüber zur Musikanlage und legte eine CD ein. Doch die Musik konnte die Stille nicht vertreiben. Die Leere der Wohnung ging ihr auf die Nerven. Auch wenn Dennewitz und Westphalen das vielleicht anders sahen: sie war ein Teamplayer. Niemand, der gut allein sein konnte.

Erneut nahm sie das Handy in die Hand und schaltete es ein, um ihren Vater anzurufen. Auch der ging nicht dran. Mittwochs war Treffen in der Kirchengemeinde. Seit über 20 Jahren, fiel ihr ein. Als Kind hatte sie die Mittwochabende bei Nachbarn verbringen können, die eine gleichaltrige Tochter hatten. Später waren die weggezogen. Heute wusste sie nicht einmal mehr, wo ihre ehemals beste Freundin lebte. Ihr Vater befand damals, dass sie alt genug war, allein zu Hause zu bleiben. Seitdem hatte sie die Mittwoche immer gehasst, später Sportarten ausgesucht, die mittwochs ein Training anboten.

Sie scrollte sich durch ihr Adressbuch. Niemand, dem sie von dem heutigen Tag erzählen konnte. Ehemalige Schulfreundinnen und Sportkameraden würden kaum verstehen, was sie umtrieb, seitdem sie gestern den verkohlten Nils Hansen gesehen hatte. Die früheren Kollegen aus der Ausbildung und der Hundertschaft würden denken, sie würde sich wichtig machen. Es wurde schnell einsam um einen bei der Kriminalpolizei.

Gegen halb zehn legte sie sich ins Bett. So früh war sie nicht mehr schlafen gegangen, seitdem sie elf geworden war. Entsprechend lange lag sie wach. Ihre Gedanken wurden wirr vor dem Einschlafen. Meistens mochte sie das, fand es spannend und recht unterhaltsam. Heute mischten sich Hansens leere Wohnung mit Rolf Beckers Todesanzeige, Dennewitz' Scherz, über den niemand gelacht hatte, und der Stille.

Donnerstag, 3. März 2016

8

Das Handy vibrierte auf dem Esstisch in der Küche. Es war Bruno Westphalens einziges morgendliches Zugeständnis an seine Arbeit als leitender Hauptkommissar des Kriminalkommissariats 12. Davon abgesehen bestand er darauf, dass die ganze Familie gemeinsam frühstückte. Er hätte bereits jetzt die Zeitung lesen können oder sollen, E-Mails checken, die Frühbesprechung vorbereiten können. Aber er verschob das, die Familie war ihm wichtig.

«Dein Handy hat vibriert, Papa», sagte Jonas, sein jüngerer Sohn. Seine Tochter Nadine löffelte lustlos ein Müsli, der Kopf hing fast in der Schüssel. Westphalen widerstand der Versuchung, sie darauf aufmerksam zu machen. Er wusste, was dann käme: Gezeter. Das Handy vibrierte erneut. Das hieß, dass er eine SMS bekommen hatte. Nur dabei ließ er eine Wiederholung des Klingeltons zu. «Willst du nicht schauen, wer das ist?»

«Das kann ich später machen», antwortete Westphalen, «Wir frühstücken jetzt zusammen.»

Edith, seine Frau, setzte sich mit einer Tasse Kaffee zu

ihnen. «Beeilt euch, sonst verpasst ihr den Bus», ermahnte sie die Kinder.

«Kannst du uns heute nicht fahren?», maulte Jonas.

«Das habe ich dir gestern schon gesagt: Nein, kann ich nicht.»

«Fährst du uns, Papa?»

Bruno kaute in Ruhe zu Ende. «Nein, ihr seid alt genug, um mit dem Bus zu fahren.» Er wusste, dass Löwinger seine Kinder, die freilich deutlich jünger waren, morgens fast immer fuhr. Und dass Löwinger das so halten würde, bis sie die Schule beendet hatten. Im Gegensatz zu seinem besten Mitarbeiter war ihm die frühe Unabhängigkeit der Kinder wichtig. Sie sollten lernen, allein zurechtzukommen. Sein Handy vibrierte zum dritten Mal. Seine Tochter hatte ihm irgendwann genervt eine Funktion eingerichtet, dass sein Handy fünfmal vibrierte, wenn er auf eine SMS nicht reagierte. ‹Du antwortest sonst nicht, Papa!›, hatte sie empört gerufen. Leider hatte sie ihm nicht erklärt, wie man diese lästige Funktion wieder abschalten konnte.

«Schau nach oder leg es weg, das macht einen ja wahnsinnig!» Edith pustete leicht, sie trank den Kaffee immer zu heiß. Er hatte es sich abgewöhnt, ihr das zu sagen. Sie wurde dann immer sauer. Also nahm er das Handy, wischte mit dem Daumen darüber, um die Bildschirmsperre aufzuheben.

Gleich Zeit für ein Gespräch? Hans Pfahl

Später, schrieb er rasch zurück. Er wunderte sich. Von Hans Pfahl hatte er seit Jahren nichts mehr gehört. Dann steckte er das Telefon in die Hosentasche.

«Wer war das?», wollte Nadine wissen. Seine Tochter war ausgesprochen neugierig. Sie könnte einmal eine gute Polizistin werden. Es würde ihm gefallen. Er wäre stolz darauf, eine weitere Generation Westphalen bei der Düsseldorfer Polizei zu sehen. Jonas hingegen war für Polizeiarbeit zu unkonzentriert. Zu fahrig.

«Ein alter Freund», antwortete er.

Sie schaute ihn aus grünen Augen an, die sie von ihrer Mutter geerbt hatte. Lidschatten und Wimperntusche konnte sie bereits perfekt einsetzen. Schon seit drei Jahren. Wie schnell die Zeit verging. «Was für ein Freund? Jemand, den wir kennen?»

Er musste lächeln. Seine Tochter war wirklich sehr neugierig.

«Wir haben mal zusammen gearbeitet. Jetzt sitzt er im Innenministerium.»

«Warum will jemand aus dem Innenministerium mit dir sprechen?», schaltete sich Edith in das Gespräch ein.

Gute Frage, dachte der Hauptkommissar.

«Irgendwas Berufliches, nehme ich an.»

«Will er denn mit dir sprechen? Vielleicht wollte der Mann Papa nur schreiben.» Jonas teilte seine Überlegung den anderen mit, während er seinen Teller und seine halb ausgetrunkene Tasse Kakao zur Spüle brachte. Auch das war Westphalen wichtig. Die Kinder übernahmen Verantwortung im Haushalt.

«Nein, er will mich tatsächlich sprechen.»

Er folgte dem Beispiel seines Sohnes, indem er Teller und Tasse – in seinem Fall beide leer – zur Spüle brachte. Nadine folgte ihm postwendend. Das gemeinsame Frühstück war beendet, sobald er aufstand.

Im Wagen drückte er vorsichtig den Knopf der Freisprechanlage, die er unter die Sichtblende geklemmt hatte und die dazu neigte, bei jeder Berührung auf die Ablage zu krachen. Ein paar Kratzer und Schrammen zeugten davon.

«Bruno! Schön, dass du dich so schnell gemeldet hast», begrüßte ihn Hans. Seine Stimme klang angespannter, als Westphalen erwartet hatte. Er hatte Hans Pfahl immer als sehr gelassenen Menschen empfunden. Aber das hatte er von Rolf Becker auch lange gedacht. Und jetzt war er tot. Sie redeten eine Weile über die Familie, die letzten Jahre, wie lange man sich nicht gesehen hatte und dass man das unbedingt ändern müsse.

«Was kann ich für dich tun?»

«Oh, gar nichts», beeilte sich Hans zu betonen. «Ich möchte was für dich tun.»

Westphalen überlegte, welchen Preis dieser Gefallen haben würde. Man wurde keine große Nummer im Innenministerium, wenn man Geschenke verteilte. «Schieß los!»

«Ihr arbeitet an diesem neuen Fall, habe ich gelesen. Diese Geschichte mit dem unbekannten Toten. Seid ihr schon weitergekommen?»

«Das sind wir», antwortete der Hauptkommissar knapp. Solange er nicht wusste, welche Absichten sein Gesprächspartner verfolgte, wollte er sich nicht in die Karten schauen lassen.

«Gut.» Falls Hans Westphalens Zurückhaltung bemerkt hatte, ignorierte er sie geflissentlich. «Was habt ihr rausgefunden?»

«Wir wissen, mit wem wir es zu tun haben.»

«Ihr habt einen Täter?» Lag da Erschrecken in seiner

Stimme? Westphalen fluchte leise, tat aber so, als lenkte ihn der Verkehr ab.

«Wen habt ihr im Verdacht?»

«Mensch … Arsch … fahr doch! … Sorry, was hast du gesagt? Hier spinnen gerade alle.»

«Kein Problem. Ist ein Horror, der Berufsverkehr, was? Bin ich froh, dass ich mir eine Vespa gekauft habe. Solltest du mal drüber nachdenken. Aber habt ihr wirklich schon einen Täter?»

«Nein, bisher wissen wir nur, wer unsere Leiche ist.»

«Das ist doch schon mal was.» Das klang jetzt wirklich erleichtert. «OK, vermute ich?»

«Wir ermitteln in die Richtung, ja.» Westphalen verschwieg seinem Freund im Innenministerium, dass sie in der Wohnung des Toten nichts gefunden hatten außer einem USB-Stick. Auch keine Verbindung zur Organisierten Kriminalität.

«Ich sag dir das jetzt unter der Hand, eigentlich dürfte ich das gar nicht. Aber der Verfassungsschutz ist bei einer Überwachungsaktion in einer anderen Sache auf Hinweise gestoßen, die auf euren Tatort hindeuten.»

«Wegen des Sextreffs?» Westphalen runzelte die Stirn.

«Ja.»

«Aber das ist OK. Was hat der Verfassungsschutz damit zu schaffen?»

«Es war wohl eher ein Nebenaspekt einer anderen Ermittlung. Eine Art Abfallprodukt. Du weißt ja, wo manche Männer sich herumtreiben. Mehr kann ich dir nicht sagen. Tut mir leid.»

Westphalen musste zugeben, dass das plausibel klang.

Wurde jemand aus politischen Gründen vom Verfassungsschutz überwacht, wurden selbstverständlich auch Besuche auf dem Straßenstrich – und um nichts anderes handelte es sich in seinen Augen – registriert.

«Um was ging es bei dieser Ermittlung?»

«Wie gesagt, ich kann darüber nicht mehr erzählen. Nur so viel: In vielen Bereichen mischt sich politische und OK-Kriminalität. Aber wem sag ich das? Das weißt du selber. Euer Ding ist jedenfalls eine klassische Rotlichtgeschichte. Es war mir wichtig, dass du Bescheid weißt. Ich weiß, wie knapp eure Mittel sind und wie sehr ihr unter Druck steht. Eure Neue zieht bestimmt noch mal extra Aufmerksamkeit, was?»

«Zu viel für meinen Geschmack.»

«Kann die was?»

«Wird man sehen.»

«Okay, jedenfalls: Ihr seid auf der richtigen Spur. Und natürlich hast du das nicht von mir.»

«Natürlich nicht.»

«Dank dir.»

«Ich danke dir. Eins noch: Kannst du bei den Kollegen nachhören, ob sie noch weitere Informationen haben, die wir brauchen können?»

«Offiziell nicht. Du weißt ja, wir haben nie miteinander gesprochen. Aber wenn ich etwas höre, sag ich dir Bescheid.»

Sie beendeten das Gespräch. Der Tag begann nicht nur wegen des sonnigen Wetters und der fast schon akzeptablen Temperaturen sehr erfreulich.

Drei Minuten vor acht und die Schwarze saß schon an Beckers Schreibtisch, als Paul Dennewitz das Büro betrat. Ein leichter Parfümduft hing in der Luft. Besser als Annas unerträgliche Pfefferminzwolke. Er lächelte zur Begrüßung. «Schon fleißig?»

«Ich wollte sehen, ob Joist von der Spurensicherung schon einen Bericht ins System gestellt hat», antwortete sie. Streberin.

«Hat er?» Er ging zur Kaffeemaschine. Eigentlich hätte die Schwarze den Kaffee aufsetzen können. Ungeschriebenes Gesetz: Wer als Erster kam, kochte Kaffee. Oder wäre das rassistisch? Mit der Kanne in der Hand lief er zum Waschbecken hinter der Tür, goss Wasser ein.

«Nein.»

«Sonst was Neues?» Sie schüttelte den Kopf. «Eigentlich macht der Erste, der kommt, bei uns den Kaffee», sagte er, als er das Pulver in den Filter füllte.

«Sei nicht so», rief Löwinger, der gerade hereinkam. Ihm folgten Westphalen, Spoehri und Joist. Löwinger hatte gut reden. Er kam immer so spät, dass er nie Kaffee machen musste. Was vermutlich ein Glück war.

«Das nächste Mal denke ich dran.» Heidi lächelte Joist an. Der erwiderte das Lächeln. Sie schienen einen schönen Nachmittag in der leeren Wohnung verbracht zu haben. Paul drückte den Startknopf der Maschine und setzte sich auf seinen Stuhl. Das kleine Büro platzte aus allen Nähten, als Anna als Letzte hereinkam. Die vier Kommissare saßen auf ihren Plätzen, Westphalen stand neben Spoehri in der Eingangstür. Joist war etwas beiseite gerückt, sodass er neben der Schwarzen stand. Sie trug heute ein helles Jeanshemd, das ihre dunkle Haut vorteilhaft betonte. Paul wusste noch nicht so genau, ob er die Neue attraktiv fand oder eher eine Konkurrentin in ihr sah.

Letzteres schlug durch, als Spoehri das Wort ergriff. Er war zwar gestern nicht mit in der Wohnung ihres Toten gewesen, aber als der Ranghöhere durfte er natürlich sprechen. «Deine Neue ist wirklich klasse, Bruno. Den Stick hätten nicht viele gefunden.»

Dennewitz sah das aufmunternde Lächeln in Joists Gesicht, als er zu Heidi hinunterblickte.

«Seit wann lobst du jemanden?», fragte Löwinger erstaunt.

«Seitdem bei euch jemand arbeitet, der kompetent und findig ist.»

«Können wir jetzt zur Sache kommen?», unterbrach Westphalen ihn. «Habt ihr was?»

«Die gesamte Wohnung war porentief rein», antwortete Joist. «Die beiden Fingerabdrücke auf dem Stick sind das Einzige, was wir gefunden haben.»

«Sind die in unserem System? Wissen wir, von wem sie stammen?»

«Nein.»

«Vermutlich von unserem Mordopfer», spekulierte Paul. Zeit, ein bisschen auf sich aufmerksam zu machen. «Wenn der Rest der Wohnung so ausgeräumt war, dann hat Hansen den Stick in Sicherheit gebracht.» Wirkte die Schwarze sauer, weil er ihre Schlussfolgerung vorweggenommen hatte?

«Sein Mörder wird ihn wohl kaum versteckt haben», bestätigte Anna.

«Leider hat er seinem Opfer die Finger abgehackt. Deswegen können wir das nicht überprüfen», sagte Spoehri. Seine Augen leuchteten. Er liebte seine kleinen Gruselshows. Aber außer der Neuen konnte er niemanden hier damit erschrecken, und auch die sah aus, als wäre sie wenig beeindruckt.

«Es sei denn, wir sollten ihn finden.» Löwinger. Wie immer mit einer neuen Idee, die allen anderen widersprach.

«Wenn wir herausfinden, was drauf ist, wissen wir das vielleicht», schlug der Chef vor, als ein weiterer Mann den Raum betrat. Spoehri musste zur Seite gehen. Der Mann hatte eine silberne Brille und ein Hemd, für das sich vermutlich sogar Löwinger geschämt hätte. In der Hand trug er einen schweren Hartschalenkoffer.

«Tusk, LKA, Computertechnik. Sie haben Spielzeug für mich?»

«Ah! Gut! Der Computer-Experte», begrüßte ihn Westphalen. Spoehri und Joist verabschiedeten sich leise. Es gab nichts mehr zu sagen. Dennewitz entging Joists Lächeln in Heidis Richtung nicht.

Der Mann vom LKA klopfte auf die Aktentasche. «Ich soll mir einen USB-Stick anschauen?»

Westphalen holte das Tütchen, in dem der Stick immer noch steckte, aus seinem Büro und hielt es Tusk mit zwei Fingern hin. Es schwang leicht hin und her, der Stick schimmerte rötlich.

Tusk nahm ihn und hielt das Tütchen gegen das Licht. «Standardmodell», sagte er. «Darf ich?», wandte er sich an Westphalen und hielt die Tüte an beiden Seiten fest, bereit, sie aufzureißen.

«Nur zu. Anders kommen Sie an das Ding nicht ran.»

Der LKA-Mann lächelte gequält und riss die Tüte auf. «Es ist recht voll bei Ihnen. Kann ich das Beweismittel mit ins LKA nehmen? Da habe ich Platz.»

«Nein, das bleibt schön bei uns im Haus», antwortete Westphalen rasch. Paul grinste. Der Chef achtete darauf, dass dem Team nichts verloren ging. Nicht dass am Ende jemand anderes als das KK12 das Lob einheimste. Man konnte Westphalen in letzter Zeit eine Menge vorwerfen, aber für sein Team war er da. Alle im Raum gingen davon aus, dass dieser USB-Stick sie weiterbringen würde. Dass das, was auf ihm verborgen war, erklären würde, warum dieser Hansen sterben musste. Eigentlich wäre es ein Brüller, wenn darauf nur Pornos wären.

«Okay.» Tusk sah sich um. «Wo kann ich arbeiten?»

Westphalen sah als Erstes auf Heidis Schreibtisch. Dann zu den anderen. Es war definitiv kein Platz für Tusk frei. Später vielleicht, aber kaum, wenn Tusks Arbeit länger dauern würde. Irgendwer würde heute die Nachbarn im Haus befragen müssen. Keine beliebte Arbeit. Viele Fragen, viel Lauferei, selten Ertrag. Dennewitz mochte es ganz gerne, weil er rauskam und sich bewegen konnte. Heute würde die Musik aber im Büro spielen. Da, wo Tusk arbeitete. Und er würde dabei sein. Aber Westphalen machte ihm einen Strich durch die Rechnung. Er öffnete seine Tür und deutet auf den Besuchertisch. «Geht das?», fragte er den Mann vom LKA. Der folgte ihm, schaute durch die Tür und sah sich um.

«Ihr Büro?», fragte er.

Westphalen nickte. Ein Grinsen huschte über Tusks Gesicht. Dennewitz war sich nicht sicher, was es bedeutete.

Vielleicht freute sich Tusk darüber, es einem Hauptkommissar etwas unbequemer machen zu können. Jedenfalls willigte er in Brunos Vorschlag ein.

Alle folgten ihnen und drängten sich in Westphalens winziges Zimmer. Der Mann vom LKA stellte seinen Hartschalenkoffer auf den Besprechungstisch an der Wand und setzte sich auf den Stuhl davor. «Wollen wir mal sehen, was Sie gefunden haben», sagte er und schaute zu ihnen hoch. Er klappte den Koffer auf, fest montiert befand sich ein Laptop darin, rechts in einigen kleinen Fächern Geräte und Kabel, deren Bestimmung Dennewitz nicht einordnen konnte. Er sah der Schwarzen über die Schulter. Sie roch wirklich gut. Anna saß gegenüber auf der Fensterbank, Löwinger lehnte an der Wand neben dem Tisch, Westphalen an seinem Schreibtisch.

Tusk startete den Computer, holte eines der Geräte aus dem Koffer, während der Rechner hochfuhr, und steckte es in die USB-Buchse des Notebooks. Langsam baute sich der Startbildschirm auf, anschließend steckte er den USB-Stick in das zwischengeschaltete Gerät. Alle beugten sich nach vorn, um mehr sehen zu können. Der Experte hob abwehrend die Hand.

«Wollt ihr jetzt gaffen? Habt ihr keine eigene Arbeit?»

«Doch, schon, aber die will keiner machen», erwiderte Löwinger.

Tusk sah ihn durch seine Metallbrille strafend an. «Es geht nicht, dass fünf Leute um mich herumstehen.» Er legte eine Hand auf den oberen Rand des Bildschirms, als wollte er den Laptop zuklappen. «Einer reicht völlig.»

«Ich kann bleiben», bot Paul an. Westphalen nickte gleichgültig.

«Wer hat den Stick gefunden?», fragte Tusk in die Runde.

Heidi hob die Hand. «Das war ich.»

«Dann sollten Sie auch hierbleiben», sagte der Mann vom LKA. Westphalen zuckte mit den Schultern. Paul mit den Mundwinkeln. «Ich brauche eventuell jemanden, der ein bisschen assistiert», fuhr Tusk fort, «und ich hätte gerne einen Zeugen bei dem, was ich hier mache. Nicht dass es hinterher heißt, ich hätte irgendwelchen Mist gebaut.»

Paul wollte sich auf keinen Fall vertreiben lassen. Nicht von einem bebrillten Nerd vom LKA, nicht von dem schwarzen Frischling. Er sah zu Westphalen hinüber. «Irgendjemand muss die Nachbarn befragen. Vielleicht haben die was gesehen? Und die Neue hat bei den Verhören gezeigt, dass sie ein Talent für Fragen hat.»

Die Schwarze sah ihn an, als wollte sie ihn erwürgen. Sie wusste also, wo es spannend war. Fast hätte er gegrinst.

«Abducet praedam, qui occurrit prior», kommentierte Tusk.

Paul sah ihn ratlos an. «Was soll das heißen?»

«Dass Heidi den Stick gefunden hat und deswegen bei seiner Auswertung dabei sein darf», antwortete Anna statt Tusk. «Für mich ist das okay. Sie hat es sich verdient.» Paul hätte ihr eine reinschlagen können.

«Dann machen alle anderen, dass sie rauskommen», entschied der Chef und wedelte mit den Händen, als wollte er die anderen drei zur Tür hinausfegen. Paul blieb einen Moment stehen, nicht bereit, seine Niederlage zu akzeptieren. Bruno legte ihm die Hand auf die Schulter. «Lassen wir die beiden in Ruhe arbeiten, wir haben draußen genug zu tun.» Noch einmal sah Paul begierig auf den Laptop und den Stick. Er hoffte inständig, dass sich nur billige, schmutzige Pornos darauf befanden. Und dass die Schwarze Pornos hasste.

9

«Bringen Sie mir hier keine Unordnung rein», schärfte Hauptkommissar Westphalen Heidi und Tusk ein, bevor er die Tür hinter sich schloss. Heidi setzte sich auf den zweiten Stuhl an dem kleinen Tisch und rückte neben Tusk. Er roch leicht nach Rasierwasser, für Heidis Geschmack ein Duft mit etwas zu viel Lemon für einen Mann. Zu süßsauer.

Der Computer-Experte vom LKA reichte ihr die Hand. «Janosz.»

«Pole?»

«Aus Katowice! Schöne Stadt! Ich bin seit zwölf Jahren in Deutschland. Hier kann man mehr Geld verdienen, wenn man sich mit Computern auskennt. Und du?»

«Heidi!»

Tusk lachte. «Dann bist du Deutsche!» Keine Frage. Eine Feststellung aus tiefster Überzeugung.

«Aus Duisburg.»

Tusk nickte und tippte auf seiner Tastatur.

«Mein Vater ist aus dem Kongo. Nur der Vollständigkeit halber.»

«Merkt man gar nicht.»

«Ich weiß.» Sie schaute auf den Bildschirm, auf dem ein Fenster geöffnet war, in dem sich langsam ein Text aufbaute. «Ist das der Inhalt des Sticks?»

«Nein, das sind nur Kontrolldaten. Ich checke zunächst, ob sich auf dem Stick irgendetwas Unerfreuliches befindet, das ich nicht auf meinem Computer haben möchte.» Er wechselte das Thema. «Joist hat behauptet, du würdest den IQ in Westphalens Truppe um mindestens vierzig Prozent erhöhen.»

«Hoffen wir, dass die Wände dick genug sind, dass dich von der Truppe draußen niemand hört.»

«Ich muss ja nicht bleiben.»

«Ich schon!»

«Schwierige Kollegen?»

Heidi zuckte mit den Achseln. «Kann ich noch nicht sagen, ich bin erst seit drei Tagen hier. Kanntest du meinen Vorgänger, Rolf Becker?»

«Nein, nie gehört, warum?»

«Nur so eine Frage.»

«Wenn du irgendetwas über die Kripo Düsseldorf wissen willst, solltest du mit SpuSi-Spoehri reden. Der weiß alles.»

Heidi glaubte ihm aufs Wort. Spoehri war genau der Typ, der alles mitbekam und über jeden alles wusste. Nur zweifelte sie daran, dass er es ihr erzählen würde.

«Hoppla!» Tusks Finger flogen über die Tastatur.

«Etwas Unerfreuliches?»

Der Zeigefinger des Polen donnerte auf die Enter-Taste des Laptops. «Jetzt nicht mehr!»

Im Fenster erschien eine leere Ordner-Ansicht. Davor eine Passwortabfrage.

«Wollen wir mal sehen, womit wir es zu tun haben. Das Ordnerpasswort ist jedenfalls Standardsoftware. Das sollte schnell gehen.»

«Du meinst, der Besitzer des Sticks hat noch weitere Sicherungen eingebaut?»

Tusk schaute sie an. «Was weißt du über ihn?»

«Bisher so gut wie gar nichts.»

«Der ersten Hürde nach zu urteilen, kennt er sich gut mit Software aus, sehr gut sogar. Unter diesen Nerds und Hackern gibt es meiner Erfahrung nach zwei Sicherheitstypen: Der eine sichert seine Daten doppelt und dreifach mit allen möglichen Verschlüsselungen, gerne auch Marke Eigenbau. Dann kann es dauern, sie zu knacken. Manchmal gelingt es gar nicht.»

Er spielte mit ein paar Knöpfen an einem Gerät neben dem Laptop. Der Bildschirm wurde kurz schwarz, dann öffnete sich ein weiteres Fenster, in dem in rascher Folge Datenreihen liefen.

«Und der andere?»

«Der sichert seine Daten überhaupt nicht.»

«Dazu gehörte unser Mann bestimmt nicht.»

«Oh nein, das steht fest», sagte Tusk mit einem Blick auf die fliegenden Zeichen auf dem Bildschirm vor ihnen. Abrupt stoppte die Zeichenfolge und das Ordner-Fenster erschien wieder. Zwei Dateisymbole lagen darin. Mehr nicht.

«Ups!» Tusk hatte auf eines der Programmsymbole geklickt, woraufhin ein Warnhinweis erschien. «Unser Freund ist definitiv der extreme Sicherheitstyp.»

«Kannst du das knacken?»

«Klar.»

«Wie lange wird es dauern?»

Tusk schaute sie kurz an.

«Irgendetwas zwischen fünf Minuten und fünf Jahren.»

«Willst du für die Zwischenzeit einen Kaffee?»

Alle Kollegen waren verschwunden. Der Raum lag verwaist da. Sie ging hinüber zur Kaffeemaschine, nahm zwei Tassen aus der Spüle und goss Kaffee ein.

«Milch oder Zucker?», rief sie.

«Was ihr habt, nur nicht schwarz», hörte sie Tusks Stimme aus Westphalens Büro. «Wenn das okay ist.»

Heidi sah sich nach Milch oder Zucker um. Beides stand auf Löwingers Schreibtisch. Eine offene Tüte H-Milch und eine zu einer Zuckerdose umgewidmete Tasse mit dem Aufdruck der Polizei NRW. Sie ging hinüber. Zum ersten Mal hatte sie Ruhe, die Fotos zu betrachten, die an dem Bildschirm klebten. Sie zeigten alle die gleichen vier Personen: Löwinger, vermutlich seine Frau und seine beiden Kinder.

Das mittlere war das bemerkenswerteste der drei Bilder. Zwei Kinder, etwa vier bis fünf Jahre alt, und eine Frau mit langen, glatten schwarzen Haaren. Die Kinder hingen auf Löwinger, dessen Kopf nur halb am unteren Bildrand zu sehen war. Das ältere der beiden Kinder hing bäuchlings über Löwingers rechter Schulter, man sah fast nicht mehr von ihm als ein grünes T-Shirt, dunkelbraune Locken und weiße Zähne. Das andere grinste über Löwingers Kopf, seine Hände lagen auf der Glatze seines Vaters, die hellen Haare hingen ihm tief in die Stirn. Er lachte und hatte die Augen geschlossen. Die Frau hatte den Kopf auf Löwingers Schulter gelegt, die Wange an seinen Kopf geschmiegt, den rechten

Arm um ihn geschlungen. Auch sie lächelte, blickte offen in die Kamera. Aber ihre dunklen Augen lachten nicht mit. Bis auf die Frau sahen alle glücklich aus, Löwinger vor allem. Er wirkte ganz anders als bei der Arbeit. Weicher. Herzlicher. Sie fragte sich, ob das Foto mehr war als das übliche Familienporträt am Arbeitsplatz. Ob er es dort angeklebt hatte, um sich an diese andere, leichtere Seite zu erinnern. Sie nahm Milchtüte und Tasse und ging damit hinüber zu Westphalens Büro.

«Du kannst beides haben», erklärte sie Tusk und zeigte ihm Milch und Zucker. «Wenn du schwarz nicht magst.»

Er schaute sie erschrocken an. Sie grinste. «Milch», sagte er. Es klang wie ein Seufzer.

Sie füllte Milch in seine Tasse und stellte sie neben den Rechner. Mit ihrem eigenen Becher setzte sie sich auf den Stuhl daneben.

«Weitergekommen?»

«Ein bisschen. Die beiden Programmsymbole, die wir eben gesehen haben, sind ein ziemlich cleveres Sicherheitssystem. Schlau gemacht. Aber ich denke, ich bin schlauer als er.» Stolz streckte er die Brust raus. «Wenn wir Glück haben, hat er einfach nur ein Masterpasswort gesetzt und einen Algorithmus programmiert, der darauf basiert und eine zweite Sicherheitsschleuse bildet. Wenn nicht, muss ich jedes Passwort einzeln knacken.»

«Das dauert dann zwischen einer Stunde und sechzig Jahren?»

«Grob geschätzt.»

«Kann ich was tun?»

«Eigentlich nicht, es sei denn, du überlegst dir noch mal,

was du über den Kerl weißt.» Er deutete mit einem Kugelschreiber auf den Bildschirm, als säße Nils Hansen leibhaftig vor ihnen. «Dann könnten wir ein paar Anhaltspunkte zusammenstellen, wie er seine Passwörter gebildet hat.» Er legte den Kugelschreiber beiseite und tippte etwas auf der Tastatur. «Ah …» Tusk hielt mit dem Tippen inne. Auf dem Bildschirm wackelte das Dialogfenster, das ihn zur Passworteingabe aufgefordert hatte.

«Was ist los?», fragte Heidi – plötzlich nervös.

«Er hat ein Einmal-Passwort als Master gesetzt.»

«Und das heißt?»

Tusk schwieg und starrte auf den Bildschirm, der sich in seinen Brillengläsern spiegelte. Mit seinem gekrümmten Rücken erinnerte er an das sprichwörtliche Kaninchen vor der Schlange. Hoffentlich hatte er keinen Mist gebaut. Seine Finger schwebten einen Augenblick zögernd über der Tastatur, dann zog er sie zurück, knetete die Hände im Schoß und hielt sie sich schließlich vor die Lippen.

«Das heißt …», er redete sehr vorsichtig, fast als fürchtete er, dass der Stick seine Worte hören, seine Absichten durchschauen und durchkreuzen könnte, «… es muss irgendein Muster geben, mit dem der Stick bei jeder Eingabe ein neues Passwort konstruiert, dessen erster Teil aber für den, der das Muster kennt, einfach zu bilden ist.»

Heidi musste ratlos dreingeblickt haben, denn Tusk wandte sich ihr zu. «Es ist so: Das System liefert einen Teil des Passwortes – vermutlich aus der Zeitangabe des Einlogg-Versuchs, den anderen Teil, die Nutzerkennung, liefern wir. Das Erste habe ich knacken können. Jetzt will er eine neue Kennung.»

«Und die kannst du nicht knacken?»

«Doch, aber ich weiß nicht, wie viele Fehlversuche ich habe, bevor sich das System dauerhaft blockiert.»

«Geht das?»

«Knacken kann man alles, sofern er es nicht geschafft hat, auf Quantenniveau zu arbeiten. Dann würde das System auch dem Angriff eines Quantencomputers standhalten.»

«Traust du dem Besitzer dieses Sticks so was zu?»

«Sollen wir es drauf ankommen lassen?»

«Wie groß ist die Wahrscheinlichkeit, dass wir heute zu sehen bekommen, was auf dem Stick ist?»

«Zehn bis zwanzig Prozent.»

Heidi überlegte. Konnte sie die Verantwortung für diese Entscheidung übernehmen? Das war eigentlich etwas für den Ermittlungschef. Sie suchte nach Westphalens Nummer und wählte sein Handy an. Keine Reaktion. Na dann.

«Mach es.»

Vermutlich würde der Hauptkommissar ihr für diese neuerliche Eigenmächtigkeit den Kopf abreißen. Aber sie wollte weiterkommen. Und sie war überzeugt, dass sie das alle wollten.

Tusk atmete einmal tief aus, dann krempelte er die Ärmel hoch, als würde er jetzt erst richtig anfangen zu arbeiten. Zunächst zog er den Stick aus dem Gerät, steckte ihn anschließend wieder rein und wartete einige Zeit. Heidi saß daneben und sah ihm zu. Sie hasste es, nichts tun zu können. Vielleicht hätte sie doch mit Dennewitz Nachbarn befragen sollen.

«Du kannst gerne was anderes machen. Das dauert eine Weile.» Er sah, dass sie zögerte. «Ich klau deinem Chef auch keinen seiner Pokale.» Er deutete auf die Trophäen oben auf dem Schrank.

«Wofür hat er die überhaupt bekommen?»

Neugierig sprang Heidi auf, lief hinter Westphalens Schreibtisch und las die Inschriften auf den Pokalen. Enttäuscht drehte sie sich zu Tusk um. «Doppelkopf!»

Tusk schüttelte nur den Kopf.

«Sagst du mir Bescheid, wenn du etwas erreichst?»

«Ja, klar.» Er widmete sich bereits seinem Laptop und dem Stick, der rot leuchtend an dem geheimnisvollen Kasten hing, den der Experte zwischen Laptop und ihn geschaltet hatte.

Heidi verließ Westphalens Büro. Ihr war eine Idee gekommen. Die Gelegenheit war zu günstig, um sie verstreichen zu lassen. Immerhin hatte die IT es inzwischen geschafft, ihr ein neues Passwort für Beckers alten PC zukommen zu lassen.

Sie setzte sich an ihren Platz, tippte die Enter-Taste und gab das neue Passwort in die Maske ein. Mit einem Klick wechselte sie auf das interne System und gab Rolf Beckers Namen und Todestag ein. Ein Ordner-Symbol erschien. Sie klickte es an.

Keine Viertelstunde brauchte sie, um die Akte zum Todesfall Rolf Becker zu lesen. Klüger war sie danach nicht. Sie las den Befund des Rechtsmediziners. Becker war durch eine Kugel aus seiner Dienstpistole gestorben, abgefeuert aus nächster Nähe. Vermutlich, aber nicht sicher, von eigener Hand.

Über die weiteren Umstände seines Todes gab es kaum

Angaben. Eigentlich gab es nur ein Verhörprotokoll mit Beckers Frau und mit seinen Kollegen aus dem KK12.

Die wussten demnach von nichts. Die drei Männer und die Frau, mit denen sie jetzt arbeitete und die vorher zum Teil mehrere Jahre mit Becker zusammengearbeitet hatten, konnten sich seinen Tod nicht erklären.

Becker sei normal nach Hause gefahren.

Es war ein Freitag gewesen, er hatte am Wochenende nicht arbeiten müssen.

Nein, niemandem war etwas aufgefallen. Er war unverändert.

Sechs Wochen vorher hatten sie noch seinen Geburtstag gefeiert.

Das einzig Merkwürdige an den Unterlagen war, dass nicht die Interne die Untersuchung geleitet hatte, die normalerweise für Beamtendelikte zuständig war, sondern das KK24 für spezielle Ermittlungen, eigentlich zuständig für Organisierte Kriminalität.

Nach den Aussagen ihrer Kollegen studierte Heidi das Protokoll zum Verhör von Beckers Frau. Sie wirkte so ratlos wie seine alten Kollegen. Am Samstagmorgen war er zu seinem Boot gefahren, das in der Marina des Düsseldorfer Hafens lag. Die ‹Little Star› war seine große Leidenschaft. Hier, so sagte sie, entspannte ihr Mann sich oder fuhr vorbei, ‹weil das Boot ein wenig Aufmerksamkeit brauchte›. Hatte Beckers Frau ihn nie begleitet? War ihre Ehe glücklich gewesen? Oder gab es dort ein Motiv für einen Selbstmord?

«Es war ein Hobby», las Heidi. Ein teures Hobby, dachte sie. Sie dachte wie eine Ermittlerin. Immer den schlechtestmöglichen Verdacht im Hinterkopf.

Als ihr Mann am Abend nicht nach Hause gekommen war und sie ihn über das Handy nicht erreicht hatte, war Verena Becker zum Hafen gefahren. Die ‹Little Star› lag nicht an ihrem Platz. Das kam öfter vor, aber nicht spät abends. Sie versuchte erneut, ihn anzurufen. Vergeblich.

Gegen 23 Uhr fuhr sie ein zweites Mal zum Hafen. Das Boot lag immer noch nicht an der Mole. Sie rief Westphalen an, der fünfzehn Minuten später zu ihr stieß. Erst am Sonntagnachmittag wurde Rolf Becker gefunden. Seine Leiche trieb im Rhein oberhalb von Krefeld, ein Schiff der Wasserschutzpolizei barg sie um 15.23 Uhr.

Die Vernehmungsprotokolle der beteiligten Beamten fehlten. Vermutlich lagen sie bei der Polizei in Krefeld, und wahrscheinlich hätten sie wenig Erhellendes beitragen können. Beckers Boot fand sich am Dienstag der folgenden Woche. Es hatte sich hinter Wesel auf einer Sandbank am Flussrand festgesetzt. Ein Angler hatte es entdeckt und Blutspuren an der kleinen Brüstung hinter der Führerkabine gesehen. Beckers Blut.

Als Heidi Schritte im Flur hörte, klickte sie die Datei schuldbewusst weg. Die Schritte gingen vorbei. Dennoch ließ sie die Akte geschlossen. Hatte sich Becker erschossen, wie es die Ermittler in ihrem Abschlussbericht schrieben? Wurde er ermordet? Heidi erinnerte sich an Annas Worte: Wir haben ihn umgebracht.

Löwinger legte die Hand auf die Türklinke. Er atmete noch einmal tief ein. Die halbe Stunde, die er mit seinem Sohn auf dem Laminat im Wohnzimmer herumgetollt hatte, hatten ihm gut getan. Amelie, seine Ältere, hatte geschlafen, aber seine Frau hatte ihm versichert, dass es ihr wieder besser ging, dass es nur ein grippaler Infekt war, der seine Tochter erwischt hatte. Trotzdem hatte sie beide Kinder zu Hause gelassen und nicht in die Schule geschickt. Der Kurze hatte sich an sein Bein geklammert, als er gehen musste. Ein wenig gezetert, vor allem gelacht. Sein Lachen hatte Löwinger die Kraft gegeben, den Glauben, er könne auch diesen Nachmittag überstehen. Diesen weiteren halben Tag mit sinnlosen Ermittlungen, unnützem Papierkram, Verwaltungsvorschriften, die in so krassem Gegensatz zu dem standen, was draußen auf der Straße vor sich ging. Da hielt sich keiner an Verwaltungsvorschriften. Da ging es anders zur Sache. Auch Nils Hansen war in seinen Augen jemand gewesen, der auf der anderen Seite stand. Organisierte Kriminalität oder Freier irgendwelcher aus dem Osten eingeschleppter Nutten – was machte das am Ende für einen Unterschied? Er hielt das kriminelle System am Laufen, und jetzt lähmte er ihre Arbeit, band Ressourcen, die für andere Aufgaben eingesetzt werden sollten. Den Kampf gegen die wirklich Kriminellen.

Eigentlich hatte er gehofft, das Büro für ein paar Minuten für sich allein zu haben. Wenigstens ein paar Minuten. Ohne die Kollegen, ohne Pauls gespielte Fröhlichkeit, ohne Annas stille Vorwürfe. Er hatte gehofft, Kamemba säße mit dem Experten vom LKA beim Chef und versuchte, Nils Hansens USB-Stick zu knacken. Aber die Neue saß an Rolfs Platz. Sie schaute ihn über die Schulter an, lächelte. Freundlich war sie.

«Irgendwas Neues?», fragte sie.

«Nichts Interessantes. Ich habe mit den Eltern oben in

Norddeutschland telefoniert, die natürlich am Boden zerstört waren. Aber sie hatten nicht viel Kontakt zu ihrem Sohn. Anna und Paul sind noch mit den Nachbarn im Gespräch. Vielleicht erfahren die mehr.»

«Kannten die Eltern Hansens Freunde?»

«Sie kannten einen Freund, mit dem habe ich gesprochen. Der hat Nils Hansen aber seit sechs Monaten nicht mehr gesehen.»

«Hat er sich zurückgezogen?»

«Er scheint generell kein sehr kommunikativer Typ gewesen zu sein.»

«Ein Nerd, wie er im Buche steht. Übrigens, noch etwas», sie richtete sich auf und blickte ihn direkt an. «Warum hast du Westphalen gesagt, dass ich mit den Journalisten gesprochen habe?»

Tusk erschien in der Tür, er räusperte sich. «Ihr solltet kommen.»

Kamemba wandte sich von ihm ab und Tusk zu. «Bist du reingekommen?»

Löwinger kam es vor, als wäre der Mann vom LKA etwas blasser geworden, seitdem er ihn heute Morgen das letzte Mal gesehen hatte.

«Ich glaube, ich bin weiter reingekommen, als ich wollte.»

Die beiden standen gleichzeitig auf. «Zeigen Sie es uns!», sagte Löwinger.

Zu dritt betraten sie das Büro des Chefs. Tusks Computerbildschirm war die einzige Lichtquelle in dem Raum. Löwinger sah ein offenes Ordnerfenster, darin zwei Programmsymbole. Mehr nicht.

«Ist das alles?», fragte er überrascht und deutete mit dem Zeigefinger auf den Bildschirm. Kamemba stand neben ihm.

Tusk setzte sich auf seinen Platz vor dem Rechner.

«Glauben Sie mir: Das reicht.»

Keiner von ihnen setzte sich auf den zweiten freien Stuhl, sondern sie blieben hinter dem LKA-Mann stehen und schauten über dessen Schulter und Hinterkopf auf den Laptop.

«Was ist das?»

«Wenn Sie mich fragen, ist das das Tor zur Hölle.»

Er klickte auf das linke der beiden Symbole. Ein weiteres Fenster öffnete sich, eine Datenmaske, in der sich Nils Hansens Kontaktdaten fanden, dazu eine weitere Passwortabfrage. Tusk tippte etwas auf die Tastatur.

«Wie sind Sie überhaupt da reingekommen?», fragte Löwinger.

Der Pole grinste. «Meine Antwort würde Sie nur verwirren.»

«Erzählen Sie es uns trotzdem, wir sind Verwirrung gewöhnt», mischte sich Heidi ein.

Tusk seufzte. «Das Masterpasswort hatte ich ja bereits.» Er musste zwar von seinem Stuhl zu ihnen aufschauen, schaffte es aber dennoch, sie anzublicken wie ein Lehrer ein paar Schüler, bei denen er eigentlich keinerlei Hoffnung hatte, dass sie auch nur irgendeinen Aspekt von dem verstanden, was er ihnen sagen würde. «Meine beste Chance, das zweite Passwort zu knacken, bestand darin, ein paar Standard-Algorithmen drüberlaufen zu lassen. Das hat aber nicht geklappt.» Er machte eine kurze Pause. «Nach ein wenig Rumfrickeln hatte ich dann eine Kombination, die gepasst hat. Ihr hattet Glück. Hansen hatte offenbar nicht genug Zeit, einen eigenen Schutz zu programmieren. Das wäre kniffliger geworden.»

«Aha», knurrte Löwinger und bemühte sich, so zu tun, als hätte er verstanden, was Tusk gemacht hatte. Aber interessanter für ihn war ohnehin der Hinweis, dass Hansen offenbar unter Zeitdruck gestanden hatte. Offenbar hatte er sich nicht nur absichern wollen, sondern konkret bedroht gefühlt.

Tusk tippte wieder auf die Tastatur. Löwinger versuchte zu erkennen, welche Tasten er nutzte, aber der Experte war zu schnell. Die Datenmaske verschwand, machte einer neuen Suchmaske Platz. Sie sah aus wie etwas, das Löwinger vor sieben oder acht Jahren auf dem Computer gehabt hatte.

«Sieht nicht aus wie eine Hölle», wandte er ein.

Tusk schaute ihn an. Ernst. Vorwurfsvoll. Und, so kam es ihm vor, wütend.

Er klickte auf eine kleine Leiste am oberen Bildschirmrand, und wieder klappte ein Dialogfenster auf. Er tippte etwas hinein.

«Jessica Moor?», las Heidi laut.

«Eine ehemalige Freundin. Ich könnte auch deinen oder seinen Namen nehmen.» Er deutete mit einer Kopfbewegung auf Löwinger. Mit dem Zeigefinger tippte er auf den Bildschirm. «Dieses kleine Programm nutzt eine Sicherheitslücke in den Datenbanken gleich mehrerer Internet- und Mobilfunkprovider.»

«Da stand vor ein paar Monaten etwas in der Zeitung», sagte Löwinger. «Eine Sicherheitslücke bei einem Mobilfunkunternehmen. Reden wir davon? Die Lücke ist mittlerweile aber geschlossen.»

«Ja, im Grunde schon. Das ist die Lücke.»

«Aber die sollte auch nur bei einem Unternehmen aufgetaucht sein.»

Während sie sprachen, veränderte sich der Bildschirm. Eine textbasierte Benutzeroberfläche baute sich vor ihnen auf, erinnerte Löwinger an die Zeit, als das erste Mal Computer in den Büros des Präsidiums aufgestellt worden waren. In der Schule hatte er mit solchen Fenstern versucht, Informatik zu lernen. Er war gescheitert.

«Eigenbau», meinte Tusk.

Kamemba beugte sich vor und studierte die Zeilen, die sich vor ihnen auf dem Bildschirm aufbauten. Löwinger folgte ihrem Beispiel und stützte sich mit einer Faust auf der Tischplatte ab. Die Kollegin rückte ein Stück zur Seite. Immerhin verstanden sie sich schon wortlos. Anna wäre einfach stehen geblieben. Rasch gewöhnte sich Löwinger an die Darstellung. Was ihn irritierte, war der Inhalt. Jessica Moors E-Mail-Adresse, Wohnanschrift, Homepage, Krankenkassendaten, Konto- und Kartennummer, Arbeitgeberanschrift, Sozialversicherungsnummer – die Datenflut zu Tusks früherer Freundin nahm kein Ende. Der LKA-Experte gab einen Befehl ein, die Daten verschwanden, aber nur, um Jessica Moors E-Mail-Verkehr Platz zu machen. Er las kurz darin, viele Belanglosigkeiten, nichts von Bedeutung.

«Wie zum Teufel kommt Hansen da rein?» Heidi nahm Löwingers Frage vorweg.

«Er muss es geschafft haben, die Sicherheitslücke zu analysieren und zu kopieren», antwortete Tusk.

«Was heißt das, ‹kopieren›?» Diesmal war Löwinger schneller.

«Haben Sie sich mal mit Informatik beschäftigt?»

Löwinger grunzte. «Ich hab's versucht.»

«Software ist im Grunde simpel. Eine reine Zeichenfolge. Der Mann, der das hier konstruiert hat, hat die Zeichenfolge der Sicherheitslücke, von der Sie gesprochen haben, kopiert und offenbar bei den unterschiedlichsten Providern eingesetzt.»

«Und was heißt das?»

«Dass er in so ziemlich jeden Internet- oder Mobilfunk-Account in Deutschland reinkann, vermute ich.» Kamembas Stimme klang untypisch schwach.

«Scheiße», sagte Löwinger.

«Gibt es davon Kopien?», fragte Kamemba.

Tusk zuckte mit den Achseln. «Ich würde vermuten, dass auf Hansens Computer eine weitere Version liegt. Wo sonst noch, kann ich nicht sagen.»

«Das heißt, dass da draußen möglicherweise Leute rumrennen, die sich in jeden Privat-Account in Deutschland einhacken können?»

«Sofern sie die richtigen Passwörter haben, um Hansens Software zu benutzen.»

Löwinger zeigte auf den Stick, den Tusk geknackt hatte. «Oder sie herausfinden können.»

«Oder das.»

«Trotzdem: Wie kommt dieser Kerl da ran?»

«Das herauszufinden ist euer Job.»

Verdammte Scheiße, dachte Löwinger. Aber dann drängte sich ein zweiter Gedanke auf. Vielleicht stand dieser Nils Hansen gar nicht auf der anderen Seite? Vielleicht gehörte er zu irgendwem auf seiner, Löwingers Seite. Vielleicht nicht unbedingt Polizei, aber BND, Verfassungsschutz, MAD? Er musste an Pauls Scherz von gestern Abend denken, sah Kamemba an und wusste, dass sie das Gleiche dachte.

10

Löwinger sah zu, wie Kamemba den Chef anrief.

«Wir haben was gefunden», sagte sie. Westphalen antwortete etwas, das Löwinger nicht hören konnte.

«Ja, wir sind reingekommen. Der Mann vom LKA hat die Passwörter knacken können.»

Mit einem Finger deutete sie auf die Lautsprechertaste des Telefons. Löwinger nickte.

«Ich stelle laut. Löwinger und Tusk sind auch im Raum.»

Es rauschte, als sie die Taste drückte. Er hörte Brunos Stimme metallisch, weit entfernt. Fahrgeräusche im Hintergrund. «Sagen Sie, was Sie haben.»

«Tusk hier, LKA. Einfach gesagt, haben wir Zugang zu jedem Internet- und Mobilfunkanschluss in Deutschland.»

«Was meinen Sie damit?», rauschte es aus dem Lautsprecher. Das Klingeln einer Straßenbahn klang fast deutlicher heraus als Westphalens tiefer Bass.

«Das heißt, dass Hansen sich in jeden Account einloggen und nachverfolgen konnte, was der Nutzer online macht.

E-Mails, Internet, Online-Banking, einfach alles», erklärte Kamemba.

Löwinger dachte bereits weiter, überlegte, welcher Dienst ein Interesse an diesen Daten haben könnte.

«Wie soll das gehen? Sie müssen sich irren», erklärte Westphalen kategorisch.

«Leider irren wir uns nicht», unterstützte Tusk Kamemba. Löwinger klickte sich auf seinem Smartphone durch einen Bilderordner mit Fotos seiner Kinder und fragte sich, wer noch alles Zugriff darauf hatte. Außer Hansen.

«Jo?», hörte er seinen Namen aus dem Telefon. «Stimmt das?» Er sah das wütende Aufblitzen in Kamembas Augen. Sie war sauer, dass der Chef ihr nicht glaubte. Er konnte sie verstehen. Ihn allerdings auch.

«Es sieht so aus, als stimmte das, was die Kollegen sagen», antwortete er vage, bemüht, keine Position zu beziehen.

«Dann ruft Anna und Paul an. Wir treffen uns in zwanzig Minuten im Präsidium.» Ein Knacken zeigte an, dass der Chef das Gespräch beendet hatte. Löwinger klickte den Ordner mit den Bildern seiner Kinder weg.

Löwinger hätte fast laut gelacht, als Paul sich vordrängelte. Er war noch nicht zur Tür hereingekommen, eine Tüte mit Pommes in der Hand, Anna mit ihrem grauen wehenden Mantel im Schlepptau, da plärrte er schon los, ohne auch nur zu fragen, warum sie so eilig herkommen sollten.

«Die Nachbarn waren ein Schuss in den Ofen! Man grüßte sich. Wenn überhaupt. Aber angeblich soll eine im Haus Umgang mit ihm gehabt haben.»

Anna zwängte sich an Paul vorbei, der immer noch in der

Tür stand und redete. Gleichzeitig rollte er die Tüte auf und zog eine Pommes hervor. «Mittagessen», erläuterte er. Anna huschte hinüber zu ihrem Platz. Paul schloss die Tür, kauend und redend. «Ausgerechnet die haben wir nicht angetroffen! Vielleicht kannst du da nachher noch mal vorbei? Das liegt ja quasi auf deinem Heimweg.» Er schaute zu Kamemba rüber, die neben Tusk stand, der seinen Rechner auf ihrem Schreibtisch aufgebaut hatte. Der Stick leuchtete rot an seiner Seite, blinkte, als sende er eine Warnung aus. Woher wusste Paul, wo Kamemba wohnte?, fragte sich Löwinger. Er wusste nicht einmal, wo Paul und Anna wohnten. Nur bei Bruno war er ein paar Mal zu Hause gewesen. Bevor Rolf Becker gestorben war, bei dem er ebenfalls ein- und ausgegangen war. Bevor der Idiot sich eine Kugel in den Kopf gejagt hatte.

Der Hauptkommissar saß halb auf Pauls Schreibtisch und wandte sich an Tusk. «Zeigen Sie uns, was Sie haben.»

Löwinger sah, wie sich Pauls Miene verfinsterte. Er lehnte sich an die Wand neben der Tür, hinter Kamemba und Tusk. Gegen die Aushänge und Postkarten gelehnt, die Arme verschränkt. Schmallippig.

Paul blickte über die beiden vor ihm auf den Bildschirm. Tusk saß am Schreibtisch und tippte. Ein neues Fenster öffnete sich. Der LKA-Mann klickte auf das Trackpad, eine Datei sprang auf. Alle schwiegen. Löwinger und Anna standen von ihrem Platz auf und stellten sich neben ihn, um besser sehen zu können. Tusk schob den Stuhl nach hinten, drehte sich halb zu ihnen und halb zu Westphalen.

«Ich wäre so weit.»

«Legen Sie los», kommandierte Westphalen. Auch er hielt die Arme vor dem Körper verschränkt. Skeptisch. Paul ertappte sich bei dem Gedanken, dass er hoffte, dass alles, was der LKA-Mann und die Schwarze hier aufbauten, ins Leere lief, eine Luftnummer war. Es würde ihn freuen. Er vermutete, dass die Chancen bei 1:4 lagen.

Der Typ vom LKA erklärte zunächst weitschweifig, was sie herausgefunden hatten und welche technischen Details sich auf dem Stick befanden. Paul verstand nur die Hälfte. Grob zusammengefasst konnten sie mit dem Programm auf diesem kleinen USB-Stick so ziemlich in jeden Internet-Account in Deutschland rein. Zumindest behauptete der LKA-Mann das. Er sah hinüber zu Westphalen. Die Skepsis des Hauptkommissars war nicht gesunken.

«Vielleicht erkläre ich die Sache am besten an einem Beispiel.» Tusk schien die Ungläubigkeit im Raum bemerkt zu haben. «Ich nehme an, jeder von Ihnen hat einen Internetanschluss oder ein Mobiltelefon?» Wie in der Schule hoben die Polizisten die Hand. «Wer möchte uns vorführen, was er damit alles macht?» Alle Hände blieben unten. Vielleicht war die Skepsis im Raum doch geringer. Auf der anderen Seite: Was sollte schon passieren?

«Ist das ein privater Stick?», fragte Paul.

«Ja», antwortete Tusk knapp.

«Also nichts, was der NSA oder so abhandengekommen ist.»

«Nein, wie ich eben sagte: Das Programm basiert auf der Sicherheitslücke einer hier ansässigen Mobilfunkfirma, die vor ein paar Monaten publik …»

«… und behoben wurde, wie Sie selber sagten», fiel Westphalen Tusk ins Wort. «Wie soll also funktionieren, was Sie behaupten?»

«Das versuche ich Ihnen gerade vorzuführen. Aber Sie scheinen doch mehr Respekt vor dem Stick und seinem Inhalt zu haben, als Sie zugeben möchten.»

«Quatsch! Ich mach's!», mischte Paul sich ein. Hatte er am Anfang auf 25 Prozent gesetzt, so sah er das Risiko inzwischen deutlich geringer.

«Okay», sagte Tusk, «dann bräuchte ich Ihren Provider.»

Paul gab ihm den Namen. «Benutzername ist übrigens ...»

Tusk hob die Hand. «Brauch ich nicht!» Na, dann! Der LKA-Mann tippte Pauls Namen in eine Suchmaske. Der Pole blickte noch einmal zu ihm hoch. «Soll ich?», fragte er mit einem seltsamen Ernst in der Stimme.

«Nur zu!», antwortete Paul, inzwischen fest überzeugt, einer Scharade beizuwohnen.

«Dann, meine Damen und Herren, öffnen wir jetzt das Tor zur Hölle.» Ein bisschen pathetisch, der Gute!

Er drückte auf Enter, die Suchmaske verschwand, ein schwarzer Bildschirm nahm ihren Platz ein. Grün schimmernde Buchstaben tauchten darauf auf, vermehrten sich, marschierten wie in einer Kolonne. Tusk drückte eine Taste, die Kolonne verharrte.

Anna und Jo beugten sich vor. Löwinger stemmte die Hände auf die Oberschenkel. «Und? Was sehen wir da?», fragte er.

Tusk deutet mit dem Zeigefinger auf eine Stelle auf dem Bildschirm. Paul sah seine E-Mail-Adresse inmitten eines Zeichenwusts aus Buchstaben und Symbolen, deren Bedeutung er nicht verstand. «Erst einmal sehen wir nur die Account-Zugangsdaten und die damit verbundenen Konten beziehungsweise Programme. E-Mail, Browser, Systemprogramme, die aufs Internet zugreifen, die Musikwiedergabe etc. Phil Collins? Den mag ich auch.»

Er tippte erneut. Die Zeichenfolge veränderte sich, baute sich neu auf, schien ihrem Meister an der Tastatur bedingungslos zu gehorchen. Zwischen all den Code-Symbolen, Buchstaben und verwirrenden Zeichenfolgen erkannte Paul jetzt mehr. Den Text der E-Mail, die er gestern Abend an eine Online-Bank mit Sitz in Estland geschrieben hatte und in der er um Auskünfte zum Privatkredit bat. Darunter konnte er die Texte verschiedener anderer E-Mails lesen, die er verschickt oder bekommen hatte. Die Tasten klapperten erneut unter Tusks Fingern. Das Geräusch ließ Paul zusammenzucken. Bereitwillig folgten die Buchstaben Tusks Kommando. Paul sah seine Handynummer zwischen den Symbolen. Konnte dieser Stick sogar Gespräche abhören?

«Gespräche kann die Software leider nicht mitschneiden», erklärte Tusk, als habe er Pauls Gedanken lesen können. Er sah ihn an. Es wirkte hämisch. «SMS und Messenger-Nachrichten können wir aber lesen.» Paul sah sie.

«Aber das ist doch alles nur belangloses Zeug», hörte er Löwinger neben sich. Er sah zu Paul hinüber. «Unser Paul ist ein totaler Langweiler.» Ein Grinsen huschte über das Gesicht seines Kollegen. «Haben Sie da nichts Interessanteres?»

Wieder klapperten die Tasten. «Schauen wir mal in sein Online-Banking und auf seine Kreditkarte.»

Paul hörte das Blut in seinem Kopf rauschen. Doch etwas

in ihm weigerte sich zu glauben, dass das, was Tusk tat, tatsächlich mit ihm zu tun habe, weigerte sich zu glauben, dass es funktionieren konnte. Dann bauten sich seine Bankdaten vor ihnen allen auf.

«Poker-Online», las Tusk vor, «German-Racing, Bet-and-win, eine Überweisung an …», wieder tippte er, «ein Wettbüro in Oberbilk.» Er sah Paul an. «Vierstellig.»

Wütend machte Paul einen Schritt nach vorn, stieß gegen die Schulter der Schwarzen, schob sie beiseite, drängte sich an Tusk vorbei und klappte den Laptop zu. Der Bildschirm knallte auf die Tastatur, mit der Tusk ihn gequält hatte.

Der blieb ganz ruhig. «Das ändert nichts. Die Daten sind da drin.» Er deutete mit dem Finger erneut auf den Computer. «Für jeden sichtbar, der dieses kleine Programm besitzt.» Mit dem Zeigefinger deutete er auf den Stick.

Paul richtete sich auf und ging zwei Schritte zurück, als habe er Angst, dass die Maschine ihn angreifen könnte.

Anna Mehring mischte sich ein, lenkte die Aufmerksamkeit auf andere Fragen und rettete ihn. «Wo kommt das her?» Sie sprach ‹das› aus, als wäre es eine Krankheit. Paul überlegte, ob das nicht eine passende Metapher war. «Was wollte dieser Hansen damit?»

«Dennewitz? In mein Büro», sagte Westphalen.

Nach fünfzehn Minuten kehrte der Hauptkommissar mit Dennewitz zu den anderen zurück. Tusk war in der Zwischenzeit verschwunden, stellte Westphalen fest. Der Stick lag auf Kamembas Schreibtisch. Den hatte der LKA-Mann also nicht mitgenommen. Gut so. Paul neben ihm sah aus wie ein Fünfzehnjähriger, der gerade mit dem Direktor seiner Schule ein unangenehmes Gespräch geführt hatte. Interessanterweise fühlte Westphalen sich genauso wie der Direktor, der in dieses Gespräch involviert gewesen war.

«Paul bleibt im Team», erklärte der Hauptkommissar. Er legte ihm die Hand auf die Schulter. «Er hat mir versichert, dass sein Privatleben keinerlei Einfluss auf seine Arbeit hatte oder jemals haben wird. Ich vertraue ihm und ich denke, ihr könnt das auch.»

Keiner der drei Polizisten im Raum sagte etwas. Nur die Neue blickte kritisch. Auf der anderen Seite: Er stellte sich hinter ein Mitglied seines Teams. Nur so konnte Polizeiarbeit funktionieren. Das wussten sie alle. Wer es nicht wusste, musste es lernen. So einfach war das.

Er verzichtete darauf, Kamemba anzusprechen. Stattdessen begann er über ihren Fall zu reden. Anna hatte ihren bevorzugten Platz auf der Fensterbank eingenommen. Paul saß jetzt unruhig mit den Füßen wippend auf seinem Stuhl. Löwinger lehnte, beide Arme verschränkt, am Aktenschrank, die Neue saß halb auf ihrem Schreibtisch, den einen Fuß als Stütze auf dem Boden. Sehr selbstbewusst, dachte er. Und lässig. Westphalen war in seinem Element, wusste, was er tat, wusste, was er wollte. Was er nicht wusste: Wieso hatte Pfahl aus dem Ministerium ihn auf die Spur eines Mordes im Rotlichtmilieu setzen wollen? Jetzt sprach alles dagegen. Das hier war weit größer. Und es roch nach Geheimdienst. Allerdings beschloss er, das für sich zu behalten, bis er Pfahls Beweggründe kannte.

«Was haben wir?», begann er. «Einen toten Computerexperten, erschossen und verbrannt, auf dessen USB-Stick ein Programm liegt, das er nicht haben darf – und, so wie es aussieht, eigentlich nicht haben könnte. Zugang zu Daten, die möglicherweise extrem viel Sprengkraft besitzen.» Er ging ein paar Schritte auf und ab, richtete den Blick von einem zum anderen, fixierte jeden von ihnen einen kleinen Moment. «Was müssen wir als Nächstes wissen?»

Paul hatte das Whiteboard aus seiner Ecke hervorgekramt und schob es eilfertig vor die Wand zu Westphalens Büro. Ein Foto des ermordeten Nils Hansen klebte bereits in der linken oberen Ecke, ein paar Eckdaten zu Person, Alter, Wohnort, Beruf, Todesursache standen darunter. Der Hauptkommissar nahm einen Stift zur Hand und blickte in die Runde.

«Woher der Stick und diese Programme stammen?», eröffnete Dennewitz das Brainstorming. Eifrig.

«Das werden wir von allein erfahren, wenn die zuständige Behörde uns den Fall wegnimmt», warf Löwinger skeptisch ein.

«Trotzdem sollten wir dem nachgehen», entgegnete Westphalen und schrieb ‹Herkunft Software?› ans Board.

«Warum er sie überhaupt hat?», schlug Heidi vor.

«Präziser», bellte Westphalen. Er konnte keine vagen Bemerkungen gebrauchen. Auch das musste sie lernen.

«Hat er im Auftrag von jemandem gehandelt oder auf eigene Faust?», ergänzte sie. Westphalens Hand flog über das Board. «Falls 1.: Für wen? Zu welchem Zweck? Wenn 2.: Dito, zu welchem Zweck, aus politischen Gründen oder aus anderen?» Ging doch.

«‹Auftrag? Einzeltäter?›», las er noch einmal vor. Darunter ‹Zweck? Motiv?› und ‹Politik?›.

«Wir sollten im Auge behalten, dass es bei dem Mord

vielleicht um etwas ganz anderes ging», warf Löwinger ein, der wie immer die Rolle des Advocatus Diaboli einnahm, der widersprach und half, die Gedanken hieb- und stichfest zu machen. «Die Spur ins Rotlichtmilieu sollten wir nicht leichtfertig über Bord werfen.» Westphalen nickte, schrieb ‹Anderes Mordmotiv?› an die Tafel, darunter ‹OK› für Organisierte Kriminalität. Allerdings hatte er keine Idee, was diese Spur noch bringen sollte. Nach ganz unten schrieb er ‹Aufgaben?›.

Er legte den Stift weg und sah sein Team an. Wenn seine Wortbeiträge auch von Skepsis und Widerspruch geprägt waren, wirkte Löwinger wie ausgewechselt. Seine Augen glänzten und Westphalen sah, dass er der Diskussion und seinen Notizen begierig folgte, alles in sich aufsaugte. Sein Fuß wippte so hektisch wie der von Paul. Anna hingegen saß scheinbar unbeteiligt in der Fensternische, knetete unruhig ihre Finger. Doch der Hauptkommissar wusste, dass sie jemand war, auf den er sich im Ernstfall verlassen konnte. Die Neue schien am meisten mitzufiebern. Eben schon hatte er das Gefühl gehabt, dass ihre Augen an seinem Stift hingen, als er Notizen machte. Leidenschaft für den Polizeiberuf konnte man ihr nicht absprechen. Vielleicht würde sie den Rest noch lernen.

Der Raum knisterte vor Anspannung, der Hauptkommissar sah ein Rudel Bluthunde vor sich, die Witterung aufgenommen hatten und mit aller Macht darauf drängten, endlich das zu tun, wofür sie lebten: zu jagen. Er war das Hirn dieses Rudels, er lenkte sie – und jetzt, wo er einmal gepackt war, würde er keinen Hinweis mehr außer Acht lassen.

Anna, die bis hierhin geschwiegen hatte, meldete sich zu

Wort. «Jemand muss noch einmal Hansens Umfeld überprüfen. Freunde, Beziehungen, möglicherweise politische Aktivitäten. Vielleicht haben wir es mit einem Westentaschen-Snowden zu tun?»

«Und einem Geheimdienst, der ihn abgeknallt hat, bevor er nach Russland fliehen konnte?» Löwinger natürlich. Skeptisch. Zynisch.

«Möglicherweise», sprang Heidi Anna zur Seite.

«Außerdem müssen wir seine Konten überprüfen. Geldflüsse, hohe Summen, die eingezahlt wurden …»

«Stimmt! Das dürfte aufschlussreich sein. Haben wir ja eben gesehen.» Löwinger grinste. Paul nicht. Er sah aus, als wollte er dem Kollegen den Stift, den er in der Hand hielt und mit dem er beim Denken an die Unterlippe klopfte, in die Brust bohren.

«Was ist mit seinen Mobilfunk- und Telefondaten?»

«Telefon war in der Wohnung nicht gemeldet. Die Festnetznummer, die wir im System hatten, gehörte zu einer früheren Adresse.»

«Kein Internetzugang zu Hause? Das glaube ich nicht!»

«Vermutlich hat er das Internet komplett über seinen Mobilfunkanbieter genutzt.»

«Haben wir denn eine Nummer?»

«Bisher nicht.»

«Wir sollten uns wirklich zuerst mit der Herkunft der Software beschäftigen! Kann Tusk uns dazu etwas sagen?» Die Frage richtete Dennewitz an Heidi.

«Soweit wir wissen, basiert das Programm, das wir auf dem Stick gefunden haben, auf der Sicherheitslücke einer Firma, die in Heerdt angesiedelt ist.»

«Toll!» Löwingers Zynismus. Versteckt hinter kleinen schwarzen Äuglein, die scheinbar unbeteiligt in die Welt blickten. «Direkt vor der Haustür wird alles gesammelt, was andere Leute nicht wissen sollen. Und ein kleiner Programmierer hat Zugang dazu. Beruhigend.»

«Was noch?» Westphalen rief sie zur Ordnung.

«So ganz nebenbei könnte sich jemand mit Spoehri in Verbindung setzen. Manchmal findet der Kauz durchaus was Interessantes raus.»

‹SpuSi› schrieb Westphalen an die Tafel.

«Wer kümmert sich um die Herkunft der Daten? Hat Hansen für diese Firma gearbeitet? Findet das raus.»

Heidi, Dennewitz und Löwinger hoben die Hand. «Paul, das machst du! Jo, du kümmerst dich um das Umfeld. Anna soll mitkommen.» Westphalen richtete den Blick auf die Neue.

«Unsere Neue checkt die Konten des Toten und hält Kontakt zur SpuSi. Gehen Sie denen ruhig auf den Keks, das können Sie ja. Vorher schauen Sie noch mal bei Hansens Nachbarn vorbei und reden mit denen, die Paul nicht angetroffen hat.»

Zurück in seinem Büro schloss der Hauptkommissar die Tür hinter sich. Von draußen hörte er die Stimmen seines Teams, hörte die Tür zum Gang, dann Stille. Er stellte sich ans Fenster, blickte auf die Straße hinunter. Aus dem Anrufverzeichnis seines Mobiltelefons suchte er Pfahls Nummer heraus und wählte sie. Pfahl ging nicht ran. Stattdessen wies ihn eine Computerstimme auf die Mailbox seines alten Freundes hin. Er überlegte, ob er etwas sagen sollte, verzichtete aber darauf. Stattdessen schrieb er ihm eine SMS: *Wie zuverlässig ist deine Quelle?*

Die Antwort kam prompt. *Sehr zuverlässig!!! Wieso?*

Westphalen verzichtete darauf zurückzuschreiben. Stattdessen setzte er sich an seinen Computer, tippte einen Bericht und kontrollierte die Berichte seines Teams. Er wusste gerne Bescheid seit Beckers Tod. Sein Handy ließ einen kurzen Glockenton erklingen. Eine weitere Kurznachricht. Er schaute aufs Display. Sie war von Pfahl. *Was ist los? Später sprechen? Bin bis 17 in Konferenz. Danach!*

Offensichtlich war da jemand mit dem Verlauf der Ermittlungen nicht zufrieden. Der Hauptkommissar klickte die Berichte seiner Mitarbeiter weg und widmete sich einer Online-Recherche zu Hans Pfahl, Abteilung Prävention, Innenministerium des Landes Nordrhein-Westfalen.

11

Sie kettete ihr Bike am Kirchplatz an einen Laternenpfahl und lief die paar Schritte zu Hansens Wohnung zu Fuß. Ein alter Mann in einem grauen Kittel stand vor der Haustür, unter einer karierten Schiebermütze quollen die beeindruckendsten weißen Koteletten hervor, die Heidi jemals gesehen hatte. Sie griff nach ihrem Dienstausweis. Der Mann sah nicht aus, als würde er ihr anstandslos glauben, dass sie Kriminalbeamtin wäre.

«Kamemba, Kripo Düsseldorf!» Sie liebte es, das sagen zu können. «Ich habe ein, zwei Fragen.»

Der Alte nahm überrascht die Mütze ab und starrte auf den Ausweis. Dann nickte er. «Wegen des Toten, oder?»

«Kannten Sie Herrn Hansen?»

«Kennen? Na ja, so kann man das nicht sagen. Er wohnte halt hier, nicht wahr?»

«Es gab im Haus eine Frau, die ihn besser kannte, das haben die Kollegen erzählt.»

Er deutete mit der Mütze hinter sich auf eine Wohnungstür im Erdgeschoss. «Die Frau Kamphausen hatte öfter mit ihm zu tun, glaub ich.» Heidi blickte in Richtung der Tür, auf die der Alte gedeutet hatte. «Alleinerziehend», schob der nach, als wäre das eine Erklärung für seine Aussage.

«Eine letzte Frage: Haben Sie irgendwann Möbelpacker oder einen Umzugswagen gesehen?»

Der Alte schüttelte den Kopf. «Nein, tut mir leid. In den letzten Tagen war ich bei meinem Enkel.» Er strahlte sie an, als wollte er ihr als Nächstes alles, wirklich alles über seinen Enkel erzählen. Heidi nickte ihm freundlich zu und lief ins Haus, bevor er damit beginnen konnte.

‹Johanna und Lisandra Kamphausen›, las Heidi auf dem bunt bemalten Klingelschild. Innen ertönte ein warmer Glockenschlag, als sie den Klingelknopf drückte. Hektische, kurze Schritte. Dann eine mahnende, weibliche Stimme.

«Lisa, warte! Ich öffne!»

Doch die Tür ging bereits einen Spalt weit auf, nur eine Türkette hinderte das etwa fünfjährige Mädchen, das dahinter stand, sie ganz aufzureißen. Es strahlte Heidi an, entblößte eine Zahnlücke, ließ sich an der Klinke hängen und schwang sanft hin und her. Im Hintergrund konnte Heidi ein Radio hören.

«Du bist schwarz», sagte das Mädchen.

«Und du weiß», erwiderte Heidi. Lisandra betrachtete ihre Hand, als wolle sie sich davon überzeugen, dass Heidi sie nicht anlog.

«Stimmt», sagte sie und lachte sehr zufrieden. Ihre Mutter erschien und zog das Mädchen an beiden Schultern von der Tür weg. Kurz klammerte sich Lisandra an die Türzarge, grinste Heidi verschwörerisch an, bevor sie die Zarge losließ und ihrer Mutter das Feld überließ. Sie trug eine ausgewaschene Jeans und ein einfaches graues T-Shirt. Misstrauisch blickte sie Heidi an. Die zog ihren Ausweis hervor und zeigte ihn ihr.

«Heidi Kamemba, Kripo Düsseldorf. Haben Sie einen Moment Zeit für mich?»

«Worum geht es?» Sie legte ihre Hände auf die Schulter ihrer Tochter, als wollte sie sie vor der Polizistin beschützen.

«Um Nils Hansen. Ihren Nachbarn. Sie kannten ihn.» Die Frau nickte und löste die Kette von der Tür. Für einen Augenblick schienen ihre Schultern zusammenzusacken. Als fürchtete sie eine unvermeidliche Strafe. Lisandra lief bereits zurück in die Wohnung. An einer Tür drehte sie sich zu Heidi um.

«Ich bin Prinzessin, musst du wissen.»

Bevor Heidi sich überlegt hatte, was sie auf diese Information erwidern sollte, war das Mädchen bereits verschwunden.

«Wir gehen am besten in die Küche», sagte die Mutter.

Die Küche war winzig, neben einer alten, abgenutzt aussehenden Küchenzeile hatte Johanna Kamphausen einen kleinen Tisch vor das Fenster gequetscht, zwei Stühle dazu, einer zwischen Tisch und Küchenzeile, einer mit Blick aus dem Fenster. Im Radio beurteilte gerade ein Experte die Situation des Landtagsabgeordneten Rainer Schäfer, den eine Affäre mit der Schulfreundin seiner Tochter unter Druck setzte. Rechtlich sei das alles in Ordnung, erklärte der Experte, das Mädchen sei volljährig. Moralisch aber mache sich der Abgeordnete angreifbar.

«Widerlich», erklärte Johanna Kamphausen und schaltete das Radio aus.

«Setzen Sie sich!» Sie hatte eine angenehme, vielleicht etwas zu tiefe Stimme für eine Frau. Am Küchenschrank hing ein alter Handzettel einer Theateraufführung. Schiller – *Kabale und Liebe*.

«Sind Sie Schauspielerin?», fragte Heidi und zeigte auf den Flyer.

«Zurzeit bin ich vor allem Mutter», antwortete Johanna. Es klang ausweichend. «Möchten Sie etwas trinken?»

Heidi schüttelte den Kopf, Johanna goss sich ein Glas Orangensaft ein. Die Schauspielerin lehnte sich an die Küchenzeile und trank den Saft. Ihre Lippen waren etwas zu schmal, zusammengepresst, die Ringe unter den Augen zeugten von durchwachten Nächten.

«Alleinerziehend?»

Sie nickte nur. «Ihr Vater hat sich davongemacht, als ich ihm gesagt habe, dass ich schwanger bin. Männer übernehmen nicht gerne Verantwortung, nicht wahr?»

«Es gibt solche und solche.»

«Dann zeigen Sie mir mal die anderen. Die würde ich gerne kennenlernen.» Sie stellte das Glas auf die Ablage.

«Und wovon leben Sie dann?», fragte Heidi.

Die Schauspielerin blickte zu Boden. «Ich putze Büros», sagte sie leise. Die Scham in der Stimme klang echt, obwohl Heidi sie nicht verstand. Sie sah nichts Schlechtes darin, Büros zu putzen, vermutete aber, dass sich das nicht mit den Ambitionen einer Schauspielerin vertrug.

«Kommen Sie wegen Nils?», wechselte Johanna Kamphausen das Thema.

«Ja, wie war Ihr Verhältnis zu ihm?»

«Verhältnis?» Sie schien über das Wort nachdenken zu

müssen und nahm das Glas wieder in die Hand. «Er war kein Mensch, der Verhältnisse zu anderen Menschen hatte.»

«Ein Einzelgänger?»

«Irgendwie schon.»

«Aber irgendwie nicht?»

Johanna hielt sich das Glas vor das Gesicht, drehte es, schaute es an, als suche sie in der leicht schwappenden Flüssigkeit nach der Antwort. Sie fand sie nicht.

«Ich würde gerne wissen, was für ein Mensch er war.»

«... speziell?», schlug Johanna vor.

«Inwieweit speziell? Wir haben bei ihm oben nichts gefunden, was etwas über ihn erzählen könnte. Die Wohnung war komplett leergeräumt. Haben Sie davon etwas mitbekommen?»

«Wovon?»

«Dass jemand Hansens Wohnung ausgeräumt hat.»

«Nein.»

«Waren Sie mal bei ihm?»

«Weiter als zur Tür bin ich nie gekommen. Er ließ niemanden in seine Wohnung.» Sie trank wieder und musterte Heidi über den Glasrand. Die Augenringe schimmerten schwarz hinter dem Glas.

«Also können Sie nichts darüber sagen, wie Hansen da oben gelebt hat?»

«Was ich gesehen habe, war immer nur der Flur. Da hing eine Garderobe, ein Karton, in dem er seine Schuhe aufbewahrte. Das war alles. Er hatte nicht einmal einen Spiegel. Meist trug er aber sowieso immer das Gleiche: Jeans, buntes T-Shirt, diese seltsamen Strandschuhe ... Selbst im Winter hat er fast nie was anderes angezogen.»

«Er ist den ganzen Winter im T-Shirt herumgelaufen?»

«Ich glaube, wenn es unter null ging, hat er schon einmal einen Kapuzenpulli drübergezogen. Er hat gesagt, das würde ihn abhärten, wenn er nur im T-Shirt rumlief, hat auch immer darauf hingewiesen, dass er nie krank ist, sobald Lisandra auch nur einmal gehustet hat.»

«Was hatte es mit diesen Schuhen auf sich?»

Sie zuckte mit den Achseln, trank einen Schluck. «Irgendwas wegen authentischem Laufen oder so. Für ihn war das die winterliche Alternative zum Barfußlaufen.»

«Krass!» Heidi war unsicher, ob sie Hansen dafür bewundern sollte, dass er sich so abgehärtet hatte, oder ob er einfach verrückt gewesen war.

«Es gab also keinen weiteren Grund, diese Schuhe zu tragen?»

«Wenn Sie mich fragen, war er einfach ein Spinner.» Das war nichts, was ihr bei der Suche nach seinem Mörder weiterhalf. Zumindest jetzt nicht.

«Wie gut kannten Sie sich?»

«Wir waren Nachbarn.» Sie drehte sich von Heidi weg und goss sich ein Glas Saft nach.

«Befreundet waren Sie nicht?»

Überrascht drehte sich die Mutter zu Heidi um. Aus dem Nachbarzimmer hörten sie Lisandras Stimme, die irgendeine Geschichte erzählte. Vielleicht einem Stofftier.

«Mit Nils war man nicht befreundet. Dafür war er nicht der Typ.»

«Wieso?»

«Er war …» Sie zögerte mit der Antwort. Im Flur sah Heidi das Mädchen rauf und runter spazieren, einen Stofffrosch vor die Brust gepresst, den Kopf so gedreht, dass er sie anschaute, während sie auf ihn einredete. In einer Sprache, die Heidi nicht kannte.

«Was ist das für eine Sprache?», fragte Heidi.

«Lisandrisch!» Das Mädchen, das seine eigene Sprache besaß, strahlte Heidi an.

«Ihre eigene Fantasiesprache», erläuterte die Mutter. «Geh zurück in dein Zimmer, die Mama muss hier was mit der Polizistin besprechen.»

Doch Lisandra dachte nicht daran. Sie ließ den Frosch sinken und blieb in der Tür zur Küche stehen. «Bist du eine echte Polizistin?», fragte sie und legte den Kopf schief.

«Ja», antwortete Heidi und zeigte dem Mädchen ihren Ausweis. Es kam hereingelaufen und nahm ihn in beide Hände, betrachtete ihn, fuhr mit dem kleinen Zeigefinger über das glatte Plastik und gab ihn Heidi dann zurück.

«Cool», sagte sie. «Bambana!»

«Bambana?»

«Cool.»

«Eines ihrer Fantasiewörter.»

«Lisandrisch», korrigierte Lisa ihre Mutter. «Verhaftest du Mama?»

«Nein, dazu besteht kein Grund. Ich stell deiner Mutter nur ein paar Fragen.»

«Fragen? Worüber?»

Ihre Mutter nahm sie bei der Hand und führte sie ein paar Schritte aus der Küche hinaus.

«Es geht um den Nils aus dem dritten Stock.» Johanna blickte Heidi kurz an, die nickte. Dann verschwanden Mutter und Tochter im Kinderzimmer gegenüber.

«Gehst du den jetzt nicht mehr besuchen?», hörte Heidi Lisandra fragen.

«Waren Sie bei ihm?», fragte Heidi, als Johanna in die Küche zurückkehrte, und bemühte sich, ihre Frage so neutral wie möglich klingen zu lassen.

«Ein oder zwei Mal vielleicht. Manchmal braucht man jemanden zum Reden, wissen Sie?»

«Jemand, der nicht lisandrisch spricht?»

Johanna lächelte. «Ja. Und jemand, der etwas älter ist als Lisa.»

«Eben hatten Sie mir erklärt, Sie wären nie weiter als bis in Nils Hansens Flur gekommen.»

«Das bin ich auch nicht. Meist sind wir ausgegangen.»

«Meist?»

«Immer.» Sie gab ihrer Stimme etwas Bestimmtes, das jeden Zweifel ausräumen sollte und bei Heidi Zweifel weckte.

«Und Lisandra? Wo war die, als Sie mit Hansen aus waren?»

«Ich war ja nicht weit weg. Nur in der Kneipe gegenüber. Und Lisandra kann ein Telefon bedienen.»

Heidi wünschte sich gerade, dass die Spurensicherung doch irgendwelche Fasern, irgendwelche DNA-Spuren in Hansens Wohnung gefunden hätte. Wäre Johanna Kamphausen in der Lage, so gründlich jede Spur möglicher Besuche bei Hansen verschwinden zu lassen? Sie musste mit Joist reden und ertappte sich dabei, dass sie die Aussicht freute.

«Kannte sonst jemand im Haus Nils Hansen näher?»

«Ich bezweifle es. Man bleibt hier lieber für sich. Die

meisten grüßen einen nicht einmal, wenn sie einem im Treppenhaus begegnen.»

«Nils Hansen dürfte das gefallen haben.»

«Vermutlich», antwortete Johanna. Heidi hätte sie gerne gefragt, warum sie sie angelogen hatte. Aber sie wusste, dass sie keine Antwort bekommen würde. Nicht von Johanna Kamphausen. Nicht heute. Sie verabschiedete sich und verließ die Wohnung. Johanna Kamphausen wirkte erleichtert, als sie die Tür schloss.

Mit einem seltsamen Gefühl trat Heidi auf den Bürgersteig vor dem Haus. Was verschwieg Johanna Kamphausen? Heidi war überzeugt, dass der Stick das Geheimnis um Hansens Tod lüften würde. Vielleicht gab es aber doch noch eine ganz andere Spur.

«Die Kommissarin Kamemba! Wie schön, Sie zu sehen!», hörte sie eine Stimme. Neben der Tür stand ein Mann. Er hatte eine Kamera umgehängt, die lose an seiner Seite baumelte, und nestelte an einem Aufnahmegerät herum, das er in der Hand hielt. Auch eine Art, Daten zu sammeln, dachte Heidi. Nur viel altmodischer als Hansens Programmierkünste. Der Mann streckte ihr die Hand entgegen. Jetzt erkannte sie ihn. Vor zwei Tagen hatte er oben auf dem Parkplatz ein Foto von ihr gemacht und veröffentlicht. ‹pm›.

«Peter Merx», sagte er.

«Sie haben mir Ärger eingebrockt!» Sie ignorierte die Hand. Ihr Gegenüber ballte sie kurz zur Faust und zog sie zurück.

«Ich mache meine Arbeit. Wie Sie! Was tun Sie hier? Mit wem haben Sie gesprochen? Ich habe gehört, Hansens Wohnung war komplett ausgeräumt und tiefengereinigt. Stimmt das?»

Heidi antwortete nicht, sondern ging an dem Journalisten vorbei zu ihrem Rad. Sie würde ihm nicht noch einmal den Gefallen tun und einen unbedachten Kommentar abgeben, den er zu einem Artikel aufblähen konnte.

«Bin ich keine Antwort wert, Frau Kriminalkommissarin?»

Sie schloss ihr Rad los und schob es ein Stück weit, da ihr der Lieferwagen eines Paketdienstes den Weg zur Straße versperrte. Am liebsten hätte sie sich umgedreht und dem Kerl eine Antwort gegeben. Aber das wäre dumm gewesen.

Zu ihrer Überraschung folgte ihr der Journalist, lief neben ihr her. «Ich kann Ihnen helfen», sagte er. «Sie werden es in Westphalens Team nicht leicht haben. Sie werden es bei der Polizei nicht leicht haben. Machen wir uns nichts vor: Sie sind dort eine Exotin. Öffentlichkeit kann Ihnen nur guttun. Sie schützt Sie.»

Sie antwortete immer noch nicht, ging einfach weiter. Schließlich gab es der Journalist auf.

«Sie kann Ihnen auch schaden, diese Öffentlichkeit», rief er ihr nach.

Ein Mann in einer Jeansjacke stand gegenüber vor einem Schaufenster und betrachtete die Auslage. Er hielt ein Fahrrad fest. Seine Haare trug er kurzgeschoren. Typischer Bullenhaarschnitt, dachte Heidi im Vorbeigehen. Oder Nazihaarschnitt, dachte sie dann, weil sie sich als Teenager angewöhnt hatte, auf so etwas zu achten.

Sie schob das Bike zwischen zwei parkenden Autos auf die Straße, schwang sich in den Sattel und fädelte sich in den Verkehr ein. Als sie vor dem Einkaufszentrum rechts abbog, sah sie den Mann wieder. Er fuhr etwa zehn Meter hinter ihr. Ihren Schwenk machte er mit. Vor den Arcaden hielt sie und schloss das Rad erneut an.

Sie lief die Stufen zum Eingang hoch, trat ein und sah sich einen Moment unschlüssig um. Linker Hand sah sie ein Kleidergeschäft hinter einem Fischrestaurant. Ohne sich umzudrehen, ging sie hinein. Die Verkäuferin musterte sie kurz und begann in ihrer Nähe Blusen zu sortieren. Während Heidi sich ein paar Jacken auf einem Kleiderständer ansah, blickte sie unauffällig hinaus in die Mall. Der Mann begutachtete im Schaufenster gegenüber ein paar Sneaker. Sie wusste, dass er den Eingang ihres Geschäfts in der Spiegelung der Scheibe sehen konnte. Mit einem freundlichen Kopfnicken in Richtung der Verkäuferin verließ Heidi den Laden und fuhr mit der Rolltreppe hoch in den ersten Stock. Der Mann mit den kurzen Haaren begutachtete interessiert ein Schild an der Rolltreppe, bevor er ihr folgte. Oben angekommen, fuhr sie gleich wieder nach unten, schaute den Mann an, der versuchte, sie nicht zu beachten, und irgendetwas auf seinem Handy betrachtete. Sie kannte ihn nicht, hatte ihn noch nie zuvor gesehen.

Unten angekommen wartete sie einen Augenblick, aber er folgte ihr nicht. Hatte sie sich getäuscht? Oder fühlte er sich ertappt?

Misstrauisch musterte sie die Menschen, die um sie herum liefen, als sie ihr Bike wieder aufschloss. Beobachtete jemand sie verstohlen? Wirkte jemand besonders auffällig unauffällig? Der Mann mit der Hornbrille vielleicht, der sich hinter einem mächtigen Hipsterbart und einer Stoffkappe zu verstecken schien? Der ältere Herr mit der Zeitung? Vielleicht aber auch eine der Frauen? Ein kurzes Klopfgeräusch signalisierte ihr, dass sie eine Textnachricht empfangen hatte. Sie stoppte das Bike und schob es an den Straßenrand. Ein Opel musste ihr ausweichen, hupte. Manuel schrieb. Früher hätte sie ‹endlich› gedacht, jetzt ertappte sie sich dabei, dass sie in den letzten Stunden wenig an ihn gedacht hatte. *Nachher Skype? Um 7 MEZ?* Eigentlich hatte sie ins Fitness-Studio gehen wollen. Gegen die Einsamkeit vor allem. Nur konnte sie das kaum ihrem Freund erklären, der sich über sechs Flugstunden entfernt auf sie freute.

Sie antwortete mit Ja und brachte es sogar fertig, das Ja in Großbuchstaben und mit drei A zu tippen, auch wenn sie sich gar nicht danach fühlte. Als sie das Handy weg-packte, fragte sie sich, wer diese Nachricht noch alles lesen würde. Tusk vielleicht? Jemand, der Hansens Computer aus der Wohnung geschafft hatte? Der Mann, der sie in den Arcaden verfolgt hatte? Sie blickte die Straße hinunter. Der abendliche Berufsverkehr verstopfte die Karlstraße. Hatte einer von ihnen Zugriff auf ihren Computer und ihr Mobiltelefon? Wer hatte Hansens Rechner? Einer von ihnen?

Es klopfte erneut in ihrer Jackentasche. *Sry. Wird doch später.* Sie schwang sich auf ihr Bike und stürzte sich ins Gewühl, lenkte zwischen den langsam fahrenden Autos hindurch, suchte eine Lücke und preschte dazwischen. Irgendwo hupte wieder jemand. Vielleicht galt es ihr. Auf dem Anstieg der Ackerstraße trat sie feste in die Pedale. Endlich eine Gelegenheit, sich ein wenig auszupowern.

12

Im ersten Stock hörte Westphalen die Kinder in ihren Zimmern lärmen. Er stand in der Küche, ein Geschirrtuch in der Hand, und trocknete einen Topf ab. Edith stand mit Gummihandschuhen am Spülbecken und schrubbte die Pfanne. Er konnte sehen, wie sich ihre Muskeln in den Oberarmen anspannten. Mittlerweile war seine Frau fitter als er. Nachdem die Kinder größer geworden waren, hatte sie mit dem Laufen angefangen. Im vergangenen Frühjahr war sie ihren ersten Marathon gelaufen, in wenigen Wochen stand der zweite auf dem Programm.

Ihm fehlte für Sport die Zeit und er wusste, dass man ihm das auch ansah. Edith hatte gelegentlich versucht, ihn zum Mitlaufen zu motivieren. Aber das war nicht sein Sport. War es noch nie gewesen. Er stellte den Topf auf das Abtropfgitter, nahm dafür die Pfanne, die sie nun fertig bearbeitet hatte. Seine Gedanken schweiften ab, zu seinem Fall, zu Pfahls seltsamer Reaktion. Er hatte nach fünf Uhr versucht, seinen Freund im Ministerium anzurufen, aber erneut nur die Mailbox erreicht. Nach einem zweiten Versuch hatte er ihm eine Nachricht hinterlassen. *Ruf zurück, wenn du Zeit hast.* Pfahl schien mehr Druck zu verspüren als er. So hatten es seine Kurznachrichten zumindest suggeriert. Also würde er sich schon melden.

Tatsächlich meldete sich in diesem Moment sein Handy, das er auf die Anrichte gelegt hatte.

«Immerhin hat's mal nicht beim Essen gebimmelt», kommentierte Edith. Sie ließ das Wasser aus der Spüle und streifte die Handschuhe ab. Der Hauptkommissar ignorierte ihre Bissigkeit, nahm das Handy und schaute auf das Display.

Erstarrte.

Schaute wieder.

Das war unmöglich.

«Alles okay?», fragte seine Frau. Der bissige Unterton war einer unruhigen Sorge gewichen.

Er antwortete nicht. Stattdessen entsperrte er das Handy, um die Nachricht zu lesen.

«Bruno?» Edith trat an ihn heran, legte die Hand auf seinen Arm. Er wandte sich ab. Las die Nachricht. Konnte nicht glauben, was er da sah.

«Was ist denn los?»

«Ich muss was nachgucken», sagte er und lief aus der Küche. Das Handy hielt er vor sich in der Hand, als wollte er überprüfen, ob sich das, was er da gesehen hatte, nicht als dummer Scherz herausstellen würde. Oder vor seinen Augen wieder verschwand wie eine Sinnestäuschung. Denn es war unmöglich. Rolf Becker konnte ihm keine SMS schicken. Sein früherer bester Mitarbeiter war seit drei Monaten tot. Beckers Mobiltelefon hatte er selber an sich genommen, nachdem der Fall abgeschlossen worden war und die Besitztümer, die Rolf bei seinem Tod mit sich trug, an die Witwe hätten zurückgegeben werden sollen. Es lag oben in seinem Schreibtisch. Inklusive der Karte. Oder nicht? Hatte es jemand gestohlen?

Auf der Treppe nahm er zwei Stufen auf einmal, rannte ins Schlafzimmer, zog den Schlüssel für die Schublade des Schreibtischs, der unter dem Fenster stand, aus der Hosentasche und schloss auf. Ein blasser Neumond stand am Himmel und war stummer Zeuge, dass sich Beckers Handy noch dort befand, wo Westphalen es eingeschlossen hatte.

Er setzte sich an den Tisch, löste die Verriegelung für den Schacht, in dem die SIM-Karte liegen musste, und zog die Lade heraus. Die Karte war da. Er schaltete das Handy an, tippte Beckers PIN ein. Alles funktionierte einwandfrei. Anschließend öffnete er das Kurznachrichten-Programm. Dort las er die gleiche SMS, die er gerade eben neu empfangen hatte. Sie war drei Monate alt, abgeschickt wenige Tage vor Beckers Tod.

Iron Maiden dröhnte durch die Wohnung. Old School. Heute passte das. Bruce Dickinsons Stimme übertönte die Stille. Hier unterm Dach vermisste sie Manuel. Die kreischenden, sägenden Gitarren hätten sie fast den schrillen Klingelton überhören lassen, der in der gleichen Tonlage versuchte, gegen die Musik anzukämpfen. Nachdem sie die Musikanlage in der Küche leiser gedreht hatte, lief sie zur Wohnungstür. Sie erwartete niemanden. Sofort dachte sie an den Mann im Einkaufszentrum. So leise wie möglich legte sie ein Ohr auf das dünne Türblatt und lauschte. Wieder schellte es.

Das Ohr weiter an der Tür, nahm sie den Hörer der Gegensprechanlage.

«Ja bitte?»

«Papa hier, mach auf!»

Überrascht drückte sie den Türöffner, eilte zu einem raschen Kontrollgang durch die Wohnung, drückte die Stopp-Taste der Anlage und räumte das Geschirr ihres einsamen Frühstücks in die Spüle. Da klopfte es schon an der Tür. Sie rannte zurück, sperrte sie auf. Ihr Vater zwängte sich in den kleinen Flur, eine Stofftüte in der Hand. War er kleiner geworden, seitdem sie sich das letzte Mal gesehen hatten? Oder fülliger? In jedem Fall wurden die Haare in seinem Vollbart grauer. Es gab ihm etwas Distinguiertes, was ihm sehr gut stand und sie an Martin Joist erinnerte.

«Geht es dir gut?»

«Ja, wieso?»

«Ich habe nichts von dir gehört!»

«Deswegen kommst du von Duisburg her?»

Er hielt die Tüte hoch, in der sich, wie Heidi erkennen konnte, ein Topf befand. «Es ist ja nur eine halbe Stunde Weg. Ich hab dir Suppe gekocht.» Für einen Augenblick sah er sie erschrocken an, als würde ihm gerade bewusst, dass er vielleicht zu aufdringlich war, vielleicht nicht erwünscht. «Nur wenn du magst …! Ich kann sie dir auch hier lassen … Wenn ich gerade ungelegen komme …»

Sie konnte sich ein Lächeln nicht verkneifen. «Warte, bis ich mir was Bequemeres angezogen habe.» Seine Gesellschaft war ihr hochwillkommen.

Erleichtert nickte er. Wie ein kleiner Junge, dachte sie.

Tauschten sie mit den Jahren die Rollen? Sie wurde selbständiger, er klammerte sich an sie wie ein Kind. Daran konnte die fürsorgliche Suppe nichts ändern. Sie huschte hinüber ins Schlafzimmer, wo sie in Kapuzenpulli und Jogginghose schlüpfte.

Als sie in die Küche kam, stand ihr Vater bereits am Herd, im Topf konnte sie es brodeln hören, Teller und Besteck standen auf dem Tisch. Dabei war sie nur zwei Minuten weg gewesen. Im Hintergrund lief das Radio.

Nach dem Essen legte ihr Vater Messer und Gabel auf den Teller, gekreuzt, um zu zeigen, dass er fertig war. «Erzähl mir von dir!» Wie früher zu Hause hatten sie schweigend gegessen. Man sprach nicht beim Essen im Haus Kamemba, da war ihr Vater immer streng gewesen. Genauso wie bei dem Tischgebet, das jeder Mahlzeit voranging. Jetzt war Zeit zu reden, befand er. Vor ein paar Jahren wäre sie in diesem Moment aufgestanden und hätte sich demonstrativ und wortlos einen zweiten Teller gefüllt. Teenagertrotz. Sie war froh, das hinter sich zu haben.

«Was soll ich erzählen? Die Arbeit ist spannend, sehr anstrengend.»

«Und die Kollegen? Sind sie nett?» Er machte eine kleine Pause, sah sie an, den Kopf ein wenig zur Seite geneigt, was bei anderen süß und nett wirken konnte, ihm aber eine Aura von Ernsthaftigkeit und Konzentration verlieh, die seine Autorität unterstrich. Er mochte anhänglich werden und klammern, ihr alter Vater. Aber er war noch lange nicht schwach. «Benehmen sie sich anständig?»

Sie bejahte. ‹Anständig› war über die Jahre zu ihrem Code-Wort geworden. Tatsächlich hatte niemand irgendetwas über ihre Hautfarbe gesagt. «Sie sind schwierig. Mein Vorgänger hat sich erschossen, und die anderen verbergen irgendetwas.»

«Und du willst herausfinden, was das ist.» Es war eine Feststellung, keine Frage. Sie nickte dennoch. «So warst du schon früher, wolltest immer alles wissen. Kein Wunder, dass du zur Polizei gegangen bist.» Er tätschelte ihr die Hand, wie nur er es durfte, nahm die Teller und stand auf. «Noch etwas Suppe?»

«Du rätst mir nicht, ich solle mich zurückhalten und die Vergangenheit auf sich beruhen lassen?»

Halb zu ihr gewandt, halb auf die Teller blickend, die er neben sich auf die Anrichte gestellt hatte, schöpfte er mit der Kelle im Topf. «Eine Vergangenheit, die nicht die deine ist. Natürlich solltest du dich da raushalten. Diese Kollegen werden ihren Grund haben, warum sie dir nicht erzählen, was mit deinem Vorgänger passiert ist. Wenn die Zeit so weit ist und du ihr Vertrauen hast, werden sie es tun.» Es klatschte leicht, als der erste Löffel Suppe im Teller landete.

«Manchmal glaube ich, dass um mich herum Zeitbomben ticken. Mein Chef und einer meiner Kollegen stehen extrem unter Druck. Ich glaube, dass es besser wäre, diesen Druck kontrolliert abzulassen und nicht zu warten, bis er für alle unerträglich wird.»

Mit den Tellern in der Hand kehrte ihr Vater zum Tisch zurück. Über dem linken Unterarm hing ein Spültuch, er wirkte damit fast wie ein Kellner.

«Bist du diejenige, die diese Kontrolle hat?»

Noch eine Stunde redete sie mit ihrem Vater über Belangloses, dann spülten sie gemeinsam und räumten die Küche auf. Wie früher, und seltsamerweise hatte sie sich in diesen Minuten auch wieder wie früher gefühlt: das kleine Mädchen, das neben seinem großen, klugen, geliebten Vater stand und nach dem Abendessen die Küche sauber machte. Auch wenn er heute kleiner war als sie.

Nachdem er gegangen war, war die Stille unerträglich. Sie überprüfte Smartphone und Laptop nach Nachrichten von Manuel und schrieb ihm über WhatsApp, erhielt aber keine Antwort, obwohl zwei blaue Häkchen ihr zeigten, dass ihr Freund die Nachricht gelesen hatte. Dann nickte sie auf dem Sofa ein.

Verschlafen und für ein paar Sekunden orientierungslos tastete sie mit den Händen nach dem Telefon, das sie aus dem Schlaf gerissen hatte. Sie rieb sich die Augen, klickte auf die Nachricht. *Hey Süße, ist später geworden. Skype?* Ein kurzer Blick auf die Uhr. Es war halb eins. Wann war sie eingeschlafen? Sie hatte gar nicht gemerkt, dass sie so müde gewesen war. Sie klappte den Laptop auf, wickelte sich die Decke um den Körper und klickte auf das Skype-Symbol. Manuel war online. Sie schrieb ihm eine kurze Nachricht. Wenige Augenblicke später ging ein Kamerafenster auf, sie öffnete ihres ebenfalls.

«Hey, ich muss dir was zeigen», eröffnete er das Gespräch und verschwand aus ihrem Blickfeld. Anschließend wackelte das Bild, als er seinen Rechner hochhob und durch das dunkle Zimmer trug, in dem sie nur ein zerwühltes Bett, Manuels Reisetasche und die Fotoausrüstung erkennen konnte. Es fühlte sich an, als trüge er sie selber zum Fenster, gegen das er nun den Rechner hielt. «Ist das nicht irre?», hörte sie seine Stimme irgendwo aus dem Raum. Sie selber sah hinaus in die arabische Nacht. Tausende Fenster in einer Ansammlung von Hochhäusern leuchteten wie ordentlich aufgereihte Sterne am Himmel. Manche der Wolkenkratzer waren angestrahlt, leuchteten blau oder golden. Manuel hielt den Rechner nach unten, ihr wurde schwindlig. «25. Stock! Wahnsinn! Wahnsinn! Ich wünschte, du könntest das sehen. Ich schicke dir morgen Fotos!»

«Manuel?» Er drehte den Laptop, um ihr das Panorama zu zeigen und die Aussicht nach unten in wirklich allen Facetten zu demonstrieren. «Manuel!» Jetzt war der Himmel an der Reihe und die höchsten Spitzen der Wolkenkratzer.

«Siehst du, wie gigantisch das hier ist?»

«Ich seh's! Aber kannst du mich bitte abstellen?!»

Er knallte den Laptop auf den Nachttisch und warf sich aufs Bett, richtete ihn aus, sodass sie sich sehen konnten. «Sorry!», sagte er. «Was machen wir jetzt?»

«Sag mir erst mal, wie es dir geht!»

Er wirkte etwas überrascht, aber die Bilder, die die Kamera des Laptops übertrugen, waren zu schwammig, um seinen Gesichtsausdruck wirklich deuten zu können. «Hast du das gerade nicht gesehen?», fragte er. Er zog sich das T-Shirt aus. Grinste.

«Was gibt das jetzt?»

«Wie wär's mit ein wenig Cyber-Romantik?»

«Oh Gott, nein!» Sie dachte an das Programm auf Hansens USB-Stick, an den Mann in den Arcaden, und stellte sich vor, dass irgendwer mitbekam, was sie im Begriff waren zu tun. «Ich bin müde», antwortete sie. «Außerdem weiß ich nicht, ob das eine gute Idee ist.»

Er quengelte. Heidi ließ sich nicht erweichen. Eine Stunde später lag sie im Bett. So müde sie im Gespräch mit Manuel gewesen war, jetzt starrte sie hellwach an die Decke. Sie dachte an Nils Hansens verbrannten Körper, an den toten Rolf Becker in seinem Boot. An den Mann, der sie verfolgt hatte. An Manuel und daran, dass möglicherweise jemand ihr Gespräch mitgehört hatte. Jedes ihrer Gespräche.

Freitag, 4. März 2016

13

Anna nahm ihren üblichen Platz auf der Fensterbank ein, ihren akkurat aufgeräumten Schreibtisch vor sich. Die Tastatur stand ein wenig schräg, vermutlich hatte die Putzfrau sie verrückt. Heidi saß an ihrem Schreibtisch, den Blick auf Bruno gerichtet, der wie immer in seiner Tür stand, die Hände in den Hosentaschen vergraben. Löwinger lehnte – ebenfalls wie immer – an den Aktenschränken hinter seinem Arbeitsplatz. Gelegentlich fiel sein Blick auf die Bilder seiner Kinder, die am Bildschirm klebten. Paul, dessen Spielsucht ihr schon vor Monaten aufgefallen war, saß wie Heidi an seinem Schreibtisch, die Hände zwischen den Oberschenkeln gefaltet, leicht nach vorne gebeugt in dem Versuch, besonders aufmerksam und motiviert zu wirken. Ja, du hast was gutzumachen, Paul Dennewitz, dachte sie. Der Computerexperte vom LKA, Tusk, stand in der Tür zum Gang, seinen Aktenkoffer in der Hand. Heidi hatte ihm ihren Platz angeboten, aber er hatte abgewunken. Löwingers Stuhl blieb leer, bis Spoehri als Letzter den Raum betrat.

«Ich darf doch», fragte er und saß bereits, bevor Löwinger etwas sagen konnte. Heidis Blick ging zur Tür, als vermisse sie jemanden. Westphalen wandte sich zunächst an Spoehri.

«Kannst du uns irgendetwas Neues berichten, Hans?»

«Was die Leiche und den Tatort angeht: Hansen wurde, nachdem er tot war, mit handelsüblichem Benzin übergossen und angezündet.»

«Vielleicht von der Tankstelle, bei der wir schon waren?», unterbrach ihn Paul.

Spoehri blickte ihn zornig an. Er mochte es nicht, wenn man ihn unterbrach. «Unsere Täter – und wir gehen jetzt davon aus, dass es mindestens zwei waren – haben leider den Kassenzettel mit verbrannt. Wir wissen es also nicht. Fahr hin und frag nach.» Er wandte sich wieder den anderen zu, schob «am besten sofort» hinterher. Paul hatte seine roten Hektikflecken hinter den Ohren, die jedem außer ihr entgingen. «Leider haben die Täter damit so ziemlich alle brauchbaren Spuren erfolgreich vernichtet. Den Rest hat der Regen erledigt, der in der Nacht von Montag auf Dienstag gegen ein Uhr eingesetzt hat. Wir haben also nichts. Weder am Tatort noch auf dem Weg zwischen Parkplatz und dort. Außer dem Sextreff, den eure neue Kollegin entdeckt hat.»

«Und was uns, wie es aussieht, auf eine falsche Spur gesetzt hat.» Dass Paul es ein zweites Mal wagte, Spoehri zu unterbrechen, überraschte Anna.

«Wir haben die Spur noch nicht beerdigt», wandte der Hauptkommissar ein. «Gibt es irgendetwas Brauchbares in der Wohnung?», fragte er Spoehri.

«Außer der bemerkenswerten Tatsache, dass die Wohnung komplett leer und grundgereinigt war, nicht viel. Die Reinigungsmittel waren extrem stark, bekommt man aber in jedem Supermarkt.» Der Chef der Spurensicherung machte eine Pause, nahm eine Flasche Wasser, die auf Löwingers Schreibtisch stand, und drehte sie auf. Während er trank, herrschte Stille. Anna schaute aus dem Fenster, irgendwo hinter den Häusern am Ende der Straße floss der Rhein.

«Gab es irgendwelche DNA-Spuren in der Wohnung? Oder wenigstens Fingerabdrücke?»

Spoehri schloss die Flasche wieder zu. Anna konnte sehen, dass er sich viel Mühe machte, sie richtig fest zuzudrehen. Er stellte sie zurück auf den Tisch, ließ sich Zeit mit der Antwort. «Nichts. Wie ich sagte: Es wurde gründlich geputzt.»

«Wissen wir, wann geputzt wurde?»

«Vermutlich, nachdem unser Opfer tot war», erwiderte Spoehri.

«Dann müsste jemand in der Nacht die Wohnung komplett ausgeräumt haben. Und das soll niemand gemerkt haben?», fragte Löwinger erstaunt.

«Wer weiß, was vorher drin stand? Vielleicht war das nicht viel», erwiderte Spoehri achselzuckend.

«Gibt es aus Hansens Umfeld irgendwas Neues?»

Paul erzählte wortreich, wie sie beide gestern die Nachbarn des Nerds abgeklappert hatten. Er sah sich immer wieder nach ihr um, auf Bestätigung hoffend. Sie blickte aus dem Fenster.

«Also nichts?», schloss Bruno Pauls Vortrag ab.

«Vielleicht doch», hob Heidi leise an. Es schien der neuen Kollegin langsam bewusst zu werden, in was für einer

Truppe sie da gelandet war. Am ersten Tag war sie mit ihren Erkenntnissen laut vorgeprescht, jetzt wog sie ab, was sie sagte. Fast tat sie Anna leid. Das arme junge Ding. Alle sahen sie an. Nur Anna betrachtete die Flecken hinter Pauls Ohren. «Ich war gestern noch einmal da, wie Paul vorgeschlagen hatte.» Clever. Sie wusste, wie es lief. «Die Nachbarin im Erdgeschoss – eine gewisse Johanna Kamphausen – sollten wir uns genauer ansehen.»

«Warum?» Brunos durchdringender Bass.

«Sie war öfter bei Hansen, wollte das aber nicht zugeben.»

Paul lachte. «Wer will schon mit einem Mord in Verbindung gebracht werden? Da sag ich mal lieber, dass ich nichts weiß und den Toten gar nicht wirklich kannte.»

«Ich sage nur, wir sollten sie uns gründlicher anschauen. Mehr nicht!» Madame verstand zu keifen. Annas Interesse verlagerte sich von dem Blick auf die Straße auf das Geschehen im Büro.

«Wir sollten auf Brunos Spur bleiben und die Nutten noch mal verhören.»

«Das würde dir Spaß machen, was?» Löwinger. Paul sah aus, als würde er ihm gleich an die Gurgel gehen. Vor fünf Minuten hatte er die Rotlicht-Spur noch als erledigt betrachtet. Schleimer.

«Wir recherchieren weiter im Rotlichtmilieu, reden mit dieser Nachbarin und schauen, was wir noch über unser Opfer rausfinden. Die Bankverbindung wäre wichtig. Außerdem sollte jemand mit dieser Internetfirma reden, von der unser LKA-Kollege gestern sprach.» Der Hauptkommissar klatschte in die Hände. «Genug zu tun also!»

«Was ist mit den Geheimdiensten?» Anna fragte sich,

warum niemand das Nächstliegende angesprochen hatte. Also tat sie es. «Unsere Kollegen vom BND oder vom Verfassungsschutz sind doch diejenigen, die am ehesten solche Software einsetzen, wie Nils Hansen sie entwickelt hat. Wir sollten mal mit denen reden!»

«Wie stellst du dir das vor?», fragte Paul. «Willst du rüber in die Haroldstraße zum Verfassungsschutz und fragen, ob jemand von ihnen Hansen beauftragt hat, die Software zu entwickeln?»

«Warum nicht?»

«Weil sie es dir bestimmt nicht sagen würden!»

«Seit wann ist das ein Argument, um keine Fragen zu stellen?» Der Junge nervte sie.

Westphalen ging dazwischen. «Damit warten wir noch, Anna! Hast du recht, sind wir den Fall los, sobald wir bei denen aus der Tür raus sind. Liegst du falsch, vermutlich auch. Wir sollten da vorsichtig vorgehen.»

Anna blickte Westphalen an. Seit wann war er ein Freund vorsichtigen Vorgehens?

«Die Bankverbindung kann ich Ihnen raussuchen», sagte LKA-Experte Tusk, als die Ersten schon wieder aufstanden. Er hatte vorher still in der Ecke gestanden. Anna schien es, als habe er dem Gespräch gar nicht zugehört, sondern sich mit seinem Smartphone beschäftigt. Die Polizisten sahen ihn an. «Die Bankverbindung, den Kontostand und alle Kontobewegungen, Ein- und Auszahlungen, regelmäßige Überweisungen …»

«Schon gut!» Bruno hob die Hand, als könne er so die Aufzählung unterbinden. «Wir arbeiten nach den landesüblichen Vorschriften. Schließlich wollen wir dem Staatsanwalt einen wasserdichten Fall übergeben. Sie wissen selbst, dass Ihr Vorschlag illegal ist.»

Das erste Mal, seitdem Rolf Becker tot war, erlebte Anna so etwas wie Widerstand bei ihren Kollegen Dennewitz und Löwinger. Die beiden blickten sich kurz an, ehe Löwinger – natürlich Löwinger! – sprach.

«Es könnte uns die Arbeit erleichtern, wenn wir zumindest wüssten, bei welcher Bank Hansen ein Konto hatte.»

Dennewitz drehte sich auf seinem Stuhl, um den Chef genauer beobachten zu können, schwieg aber. Bruno setzte an, etwas zu sagen. Seine Barthaare zitterten leicht. Ein sicheres Zeichen, dass er verärgert war.

«Sparkasse.»

Das Wort war im Raum, bevor der Hauptkommissar es verhindern konnte. Wütend schaute er zu Tusk hinüber, der gesprochen hatte.

«Können Sie uns noch mehr über Hansen erzählen?» Anna stellte die Frage. Vermutlich traute sich Dennewitz, der Tusk ansah, als habe er einen Goldschatz gefunden, nicht zu fragen.

«Anna!» Die Zurechtweisung des Chefs klang scharf. «Wir müssen uns an die Vorschriften halten.» Interessanterweise sah Bruno nicht sie an, sondern Heidi. «Andernfalls fahren wir diese Ermittlung gegen die Wand.»

Anna schaute nun ebenfalls ihre neue Kollegin an. Ahnte sie, dass es hier um etwas gänzlich anderes ging? Sie selber hatte gar nicht damit gerechnet, dass Tusk ihre Frage beantworten würde. Es war klar, dass Westphalen einschreiten musste. Aber Anna interessierte, inwieweit diese Software, die sie immer noch nicht wirklich verstand, als Überwachungsinstrument taugte.

«Bezeichnenderweise hat Hansen fast alle seine Spuren im Netz gelöscht, bevor er starb.»

«Er oder jemand anders?» Es war der erste Wortbeitrag der Neuen. Kein Wunder, dass weder der Chef noch Dennewitz sie mochte. Sie hatte einen Blick für die wesentlichen Fragen. Sie würde eine gute Polizistin werden. Zu gut für den ein oder anderen.

«Das kann ich nicht sagen. So wie es aussieht, wurden die Spuren jedenfalls vom Laptop des Toten gelöscht.»

«Können Sie seinen Computer ausfindig machen?», fragte Löwinger.

Tusk zögerte mit der Antwort, blickte zu Westphalen hinüber. «Auf legalem Wege nicht, nein.»

Paul Dennewitz hielt sein Smartphone hoch. «Ich kann das ohne Probleme orten. Da gibt es Software für. Fürs Laptop gibt es so etwas nicht?»

«Natürlich gibt es so etwas für Laptops», räumte der LKA-Mann ein. «Aber das hängt davon ab, was für ein Betriebssystem Hansen installiert hat und wie er seinen Computer gegen solche Angriffe gesichert hat. Außerdem brauchen wir dafür eine richterliche Anordnung.»

«Das dürfte zu machen sein», mutmaßte Westphalen.

«… und sein Laptop muss eingeschaltet sein.»

«Und woher wissen Sie, dass Hansen ein Konto bei der Sparkasse hatte? Ich denke, das wurde alles gelöscht?»

«Es gab gestern eine neue Abbuchung von diesem Konto: Hansens Miete, 428,37 Euro. Außerdem liegen diese Daten bei der Bank vor.»

«Zu der Sie sich illegal Zugang verschafft haben», fiel ihm der Hauptkommissar ins Wort. Er schaute von einem zum anderen. «Das bleibt unter uns. Ich rede mit dem Staatsanwalt und sehe zu, dass wir etwas Legales und vor Gericht Verwertbares bekommen können.» Der Chef verschwand in seinem Büro und schloss die Tür hinter sich.

«Lieck will mit zur Bank», erklärte Westphalen verblüfft, als er wenige Minuten später wieder aus dem Büro herauskam.

«Will er vorbeikommen?», fragte Löwinger entsetzt. Der Staatsanwalt schien sich keiner allzu großen Beliebtheit zu erfreuen.

«Ich habe gesagt, dass ich ihm Kamemba mitschicke. Damit war er einverstanden. Ich vermute also, er will unseren Medienstar kennenlernen.»

Anna war die Einzige im Team, die Lieck mochte. Sie war auch die Einzige, die mit ihm klarkam. Lieck war im Präsidium verschrien dafür, Polizisten zu hassen und für hochaggressive Tölpel zu halten. Anna war gespannt, wie er auf Heidi reagieren würde. Lieck runzelte die Stirn, als er Heidi die Hand gab. Vermutlich hätte er am liebsten ‹Hätten Sie sich nicht einen anständigen Beruf suchen können?› gefragt. Heidi zeigte ihr offenstes Lächeln, ein Lächeln, das Anna schon lange verloren hatte, und beantwortete auf der Fahrt zur Bank geduldig sämtliche Fragen des Staatsanwalts. Anna merkte, wie der Staatsanwalt dahinschmolz. Cleveres Mädchen. Gefährliches Mädchen.

Jetzt saßen sie zu dritt vor dem Schreibtisch eines Filialleiters der Sparkasse, der aufmerksam das Schreiben studierte, das Lieck ihm in die Hand gedrückt hatte. «Lesen Sie sich alles in Ruhe durch!», sagte der Staatsanwalt und klang wie ein Lehrer, der mit einem Grundschulkind redet. «Am Ende müssen Sie meinen beiden Kolleginnen alle Unterlagen übergeben, die mit Herrn Nils Hansen in Verbindung stehen.»

Der Filialleiter ließ das Papier sinken. Er mochte kaum älter als dreißig sein. «Solche Schreiben kriegen wir gelegentlich von der Staatsanwaltschaft. Ich sehe keine Hemmnisse, die Ihre beiden Beamtinnen von den Konten dieses Herrn Hansen fernhalten würden. Es ist nur ungewöhnlich, dass ein Staatsanwalt sich selber hierherbemüht.» Mit bemerkenswert zarten Fingern legte er das Blatt beiseite. Die meisten gaben einem ein solches Papier instinktiv zurück. Der Banker aber behielt es bei seinen Unterlagen. Auch ein schlaues Kerlchen, dachte Anna. Lieck blickte zu Heidi hinüber.

«Dieser Fall ist von einer gewissen Dringlichkeit und deswegen wollte ich sichergehen, dass Sie sich kooperativ zeigen», erklärte er.

«Die Damen können gerne meinen Schreibtisch benutzen.» Der Filialleiter drückte eine Taste auf seinem Telefon und instruierte jemanden am anderen Ende der Leitung, die Zugangsdaten zu Hansens Konto herauszusuchen. «Leider haben wir keine schriftlichen Unterlagen im Haus. Aber ich denke, das macht keinen Unterschied.»

In diesem Fall sicher nicht, dachte Anna. Lieck erhob sich, reichte ihnen die Hand. «Es hat mich gefreut, Sie kennenzulernen, Kommissarin Kamemba. Ich hoffe, wir begegnen uns wieder.»

«Das würde mich freuen.»

Anna fragte sich, ob dieses perlweiße, offene Lächeln wirklich aufrichtig war oder ob nicht ein klein bisschen Spott in den Augen ihren neuen Kollegin funkelte. Lieck jedenfalls strahlte. Männer waren so leicht zu täuschen. Selbst einer wie Lieck, vor dem Anna größten Respekt hatte.

«Dann lasse ich Sie jetzt allein.» Er verabschiedete sich mit knappen Worten von dem jungen Filialleiter. In der Tür musste er sich an einer Mitarbeiterin vorbeidrängeln, die mit einer Mappe hineinwollte.

«Ah, da sind Sie ja schon, Frau Mertens!» Der Banker stellte die beiden Polizistinnen vor, dann verabschiedete er sich ebenfalls. Frau Mertens setzte sich an seinen Schreibtisch, tippte etwas aus der Mappe in den Computer und drehte den Bildschirm zu den beiden Polizistinnen. Anschließend reichte sie Anna die Tastatur.

«Wenn Sie etwas ausdrucken möchten, können Sie das ganz normal machen – wie bei Ihnen zu Hause», erklärte sie. Dann waren die beiden Polizistinnen allein im Raum. Anna überließ Heidi die Tastatur.

Mit dem Finger deutete Heidi auf den Bildschirm, als Anna nach einer kurzen Pause zurück in das Büro des Filialleiters kam. Damit sie Schrift und Zahlen überhaupt lesen konnte, musste sie sich weit nach vorne beugen. Ihre Kollegin rückte mit dem Stuhl beiseite. Anna schien es, als schnupperte Heidi leicht, als sie das tat. Sie kramte die Tüte mit den Pfefferminzbonbons aus der Tasche, steckte sich eines in den Mund und bot Heidi eins an. Die lehnte ab. Es wirkte unwirsch. Vermutlich war sie konzentriert bei der Sache.

Anna las die Stelle, auf die Heidi zeigte. Eine Bareinzahlung von 5000 Euro. Vor sieben Tagen. «Eine Bareinzahlung ist nichts Illegales», sagte sie, obwohl sie sicher war, dass Heidi ihr diese Stelle nicht gezeigt hätte, wenn sich nicht mehr dahinter verbarg. Tatsächlich klickte ihre schwarze Kollegin auf die Maus, scrollte dann den Bildschirm weiter runter.

7500 Euro bar. In der vorletzten Woche.

6000 Euro bar am 12.1.

3000 am 27.12.

Keine großen Summen, es sei denn, man war Kriminalbeamtin im ersten Dienstjahr. «Insgesamt über 90 000 Euro Bareinzahlungen in den letzten zwölf Monaten!»

«Das ist eine Menge Geld», pflichtete ihr Anna bei. «Aber vielleicht hat er sich bar bezahlen lassen? Programmierer arbeiten doch oft selbständig. Da ist das vielleicht nicht unüblich. Es wäre auch möglich, dass er ein wenig paranoid war, was seine Bankgeschäfte anging. Er wusste ja, wie leicht man so etwas nachverfolgen kann.»

«Möglicherweise ...» Heidi biss sich mit den Schneidezähnen leicht auf die Unterlippe. Anna hatte bereits in den morgendlichen Besprechungen registriert, dass das ein Zeichen dafür war, dass die junge Kommissarin nachdachte. «Spannend ist noch etwas anderes.» Sie scrollte wieder ein Stück nach oben, tippte mit dem Zeigefinger der linken Hand auf eine Stelle auf dem Bildschirm. Anna presste fast die Nase dagegen, um die Schrift lesen zu können.

«Buchung 03.01.2016», las sie, «Wertstellung 04.01.2016, Online-Überweisung.» Sie lehnte sich ein Stück zurück, sah die Jüngere an. «Okay, er hat also keine Scheu vor Online-Überweisungen gehabt.»

«Lies weiter!» Die junge Kollegin klickte auf ein kleines ‹i› in einem Kästchen neben der Summe, die Hansen überwiesen hatte. Stolze 25 000 Euro. Ein neues Fenster baute sich auf, das Details des Transfers aufführte. Offenbar hatte Hansen das Geld auf ein anderes Konto umgebucht, das ihm gehörte.

«Er hat noch weitere Konten?»

«Ich habe die Swift-Daten der Überweisung in eine Suchmaske eingegeben. Nils Hansen hat mindestens zwei Konten bei einer Bank auf den Bahamas und er hat nicht nur Geld dahin überwiesen, sondern auch von dort auf sein Girokonto hier bei der Sparkasse umgebucht.»

«Ein Programmierer mit einem Konto auf den Bahamas?»

«Ich sagte doch, es wird spannend.»

14

Diese Firma redet mit der Presse, aber nicht mit uns», empörte sich Löwinger, als er am Steuer des Fords saß. Paul saß neben ihm, hielt sich am Seitengriff fest und pflichtete ihm bei.

Sie jagten über die Rheinkniebrücke. Löwinger überschritt die zugelassenen 80 km/h deutlich. Paul war froh, dass der vereinzelte morgendliche Schnee nicht liegen geblieben war. Regenwasser, aufgewirbelt von einem Fernbus, der vor ihnen in die Stadt fuhr, verschlechterte die Sicht so sehr, dass Löwinger den Scheibenwischer auf die schnellste Stufe einstellen musste. Für das Panorama der Stadt, das sich ihnen eingehüllt zwischen grauem Fluss und grauem Himmel bot, hatte er ohnehin keinen Blick. Paul hingegen sah nach draußen, einer Fahrradfahrerin zu, die auf dem durch eine kleine Betonsperre abgetrennten Bürgersteig gegen Regen und Wind ankämpfte. Löwinger beobachtete die Frau, die Pauls Interesse geweckt hatte, im Rückspiegel.

«Wetten, dass die Neue bessere Ergebnisse mitbringt als wir?», fragte Dennewitz, als Löwinger den Wagen die Abfahrt von der Brücke hinunterlenkte. Die Frau war nun aus ihrem Blickfeld verschwunden. Er grunzte anstelle einer Antwort.

«Die Kleine hat einen ziemlichen Lauf, findest du nicht?», setzte Paul nach.

«Sie ist halt hartnäckig.»

«Ich glaube, unsere schwarze Perle hat nur eine Glückssträhne.»

«Du bist sauer, oder?»

«Quatsch!»

Sie schwiegen, bis Löwinger den Wagen auf dem Parkplatz des Präsidiums abstellte und ausstieg. Während er sich eine Zigarette in der Tür zum Gebäude gönnte, eilte Paul bereits nach drinnen.

«Kommst du?», rief der Kollege.

«Zwei Minuten!», antwortete er, nahm noch ein, zwei tiefe Züge. Dann gab er es auf. Dennewitz hibbelte förmlich im Flur herum, als könnte er es kaum erwarten, zurück ins Büro zu kommen. Als Joachim hineinging, checkte er sein Smartphone. Eine Nachricht seiner Tochter, die nur aus Emojis bestand. Sie hatten inzwischen ihren eigenen Code entwickelt, um sich per Handy zu verständigen. Rasch antwortete er. Dann schlug er Dennewitz auf die Schulter und lief an ihm vorbei. «Komm, trödle nicht!», rief er. «Was glaubst du», fragte er weiter. «Hat Hansen für einen Geheimdienst gearbeitet? Wie Snowden?»

Paul blieb stehen. «Soll ich nachfragen?»

Löwinger blickte ihn überrascht an. «Wie meinst du das?»

Paul grinste. Selbstzufrieden. «Ich habe einen Kumpel beim Verfassungsschutz, den könnte ich anrufen.»

Löwinger dachte nach. Bruno hatte angeordnet, die Geheimdienste erst einmal außen vor zu lassen. Auf der anderen Seite: Würden sie hellhörig, hätten sie vielleicht Interesse, sie von diesem belanglosen Fall zu erlösen. «Ruf ihn an!»

Dennewitz lächelte verschwörerisch, holte sein Handy hervor und ging nach draußen. Fünf Minuten später kehrte er zurück.

«Offiziell war er nicht bei denen angestellt. Weder beim Verfassungsschutz noch beim MAD oder dem BND noch sonst irgendwo.»

«Vielleicht ein ausländischer Geheimdienst?»

«Kann schon sein. Denkst du, er ist so eine Art Mini-Snowden?»

«Möglich. Aber er hat das nicht allein durchgezogen. Sonst wäre er schon längst an die Öffentlichkeit gegangen. Er hatte irgendeinen Grund. Nichts Politisches. Was er da gemacht hat, diente irgendeinem Zweck. Warum sonst sollte man so ein Programm schreiben? Nur um zu zeigen, dass das geht?»

«Manche von diesen Hackern ticken so», erwiderte Paul.

«Wie auch immer: Wenn doch andere Stellen mit drinhängen, tauchen irgendwann Männer in dunklen Anzügen in unserem Büro auf und nehmen uns den Fall ab. Innere Sicherheit. Nationale Interessen. Der ganze Quatsch!» Er wäre froh drum.

Das Büro fühlte sich klaustrophobisch eng an. Löwinger stand an seinem üblichen Platz, lehnte gegen den Aktenschrank, die Arme vor der Brust verschränkt, um Distanz zwischen sich und die anderen zu bringen. Westphalen stand – ebenfalls wie immer – in der Tür zu seinem Büro, lehnte gegen die Zarge, Hände lässig in den Hosentaschen. Er teilte Pauls Verärgerung nicht, dass bei der Internetfirma niemand mit ihnen reden wollte. «Dann reden wir eben mit dem Staatsanwalt und fahren größere Geschütze auf. Sie müssen früher oder später mit der Wahrheit rausrücken. Wichtig ist, dass wir herausfinden, was Hansen für die Firma konkret getan hat. Wie war's bei der Bank?»

Die Frage war an Anna gerichtet. Die Neue reichte ihr einen Stapel Ausdrucke. Anna erhob sich schwerfällig von der Fensterbank, hielt sich mit einer Hand fest, um nicht zu stolpern, ehe sie einen Schritt nach vorne ging, sich über den Tisch beugte und die Papiere nahm. Sie wirkte unsicher, fahrig, die Blätter zitterten leicht in ihrer Hand. Aber sie sprach mit ihrer üblichen festen, knarzenden Stimme. «Auf Hansens Konto wurden erstaunlich oft bemerkenswert hohe Summen bar eingezahlt. Außerdem hat er zwei Konten auf den Bahamas.»

«Auf den Bahamas?», fragte der Chef.

Paul knetete seine Finger. Als er Löwingers Blick bemerkte, nahm er sie vom Tisch. Löwinger war überzeugt, dass er sie da unten, seinen Blicken entzogen, nur noch heftiger knetete. «Wissen wir mehr darüber?»

Anna schüttelte den Kopf. Sie stand zwischen den Schreibtischen und dem Fenster und machte den Raum noch enger. Er fokussierte sich auf die Bilder der Kinder. Heute hatte er es nicht geschafft, sie abzuholen, der Ausflug mit Dennewitz hatte ihm die Mittagspause versaut. «Nein, nur dass es die Konten gibt, die auf Hansens Namen laufen, und dass es Umbuchungen von und auf sein Girokonto gibt.»

«Warum braucht ein Programmierer Konten auf den Bahamas?»

«Vielleicht hat er seine Software im Auftrag von jemand anderem entwickelt, und das Honorar dafür sollte unauffällig im Ausland gebunkert werden», spekulierte Löwinger. Er musste das Gespräch vorantreiben. Unruhig schaute er auf das Display seines Handys. Keine Emojis. Keine Nachricht von seiner Tochter. Hoffentlich ging es ihr nicht wieder schlechter.

«Stellt sich die Frage, von wem er das Honorar bekommen hat.»

«Geheimdienste? Die sind doch ganz scharf auf solche Daten und solche Zugänge», vermutete Anna.

«Aber die haben sie doch schon», wandte die Neue ein.

«Vielleicht ist das ja so ein Superdupertoppzugang?», blaffte Paul die Schwarze an.

«Das werden wir wissen, wenn uns jemand den Fall entzieht.» Westphalen beendete die Diskussion zu Löwingers Erleichterung. Sein Puls war hochgeschnellt, als der Streit begann.

«Entschuldigt mich», sagte er und rannte raus. Draußen auf dem Flur lehnte er sich an die Wand, schloss für einen Moment die Augen und umklammerte das Smartphone.

«Alles klar, Löwinger?», hörte er eine Stimme.

«Alles bestens!», antwortete er dem Kollegen aus dem KK10, den er eigentlich nur flüchtig kannte.

«Dicke Luft bei euch?»

«Geht dich nichts an.»

«Ich hab gehört, eure Neue wirbelt euch ganz schön durcheinander.»

«Aha.»

«Das erzählt man sich jedenfalls.»

«Kümmer dich um deinen Scheiß.» Der KK10er trollte sich. Löwinger dachte über dessen Worte nach. Er hatte nicht den Eindruck, dass die Neue sie durcheinanderwirbelte. Sie machte Druck, weil sie Ergebnisse lieferte. Aber das war etwas, das er schätzte und von dem er glaubte, dass Westphalen es genauso sah. Oder tat sie etwas, von dem er noch nichts mitbekommen hatte? Er schob den Gedanken beiseite, tippte die Kurzwahl seiner Tochter ins Smartphone, erreichte aber nur die Mailbox. Gleiches bei seiner Frau. Fuck!

Mit noch mieserer Stimmung als vorher ging er zurück ins Büro. Die Neue musterte ihn aufmerksam, er ignorierte das.

«Wir spielen ein Spiel», rief ihm Dennewitz zu. «Wir versuchen die Verwendungszwecke von Hansens Bareinzahlungen zu entschlüsseln. Mach mit!» Er lachte etwas hysterisch.

«Ziemlich sicher sind wir uns, dass die Zahlen Daten bezeichnen. 02012016 zum Beispiel dürfte der 2. Januar 2016 sein. Davor vermerkt Hansen – wir gehen zumindest davon aus, dass er es ist …», erklärte die Neue.

«Merkst du, wir spekulieren!», rief Dennewitz dazwischen. Heidi blickte ihn zornig an. Das konnte sie gut.

«Vorher und hinterher stehen zwei Buchstaben. Vorne immer IG oder NZ, hinten wechseln die Kombinationen. Es gibt DK, MM, GS, BT und noch ein paar andere. Was meinst du?»

Löwinger kratzte sich das unrasierte Kinn. Amelie würde heute Abend schimpfen und schreiend weglaufen, weil ihr

Papa zu sehr kratzte. Er musste sich rasieren, bevor er nach Hause fuhr. Irgendwo in seiner Schublade lag ein elektrischer Rasierapparat. Er hoffte, er fand ihn, und Dennewitz hatte ihn sich nicht geliehen und verlegt.

«Interessengemeinschaft?», riet er ins Blaue hinein. «Nachzahlung?»

«Nachzahlung ergibt Sinn.» Die Neue schrieb das Wort auf einen Zettel, auf dem Löwinger schon ein paar andere Begriffe sah. Informationsgebühr und Informationsgeld konnte er entziffern.

«Informationsgespräch», schlug er vor. Die Neue schrieb. Der Stift kratzte leise über das Papier.

«Um was für Informationen sollte es gehen?»

«Vielleicht hat Hansen die Software nicht rausgerückt und seinen Auftraggebern nur die Daten gegeben, die er gesammelt hat?», vermutete Anna. Sie saß jetzt wieder auf ihrem Platz am Fenster, ließ Löwinger ein klein bisschen mehr Luft.

«Das wäre ein mögliches Mordmotiv und ein Grund, warum sein Computer verschwunden ist.»

«Wir wissen aber immer noch nichts über seine möglichen Auftraggeber.» Zu Löwingers Ärger war Westphalen nicht bereit, die Besprechung zu beenden. Waren ihre Diskussionen immer so langatmig gewesen?

«Scheiden die Geheimdienste sicher aus?», fragte Anna. «Ich meine, vielleicht hat Hansen ihnen Zugriff auf Daten ermöglicht, an die sie so ohne Probleme gar nicht rankommen.»

«Oder er hatte einen einfacheren Weg gefunden», ergänzte Heidi. Löwinger dachte, dass die beiden – so gegensätzlich sie auch waren – ein gutes Team abgeben würden.

«Ein einfacher Hacker? Nicht sehr glaubwürdig!», ging Paul dazwischen. «Ich halte die Spur zu den Geheimdiensten für Quatsch.» Jetzt ärgerst du dich, dass du deine Quelle nicht nennen kannst, dachte Löwinger.

«Mach einen besseren Vorschlag!» Löwinger hatte nicht die geringste Lust, dass die Diskussion in endlose Streitereien ausuferte. Er drehte das Handy in der Hand, um aufs Display schauen zu können.

«Organisiertes Verbrechen! Brunos Spur!» Dennewitz lehnte sich ein Stück zurück und genoss die staunende Reaktion der anderen.

«Häh?», kommentierte Löwinger bloß.

«Die sind doch nicht doof! Die haben ebenfalls ein Interesse an Daten. Also hat Hansen sie ihnen verkauft. Dann gab es Streit …», mit dem Zeige- und Mittelfinger imitierte er eine Pistole, richtete sie kurz auf die Neue, drehte den Finger dann in Richtung seines Computers, «… und peng!»

«Du meinst, das organisierte Verbrechen spielt NSA?»

Paul nickte. Er wirkte sehr selbstzufrieden, fand Löwinger.

«Was für ein Albtraum!»

Auf Annas Vorschlag hin ließ Westphalen Heidi bei Staatsanwalt Lieck anrufen. Die Kollegen standen um sie herum, offenbar gespannt, wie Heidi mit ihm zurechtkommen würde. Bevor sie auf die letzte Taste drückte, sah sie sie an. Heidi fühlte sich, als stünde sie auf einer Bühne.

«Ich biete hier keine Show an!»

«Oh doch, das tust du!», erwiderte Löwinger. «Stell laut!»

Sie hob abwehrend den Zeigefinger. Dann meldete sich der Staatsanwalt und bellte ein wenig freundliches «Lieck, Staatsanwaltschaft» ins Telefon.

«Kamemba, KK12, wir haben uns heute Morgen kennengelernt.»

«In der Bank! Ich erinnere mich! Sind Sie erfolgreich gewesen?» Das Bellen wich einem warmen Singen. Löwinger würde sicher was drum geben, das hören zu können. Heidi klärte ihn kurz über den aktuellen Stand der Dinge auf und sah dabei den Hauptkommissar an, der jede ihrer Bemerkungen mit einem Nicken absegnete. Anschließend bat Heidi den Staatsanwalt um Hilfe bei den Auskünften der Internetfirma, deren Sicherheitslücke sich Hansen zunutze gemacht hatte.

«Klar, kein Problem. Ist Ihr Chef in der Nähe, dann klären wir das direkt.»

Heidi hielt Westphalen den Hörer hin. Der schüttelte den Kopf, kam zu ihrem Schreibtisch und drückte auf den Knopf, der den Lautsprecher aktivierte. Dabei tauschte er ein Grinsen mit Löwinger.

«Ich habe Sie auf laut gestellt, Herr Staatsanwalt!», rief er. «Können Sie mich hören?»

«Ich höre Sie auch, wenn Sie nicht so brüllen, Hauptkommissar. Eigentlich wollte ich mit Ihnen persönlich sprechen, aber die Kollegin Kamemba ist ja vertrauenswürdig. Es gibt Leute bei uns, die dem Fall, an dem Sie gerade arbeiten, nicht so viel Priorität einräumen, dass sich fünf Kriminalbeamte damit beschäftigen müssen. Von dem LKA-Experten ganz zu schweigen. Kollege Böhmert hat sich angeboten, die Sache zu übernehmen.»

«Böhmert findet nicht einmal seine Schnürsenkel!», warf Löwinger ein.

«Ach, Kommissar Löwinger, auch im Raum. Haben wir eine Vollversammlung?»

«Alle versammelt», erwiderte Löwinger.

«Schön. Und was haben Sie für mich, um zu rechtfertigen, dass fünf Kriminaler in dem Mord an einem Hacker ermitteln? Reicht da nicht Ihre Neue?»

Anna lachte auf. «Kollegin Kamemba und ein Staatsanwalt?», fragte sie laut.

«Nach allem, was man so hört, ersetzt die Kollegin Kamemba vier Kriminalbeamte.»

Heidi wäre am liebsten im Boden versunken. Sie senkte den Blick. Bloß jetzt keinen der Kollegen anschauen.

«Ich sehe das ein bisschen anders», murmelte sie.

«Nett von Ihnen», blaffte Lieck durch den Hörer.

«Könnten wir vielleicht zum Grund meines Anrufs zurückkehren?»

«Kein Problem. Ich ruf da an und klär das für Sie.» Ohne ein weiteres Wort legte der Staatsanwalt auf. Schweigen herrschte in dem kleinen Raum. Heidi fiel das erste Mal auf, dass es hier drin viel zu warm war.

«Du ersetzt also uns vier?» Paul machte sich nicht einmal die Mühe, die Wut in seiner Stimme zu verbergen.

«Ich habe das nicht gesagt, und ich halte das für Quatsch.» Dennewitz sollte gar nicht denken, dass sie weniger Schärfe in ihre Stimme legen konnte als er.

«Zu Recht!»

Heidis Telefon klingelte. Unschlüssig sah sie den Chef an. Der nickte leicht genervt. Sie nahm ab. «Lieck. Sie können da jetzt hin.» Das war alles.

«Lieck hat das geregelt. Wir können jetzt fahren.»

«Gut. Paul, du rufst an und sagst, dass wir kommen.»

«Wer fährt hin?»

Westphalen schaute sich um. Kurz blieb sein Blick an Löwinger hängen. Vermutlich war der latent aggressive Kommissar seine erste Wahl, aber etwas schien ihn abzuhalten. «Kamemba und ich übernehmen das.» Er klopfte auf Heidis Schreibtischplatte. «Wir fahren in fünf Minuten», sagte er und verschwand in seinem Büro. Heidi vermied es, Paul anzusehen. Also blickte sie zu Löwinger hinüber, der sie anschaute wie ein Alien.

Schließlich schüttelte er den Kopf. «Er hat ‹Kein Problem› gesagt. Und ‹Ich regle das für Sie.› Hast du irgendwelche Zauberkräfte?»

«In der verschlossenen Schublade in meinem Schreibtisch habe ich Voodoo-Puppen von euch allen und dem Staatsanwalt. Man weiß nie, wofür die gut sind.» Paul sah aus, als würde er ihr glauben.

Nach dem Anruf des Staatsanwalts brauchten Heidi und Westphalen keine halbe Stunde, um alle wichtigen Informationen über Hansens Tätigkeit bei der Firma in Erfahrung zu bringen. Noch vor dem Berufsverkehr waren sie über die Rheinkniebrücke auf die andere Rheinseite gefahren und saßen nun im Büro des Pressesprechers der Mobinet AG.

Wie vermutet hatte Hansen als freier Programmierer für sie gearbeitet. Er war es auch gewesen, der Mobinet auf die

Sicherheitslücke hingewiesen hatte. Nicht nur das: Er hatte angeboten, die Lücke zu schließen.

So war es ihm offenbar leichtgefallen, in die neue Software seine eigene Hintertür einzubauen, durch die er nach Belieben in die Systeme der Firma eindringen konnte und zwar, wie ihr Gesprächspartner eindringlich betonte, ohne dabei Spuren zu hinterlassen.

«Glauben Sie mir, unsere Sicherheitsvorkehrungen sind vorbildlich. Wir sind sehr sorgfältig und gewissenhaft, wenn es darum geht, die Privatsphäre unserer Kunden zu schützen und sicherzustellen, dass ihre Daten bei uns in guten Händen sind.»

«Sind Sie auch so gewissenhaft, was die Überprüfung Ihrer Mitarbeiter angeht?», warf Westphalen ein. Der Pressesprecher, ein junger Mann Ende zwanzig in einem gut sitzenden, dunkelblauen Anzug mit farblich abgestimmtem hellblauen Hemd und dezenter Krawatte, wurde kurz schmallippig, schwieg einen Augenblick und funkelte Westphalen durch seine Brillengläser an. Heidi fragte sich, was gerade wohl in seinem Kopf vorging. Sie schaute auf das Bild des Boxers Mike Tyson, berühmt für seine aggressiven Ausbrüche im Ring, und auf die kleinen goldenen Boxhandschuhe, die der PR-Mann als Briefbeschwerer nutzte. Wie viel Gewaltpotenzial steckte in diesem gut geschnittenen Anzug? Genug, um einen Menschen zu töten?

«Haben Sie», er betonte die Anrede, «irgendetwas gefunden, das Herrn Hansen hätte verdächtig sein lassen? Bevor er ermordet wurde?» Gut gekontert. Westphalen sah das ähnlich, denn er schwieg. Der Mann im blauen Anzug redete weiter. «Natürlich überprüfen wir unsere Mitarbeiter, gerade in solch sensiblen Bereichen. Aber wir sind keine Überwachungsfirma. Nicht nur, dass uns von Gesetzes wegen – wie Ihnen – in vielen Dingen die Hände gebunden sind, vielmehr pflegen wir in diesem Haus auch eine Kultur des Vertrauens.» Er legte die Fingerspitzen aneinander. Vom seriösen Firmenvertreter über den rüden Boxer zum Klosterschüler in wenigen Minuten. Eine beeindruckende Vorstellung.

Als sie wieder draußen auf dem Parkplatz standen, fluchte Westphalen. «Kultur des Vertrauens», äffte er den blauen Anzug nach, «was für eine Scheiße.» Ein heftiger Wind wehte über den freien Platz zwischen den schicken Neubauten unweit des alten Ortskerns von Oberkassel. Heidi umklammerte die Mappe, die ihnen der blaue Anzug ausgehändigt hatte. Nils Hansens magere Personalakte, Abrechnungen, Bewerbungsunterlagen, die erst ausgedruckt werden mussten, weil Hansen sich per E-Mail vorgestellt hatte, und knappe Notizen über die Aufgaben, die er für Mobinet erledigt hatte. Nichts Spektakuläres. Außer der Bestätigung, dass Hansen so vorgegangen war, wie Tusk behauptet hatte, und der Erkenntnis, dass seine Honorare niemals gereicht hätten, um seine Bareinzahlungen zu erklären. Es sei denn, die Firma – oder jemand darin – hätte ihn schwarz für ganz andere Aufgaben eingesetzt. Schließlich fand Heidi aber doch noch etwas, das ihr Interesse weckte: Nils Hansens Handynummer. Sie wählte die Nummer.

«Was machen Sie da?», fragte der Hauptkommissar.

«Ich rufe Hansens Handy an.»

«Glauben Sie, er antwortet und sagt Ihnen, wer ihn umgebracht hat?»

Natürlich nahm niemand den Anruf entgegen.

Westphalen ließ die Kommissarin am Präsidium aussteigen. Sie blickte ihn überrascht an. Er spürte, dass sie etwas sagen wollte, dann nickte sie bloß und verabschiedete sich. Kälte kam in den Wagen, als sie ausstieg. Der Wetterbericht kündigte einen neuerlichen Wintereinbruch an. Eigentlich den ersten in diesem Jahr.

Erleichtert, die Kommissarin losgeworden zu sein, startete Westphalen den Wagen. Es waren nur ein paar Meter bis zu seinem Ziel, aber er wollte nicht die Aufmerksamkeit der Neuen erregen. Kamemba würde es fertigbringen und ihm nachspionieren. Er hätte ins Parkhaus am Kirchplatz fahren können, war aber zu geizig.

Nur ein paar Schritte lief er zum ehemaligen Gebäude der WestLB, in dem das Innenministerium fast 50 000 Quadratmeter angemietet hatte, weil sein alter Standort asbestverseucht war und aufgegeben werden musste. Sein Dienstausweis gestattete ihm formlosen Zugang und er konnte unangekündigt an die Bürotür im fünften Stock klopfen.

Hans Pfahl sah wenig glücklich aus, als er den Hauptkommissar erblickte.

«Ich weiß nicht, ob das eine gute Idee ist, dass du hier reinplatzt, Bruno», erklärte er, stand auf und nahm seinen Mantel von der Garderobe. «Gehen wir lieber ein paar Schritte.»

Sie verließen Büro und Gebäude, liefen den Fürstenwall hinunter in Richtung Fürstenplatz. Pfahl wollte zum Rhein laufen. Für Westphalen war aber das Risiko zu groß, in der Richtung auf Kollegen zu treffen.

«Was willst du?», fragte Hans.

«Du hast dich gestern nicht mehr gemeldet.» Westphalen

erzählte nichts von Beckers SMS, auch nicht davon, dass er fünf weitere im Verlauf des Tages erhalten hatte. «Ich würde gerne wissen, wer deine Quelle ist.»

«Das kann ich dir nicht sagen.» An der Ampel mussten sie warten, Passanten standen neben ihnen. Hans sprach nicht weiter. Stumm warteten sie. Erst als sich der Pulk um sie auflöste, sprach der Mann aus dem Ministerium. «Der Tipp kam unter der Hand.»

«Und er war ein totaler Fehlschuss», ergänzte der Hauptkommissar. «Unsere Ermittlungen gehen in eine ganz andere Richtung.»

Pfahl blieb stehen. Er hielt dem verdutzten Hauptkommissar die Hand hin. «Pass auf dich auf», sagte er, machte auf dem Absatz kehrt. Westphalen machte keinen Versuch, ihn aufzuhalten.

Stattdessen ging er ebenfalls zurück in Richtung Ministerium. Pfahl rannte mit wehendem Mantel vor ihm her. Am Kirchplatz blickte Westphalen auf sein Handy. Eine weitere SMS von ‹Rolf Becker›. *Ich will den Stick*, las er.

Seine Hände zitterten leicht. *Sonst bekommt das alles hier die Staatsanwaltschaft. Wird sie sicher freuen.* Hinter dem Kirchturm riss der Himmel auf, strahlend blauer Himmel. Ein Sonnenstrahl tauchte die dunkle Fassade der Neubauten auf der anderen Seite des Platzes in ein glänzendes, kaltes Licht. Sein Herz raste. Das lag nicht am fehlenden Sport. Das war Angst. Der Glockenton erklang. Er schaute aufs Display. *PS Sie haben einen Strafzettel.* Als er am Auto ankam, sah er, dass das stimmte. Er blickte die Straße hinunter. Niemand zu sehen. Er stieg ein, blieb minutenlang sitzen. Dann tippte er eine Antwort.

Samstag, 5. März 2016

15

Das letzte Mal hatte Heidi mit ihrem Vater einen Waldspaziergang unternommen. Zumindest zählte sie ihren Ausflug zum Tatort, an dem Nils Hansen erschossen und verbrannt worden war, nicht mit. Pierre-Antoine Kamemba hatte seine Tochter regelmäßig in den Wald geschleppt. Als Kind war sie voller Begeisterung mitmarschiert, später hatte sich das gelegt. Was will man als pubertierender Teenager in einem Wald?

Jetzt genoss sie diesen Ausflug in die Natur. Zuerst irritierte sie die Stille um sie herum, dann aber bemerkte sie, dass die so still gar nicht war, dass aus der Ferne die unterschiedlichsten Geräusche herübergetragen wurden. Selbst an einem Samstag. Irgendwo arbeitete ein Trecker auf einem Feld, in einem Baumwipfel über ihnen sang eine Amsel, Blätter raschelten. Am Morgen hatte es noch nach Regen ausgesehen, jetzt aber schien die Sonne und schickte fast schon wärmende Strahlen durch die kahlen Baumwipfel.

Es sah fast aus, als wollte die Sonne das erste Grün mit ihren Strahlen herauslocken aus dem schattigen, grünbraunen Halbdunkel des Waldes. Nach den regnerischen und kühlen letzten Tagen beglückwünschte sich Heidi zu ihrem Entschluss, hier herauszufahren.

Der Hund, ein junger Rottweiler, lief etwa zwanzig Meter vor ihnen her, blieb immer wieder stehen und drehte sich zu ihnen um, als wollte er sich überzeugen, dass sein Rudel noch hinter ihm war.

Sein Rudel, das waren Heidi und ein Mann in ihrem Alter mit kurzgeschorenen blonden Haaren und Ziegenbart. Er trug Trekkinghose und feste Wanderschuhe, dazu einen schwarzen Fleecepulli. Selbst in seiner Freizeitkleidung wirkte Thomas Klug, als steckte er in einer Uniform.

Kein Polizist legt seinen Job mit der Uniform ab. Das hatte sie schon in den vier Jahren Ausbildung bei der Einsatzhundertschaft in Duisburg gelernt. Bei der Mordkommission trug sie nun keine Uniform mehr. Das machte das Ablegen des Jobs noch schwieriger.

«Warum wolltest du nicht am Telefon sprechen?», fragte Thomas.

«Ich wollte dich mal wieder sehen!» Das war bestenfalls die halbe Wahrheit. Nach dem, was sie auf Hansens USB-Stick gefunden hatten, war es ihr lieber, nicht über ein Handy zu telefonieren, das möglicherweise abgehört werden konnte.

«Polizei Düsseldorf, Kriminalkommissariat also, wundert mich nicht», redete Klug weiter, während er dem Hund nachblickte, der vor ihnen herlief. «Du warst schon in der Ausbildung die Ehrgeizigste von uns. Wusstest du eigentlich, dass Semir dich immer ‹die Deutsche› genannt hat?»

«Nur weil ich den Stoff besser im Griff hatte als er?»

«Weil du alles besser im Griff hattest als wir.»

Seltsam, was für ein Bild andere von einem haben konnten. Gerade fühlte sie sich, als habe sie überhaupt nichts im Griff. Im Gegenteil. Aber sie ließ sich nichts anmerken.

Der Hund blieb stehen und blickte starr geradeaus. Ein Pfiff ihres Begleiters, und er drehte sich um und lief zu ihnen zurück.

«Sulki hast du gut im Griff.»

«Sie ist nur ein Hund.» Sulki kam an, Heidi streichelte dem Rottweiler den Kopf und ließ sich kurz die Hand lecken. Es war erstaunlich, wie verschmust so ein Kraftpaket sein konnte. «Zehn Minuten, und du hast sie besser im Griff als ich.»

«Ach was!»

«Sollen wir wetten? Du hast schon in der Ausbildung alle herumkommandiert.»

«Ich?»

«Olsen war ‹die Deutsche› immer zu lasch für dich. Er hat dich SS-Heidi genannt.» Er grinste bis über beide Backen. Seine Augen blitzten.

«Was hat er?»

«Er hat dich SS-Heidi genannt. Du hattest nicht nur alles, du hattest alle im Griff.»

«Ich muss ein furchtbarer Mensch gewesen sein!» Heidi war aufrichtig empört. Das ging zu weit. War sie wirklich so? Löwinger hatte über ihr Chef-sein-Wollen Witze gemacht, Westphalen hatte ihr dafür fast den Kopf abgerissen. Dabei wollte sie nur einen verdammt guten Job machen!

«Und du wolltest immer alles besser machen als die anderen.»

Ich musste ja auch besser sein als alle anderen, dachte sie verärgert.

Hinter ihnen bimmelte grell eine Klingel, wenige Sekunden später schossen zwei Fahrradfahrer in bunten Trikots an ihnen vorbei. Sulki knurrte ihnen verärgert hinterher. Heidi wechselte das Thema. Genug alte Erinnerungen. Deswegen war sie nicht gekommen.

«Weswegen ich eigentlich hier bin: Du warst damals der Erste am Fundort meines Vorgängers im KK12, Rolf Becker.»

«Ah, ich hatte mich schon gewundert, warum du den weiten Weg nach Krefeld auf dich genommen hast.»

«Ich hatte Sehnsucht nach dir.»

«Läuft's nicht mit Manuel?»

«Lass uns über Becker reden.»

«So schlimm?»

«Keine Ahnung. Er ist gerade in Dubai und fotografiert für eine Reisereportage. Das heißt, wenn ich wissen will, wie es ihm geht, muss ich auf seinen Instagram-Account gucken.» Zeichnete eigentlich jemand auf, wie oft sie auf Manuels Instagram zugriff und was sie sonst noch im Internet anklickte? Hansens Mörder vielleicht? Was würde ihm das über sie erzählen? Dass sie Sehnsucht nach ihrem Freund hatte? Dass sie sich allein fühlte. War sie deswegen so erfreut gewesen, als sie Thomas' Namen in der Akte gefunden hatte? Den Namen eines alten Bekannten, eine fast verblasste Erinnerung daran, dass sie sich nicht immer als Außenseiterin bei der Polizei gefühlt hatte. Jetzt legten Thomas' Erinnerungen den Verdacht nahe, dass sie sich darin vielleicht getäuscht hatte. Sie hatte sich und diese Zeit anders in Erinnerung behalten. SS-Heidi! «Außerdem», erneut wechselte sie das Thema, «wie willst du jemandem, der den Tag mit magersüchtigen Models in einem Fotostudio oder in schicken arabischen Hotels verbringt, erzählen, dass du im Wald einen verbrannten, seiner Identität brutal beraubten Mann gesehen hast, der nicht einmal so alt war wie er?»

«Ich weiß, was du meinst. Hanna, meine Freundin, ist Kindergärtnerin.»

«Oh Gott!»

«Der erzählst du nicht, dass du einen Kollegen mit halb weggeschossenem Schädel aus dem Rhein gefischt hast.»

«Wem erzählst du es dann?»

«Sulki.»

Sie gingen eine Weile schweigend nebeneinanderher. Vielleicht brauchte sie einen Hund.

«Wusstest du, dass ich Becker kannte?», fragte er schließlich.

«Nein, woher?»

«Er hat einen Vortrag gehalten, damals in der Ausbildung. Irgendetwas über ‹Ermittlungsmethoden im digitalen Zeitalter›.»

«Wo war ich da?»

«Vermutlich bei einem Praktikum …»

«Was wusste Becker über das Thema? Er war kein Experte.»

«Nein, aber er und sein Chef haben die Technik wohl genutzt. Sie waren da offen, nicht so wie manch anderer Kollege, der Computer für Teufelszeug hält.»

«Redest du von Bruno Westphalen?»

«Er hat ihn mehrfach erwähnt.»

Becker und Westphalen hatten also Interesse an Ermittlungen im Internet. Jetzt war Becker tot, und sie hatten eine Software gefunden, die sich hervorragend für polizeiliche Nachforschungen eignete. Auch wenn sie illegal war. Hing Beckers Tod mit ihrem aktuellen Fall zusammen? «Wie war er?»

«Ganz okay.» Sulki schaute sich kurz nach ihnen um, rannte in den Wald hinein. Thomas pfiff. Schuldbewusst kehrte der Rottweiler auf den Weg zurück. Wenn nur alles so einfach sein könnte. «Guter Typ irgendwie. Energisch. Klug. Selbstbewusst. Allerdings lief gerade eine Dienstaufsichtsbeschwerde gegen ihn.»

«Eine Dienstaufsichtsbeschwerde? Weswegen?»

«Keine Ahnung, das hat er nicht erzählt.»

«Erstaunlich, dass er trotzdem vortragen durfte.» Sie grinste. «Er war dann ja alles andere als ein gutes Vorbild.»

«Du hättest wahrscheinlich aus Protest den Saal verlassen, was?»

«Selbstverständlich! Und ihn gepackt und mitgenommen. Weißt du denn, wer die Beschwerde eingelegt hat?»

«Nein, er hat das nur vorab erzählt. Sich selber als warnendes Beispiel präsentiert ... Wie ich schon sagte: Guter Typ, irgendwie.»

Im Gebüsch raschelte es. Sulki blieb stehen, winkelte eine Vorderpfote an, starrte in den Wald hinein. Heidi dachte darüber nach, was Thomas gerade gesagt hatte. War eine Dienstaufsichtsbeschwerde, die womöglich ein paar Jahre zurücklag, der Grund für seinen Tod? Oder gab es

Stress im Team deswegen? «Gibt es neue Ermittlungen zu Beckers Tod?», unterbrach ihr alter Freund ihre Gedanken. «Hat er sich nicht selber das Hirn weggepustet?»

Heidi biss sich kurz auf die Lippe, ehe sie antwortete. «Nicht direkt …» Thomas blieb stehen. «In unserem Team, mit Beckers alten Kollegen, stimmt was nicht, und ich habe den Eindruck, dass sein Tod der Grund dafür ist. Sie verheimlichen etwas. Aber das bleibt unter uns!»

Ihr Begleiter seufzte. «Keine Sorge. Ich kann den Mund halten. Aber du weißt schon, dass du dir damit eine Menge Ärger einhandelst? Auf eigene Faust in einem Fall zu ermitteln, der schon längst abgeschlossen ist.» Irgendwo sang eine Amsel. Die Sonne kämpfte sich zurück durch die Wolken, ihre Strahlen warfen ein wildes Muster auf den Waldboden. «… und in den, solltest du recht haben, Kollegen verwickelt sind …»

«Deswegen wollte ich mit dir sprechen und nicht offiziell bei euch anfragen. Mir ist schon klar, dass das meine Privatsache ist.»

«Ermittlungen sind nie Privatsache, Heidi. Schon gar nicht diese.»

«Kannst du mir trotzdem sagen, in welche Richtung eure Untersuchung damals ging? Ich nehme an, du hast mit den Kollegen im KK gesprochen?»

«Ja, klar. Aber die ganze Sache ging schnell zurück zu euch nach Düsseldorf.»

«Das KK 24 hat übernommen, ich weiß … Organisierte Kriminalität …»

«OK? Das wusste ich gar nicht. Eigentlich wäre das ein Fall für die Innere gewesen.»

«Das hatte ich mir auch schon gedacht. Weißt du, warum die 24 den Fall übernommen hat?»

Thomas schüttelte den Kopf. Sulki verschwand hinter einer Ecke. Der Polizist ließ sie laufen.

«Da müsstest du bei euch nachfragen. Vielleicht war die Interne einfach überlastet. Kommt ja vor.»

«Das ist nicht das, was ich vorhabe», antwortete Heidi.

«Kann ich verstehen.»

Der Hund kam ihnen entgegen, begrüßte sie freudig, aufgeregt mit dem Hinterteil wackelnd – Heidi zuerst.

«Gab es Hinweise, dass Becker irgendetwas mit der OK zu tun hatte?»

«Mit der Abteilung?»

«Nein, mit dem organisierten Verbrechen.»

«Wenn, dann haben wir nichts davon mitbekommen. Es hätte uns vermutlich auch keiner gesagt.»

Organisiertes Verbrechen. Überwachungssoftware. Ein toter Polizist. In Heidis Bauch breitete sich ein sehr mulmiges Gefühl aus. An ihrem Begleiter schienen diese Gedanken abzuperlen.

Fast beneidete sie ihn darum. Kurz.

Thomas holte ein Stück Hundekuchen aus der Seitentasche seiner Trekkinghose und gab es Sulki, die es begeistert verspeiste und um ein zweites bettelte, das er ihr bereitwillig gab. «Ich muss hier wieder klarstellen, wer die Nummer eins ist», erklärte er grinsend.

«Du bestichst deinen Hund?»

«Bei der Konkurrenz bleibt mir nichts anderes übrig.»

Heidi verzichtete darauf, die Kindergärtnerin beim Kaffee kennenzulernen, und verabschiedete sich auf dem Parkplatz am Waldrand von Thomas und Sulki. Der Kies knirschte, als sie Manuels Mercedes zurücksetzte. Sulki wedelte aufgeregt mit dem Stummelschwanz, als Heidi hupte und davonfuhr. Im Rückspiegel sah sie, wie Thomas die Kofferraumtür seines Jeeps öffnete und Sulki in den darin eingebauten Käfig sprang. Dann bog sie auf die Landstraße ab. Es begann wieder zu regnen. Der sonnige Ausflug war vorbei.

Sie dachte nach. Hatte Becker Verbindungen zum organisierten Verbrechen? Gab es eine Verbindung zum Fall Hansen? Woran hatte Becker vor seinem Tod überhaupt gearbeitet? Mit halbem Ohr hörte sie die Nachrichten im Radio. Immer noch war der Skandal um den Landtagsabgeordneten Schäfer eines der Hauptthemen. Die Opposition forderte nun öffentlich Schäfers Rücktritt aus dem Parlamentarischen Kontrollgremium des Landtags, das für die Überwachung der Geheimdienste zuständig war. «Schäfer macht sich durch sein Privatleben erpressbar», erklärte ein Politiker. «Jetzt ja nicht mehr», dachte Heidi und schaltete das Radio aus.

Nach ein paar Minuten erreichte sie die Autobahn. Öfter als sonst schaute sie in den Rückspiegel. Immer noch dachte sie an den Mann in den Arcaden. Ein paar Wagen hinter sich sah sie einen blauen BMW. Fuhr der nicht schon eine ganze Weile hinter ihr her? Statt über die A46 weiter auf direktem Wege nach Hause zu fahren, bog sie auf die Autobahn in Richtung Flughafen ab, der BMW folgte, hielt sich weiter einige Wagen hinter ihr. Sie verlangsamte das Tempo, ließ zwei Wagen passieren. Der BMW kam nicht näher. An einer Ausfahrt überlegte sie, überraschend abzubiegen, um ihn abzuschütteln. Aber ihre Neugier siegte und sie ließ es. Sie wollte wissen, wer in dem Wagen saß.

Nach einer weiteren Ausfahrt, der BMW blieb in sicherer Distanz an ihr kleben, lenkte sie den Mercedes auf den Seitenstreifen, schaltete die Warnblinkanlage an und rollte im Schritttempo weiter. Gleichzeitig kramte sie ihr Handy aus der Tasche und schaltete die Kamera ein. Der BMW verlangsamte ebenfalls. Sein Fahrer entschied sich plötzlich anders, beschleunigte, wechselte auf die linke Fahrspur und versuchte hinter einem Miet-Lkw an Heidi vorbeizukommen. Sie gab Gas, schob sich vor den Lkw. Der BMW bemerkte sie einen Moment zu spät. Heidi blickte dem Fahrer direkt ins Gesicht, versuchte gleichzeitig den Auslöser der Kamera zu drücken, bevor er abbremsen konnte und sich wieder neben den Laster und aus Heidis Blickfeld hinausfallen ließ. Es genügte, um den Mann zu erkennen, der ihr in den Arcaden gefolgt war. Neben ihm saß ein zweiter Mann, den Heidi nicht kannte.

Sie zog rüber auf die linke Spur, um das Nummernschild zu lesen. Der BMW war bereits ein Stück zurückgefallen. Nicht weit genug. Bei der nächsten Ausfahrt verließ sie die Autobahn.

Ping!

Ich hab eventuell was für dich. Martin

Vielleicht hatte Martin Joist von der Spurensicherung eine Idee, wie sie mehr über ihre Beschatter herausfinden konnte? Vielleicht hatte sie auch einfach keine Lust, nach Hause zu Manuel zu fahren.

Jedenfalls legte sie das Handy auf den Beifahrersitz und

tippte eine Antwort, während sie mit der anderen Hand das Lenkrad hielt.

Zeit für ein spontanes Abendessen?

Die Antwort kam postwendend.

Thailändisch?

Gern

Sie trat voll auf die Bremse, als ein Kleintransporter vor ihr ausscherte. Sie fluchte.

Ping!

Pryckinoo, Gladbacher? 19.30?

Ok, tippte sie.

Ping!

Wo steckst du eigentlich gerade?

Autobahn

Ping!

Du tippst doch nicht etwa beim Fahren!!???

Natürlich nicht! Sie drückte auf ‹Senden› und überholte den Kleintransporter. *Ich parke auf der linken Spur.*

Als Nächstes rief sie die Zentrale des Polizeipräsidiums in ihrem Kurzwahlspeicher auf.

«Kamemba, KK12, ich brauche eine Halteridentifizierung.»

«Wer spricht da?»

«Kamemba, KK12.»

«Ka…?» Sie hörte den Mann am anderen Ende der Leitung mit jemandem flüstern. Manchmal nervte es.

«Okay, schießen Sie los, Kommissarin!»

Sie gab das Kennzeichen des BMW durch und hörte, wie er tippte.

Schweigen.

«Ich wiederhole: D – SK 1967. Ist das korrekt?»

Zur Sicherheit schaute Heidi noch einmal auf den Zettel, auf dem sie sich die Nummer notiert hatte und der neben ihr auf dem Beifahrersitz lag.

«Das stimmt so, ja.»

«Hm …»

Erneutes Tippen.

«Haben Sie vielleicht einen Zahlendreher drin?»

«Nein, ganz sicher nicht. Die Nummer stimmt. Wieso?»

«Wir haben hier keinen Vermerk zu dieser Nummer. Es gibt keinen Wagen mit dem Kfz-Kennzeichen D – SK 1967.»

Zwei Minuten nach halb acht betrat sie das Lokal. Vorher noch hatte sie das Bild begutachtet, das sie auf der Autobahn geschossen hatte. Es war nicht besonders gut, nur wer den Mann am Steuer schon einmal gesehen hatte, konnte ihn wirklich erkennen. Den zweiten Mann sah man nur im Anschnitt. Es sah aus, als habe er Heidis Absicht, sie zu fotografieren, rechtzeitig genug bemerkt, um das Gesicht abzuwenden.

Martin saß an einem Zweiertisch in der hintersten Ecke des großen Raumes, ein lächelnder, asiatischer Kellner begleitete Heidi zu ihm.

Joist stand auf und nahm sie zur Begrüßung schüchtern in den Arm. Sie merkte, dass er ihr einen Kuss auf die Wange drücken wollte, sich aber nicht traute. Dafür half er ihr aus der Jacke.

«Du siehst hungrig aus», sagte er. Seine himmelblauen Augen strahlten.

«Ich könnte die halbe Karte essen.»

«Dann wähl mal aus!» Lachend reichte er ihr eine der beiden Speisekarten.

Sie entschied sich für Nua Pad Kratiam Pakchi Sod, Rinderfiletstreifen gebraten mit Paprika, Bambus, Strohpilzen – sie hatte nicht die leiseste Ahnung, was das war –, Chili und einigen anderen Zutaten.

«Du magst es scharf?»

«Manchmal. An einem Tag wie heute.»

Martin gab die Bestellung auf, ihre und seine. Sie hätte fast gelacht, als er «für die Dame» sagte. Der Mann von der Spurensicherung war wirklich altmodisch.

«Warum hast du gelacht?»

«Der Letzte, der mich ‹Dame› genannt hat, war mein Vater. Und der hat von ‹junger Dame› gesprochen.»

«Aus dem Alter bist du raus!»

«Vergiss nicht, dass ich bewaffnet bin.»

«Du würdest nicht mitten in einem thailändischen Restaurant am Medienhafen auf mich schießen.»

Der Kellner, ganz klassisch und ebenso altmodisch wie Joist in schwarzer Hose und weißem Hemd, trat in diesem Augenblick heran und blickte verstört, als er die Getränke brachte. Eine Flasche Wasser und zwei Gläser Weißwein, dessen Auswahl sie Joist überlassen hatte.

Außer ihrem waren nur eine Handvoll Tische besetzt. Vielleicht waren die meisten am Vorabend aus gewesen. Da hatte sie allein auf dem Sofa gesessen, versucht, ihren Freund in Dubai zu erreichen, und zu viel Rotwein getrunken.

«Was hast du eigentlich für mich?»

Er legte eine Mappe auf den Tisch. «Den Abschlussbericht zu Hansens Wohnung.»

Sie nahm ihn, blätterte ihn durch. «Da steht nichts drin, was wir nicht schon wussten.»

«Oh.»

Er trank einen Schluck Wein.

«Was war eigentlich dein Tag heute? Was hast du gemacht?», wechselte er das Thema.

«Ich habe einen alten Freund in Krefeld besucht.» Sie war sich nicht sicher, wie weit sie ihm vertrauen konnte, und wie weit sie ihn in ihre privaten Recherchen zu Rolf Beckers Tod hineinziehen sollte.

«Schulfreund?»

«Aus der Ausbildung.»

Der Kellner brachte ihr Essen, baute es kunstvoll vor ihnen auf, zuerst eine Warmhalteplatte, dann zwei Schalen mit Reis und zwei weitere Schalen mit Gemüse, Soße und Fleisch. Wortreich erklärte er ihnen, um was es sich handelte und was sie damit tun sollten. Er liebte offenbar, was er tat. Sie ließen ihn gewähren. Joist übernahm es, das Essen auf die Teller zu verteilen. Mit einer angedeuteten Verbeugung zog sich der Kellner zurück.

«Glaubst du an Zufälle?»

«Ist das eine Fangfrage?» Grinsen. Mit Grübchen. Süß.

«Nein. Aber als ich auf dem Heimweg war, habe ich im Auto hinter mir einen Mann gesehen, den ich ein paar Tage vorher in den Arcaden gesehen hatte. Da ist er mir von Hansens Wohnung aus nachgelaufen.»

Joist legte das Besteck beiseite. «Ist er dir bis nach Hause gefolgt?»

«Nein, ich habe ihn abgehängt.»

«Und auf der Autobahn? Wie lange war er hinter dir?»

«Von dem Moment an, als ich ihn bemerkt habe, bis knapp hinter dem Flughafen. 20, vielleicht 30 Minuten.»

«Nummernschild?»

«Gefälscht.»

«Ein Kennzeichen fälscht man nicht mal eben so. Ist dir danach ein Auto aufgefallen, das dir länger gefolgt ist?»

«Nein. Aber das heißt nicht, dass da keins war.»

«In der Tat.» Er schwieg eine Weile, aß einen Bissen.

«Was denkst du?»

«Ich denke, dass der Fall heikler ist, als wir dachten.»

«Du meinst, wir werden überwacht? Wegen Hansen?»

«Möglich, oder?» Joist sah besorgt aus. «Andererseits: Warum sollten sie ausgerechnet dich überwachen? Warum nicht die anderen? Außerdem hat Hansen gezeigt, dass es einfachere Methoden gibt, jemanden auszuforschen.»

«Wir wissen nicht, ob die anderen ebenfalls überwacht werden.»

«Mir ist nichts aufgefallen.»

«Würdest du es bemerken?»

Er zuckte mit den Achseln. Ratlos. Auch ihr war der Mann in den Arcaden nur wegen seines Nazi-Haarschnitts aufgefallen. Würden ihre Kollegen jemanden bemerken, der sie überwachte? Ganz zu schweigen von den Möglichkeiten der Online-Überwachung. Hatten Hansens Mörder ihre SMS gelesen? Wussten sie, dass sie gerade mit Joist hier saß?

«Warum sollten Hansens Mörder euch … uns überwachen?»

«Um zu erfahren, in welche Richtung wir ermitteln? Wie nah wir ihnen kommen?»

«Wäre das nicht viel zu riskant für sie?»

Sie hätte gerne ‹Ja, das ist es allerdings› geantwortet. War sich aber nicht sicher.

Sie schlenderten durch den Medienhafen, an der Marina vorbei in Richtung Rheinturm. Heidi versuchte sich zu erinnern, wann sie das letzte Mal einfach so mit einem Mann ziellos durch die Nacht spaziert war. Es war lange her.

Sie drehte sich um. Folgte ihnen das Pärchen, das ein paar Schritte hinter ihnen ging? Sie steckten die Köpfe zusammen. Es sah aus, als würden sie lachen. Heidi zog Joist hinüber zum Gitter am Hafenbecken. Dort standen sie und blickten hinunter auf die Boote und Yachten. Auch Beckers Boot hatte hier gelegen. Das Pärchen lief an ihnen vorbei. Der Mann, kaum älter als 20, schaute zu ihr hinüber. Heidi konnte sie lachen hören, als sie sich entfernten.

Ein kleines Boot ganz am Ende der Steganlage fiel ihr auf. Es war mit einer Plane abgedeckt, nur das kleine Kabuff mit dem Steuerrad ragte daraus hervor. An der Seite stand ein Name. Sie konnte ihn nicht entziffern. «Warte kurz!», sagte sie und lief zu der schmalen Treppe, die hinunter in den Yachthafen führte.

Niemand sprach sie an oder hielt sie auf, als sie über die Stege lief. Auf einem Hausboot saßen drei junge Männer in Wolldecken eingehüllt auf der Terrasse und lachten. Schon als sie wenige Meter von dem Boot entfernt war, wusste sie, dass es das war, das sie suchte. ‹Little Star› stand in einer klaren Serifenschrift auf der Seite. Beckers Boot. Sie hob die Plane an. Der Boden darunter war blitzsauber, ein Kasten Altbier, aus dem zwei Flaschen fehlten, stand an der Wand der Steuerkabine. Das Boot wirkte nicht, als sei sein Besitzer verstorben. Jemand pflegte es. Jemand nutzte es. Beckers Witwe?

Sie leuchtete mit dem Handy unter die Plane, suchte nach Blutspuren von Becker. Jemand hatte das Boot gründlich gereinigt. Sie lief den Weg zurück, den sie gekommen war. In der achteckigen Hafenmeisterei inmitten der Stege brannte Licht. Sie lief die vier Stufen hoch, schellte. Niemand antwortete. Sie drückte die Klinke hinunter, die Tür war offen. Also ging sie hinein, stand in einem Vorraum mit einem Konferenztisch. Rechts neben ihr eine Wand mit dekorativ ausgestellten Weinflaschen, am Ende des Raumes eine Wendeltreppe, daneben eine Tür, aus der ein Mann trat.

«Kann ich Ihnen helfen?», fragte er. Er wirkte nicht sonderlich überrascht, abends eine schwarze Frau in seiner Hafenmeisterei vorzufinden. Oder er ließ es sich einfach nicht anmerken.

Heidi deutete nach draußen. «Ich interessiere mich für die ‹Little Star›. Können Sie mir sagen, wer den Liegeplatz bezahlt?»

Die Miene des Mannes verfinsterte sich ein ganz klein wenig. «Ich wüsste nicht, was Sie das angeht.» Seine Stimme klang so neutral wie zuvor.

Heidi zog ihren Dienstausweis aus der Tasche. «Bitte entschuldigen Sie. Kamemba, Kripo Düsseldorf.»

Der Mann schaute auf den Ausweis. «Ich habe von Ihnen gelesen», sagte er, drehte sich um und verschwand im Büro. Heidi war alles andere als begeistert, an ihren Medienruhm erinnert zu werden. Sie folgte ihm zur Tür, in der sie stehen blieb. Der Hafenmeister blätterte in einem Ordner, fand die Seite, die er suchte, und fuhr mit dem Zeigefinger auf ihr herunter.

«Ja, hier ist es», sagte er. «Der Platz war bis Ende letzten Jahres im Voraus bezahlt.»

«Von Rolf Becker, nehme ich an?»

«Genau.»

«Wird er seitdem auch bezahlt?»

«Pünktlich, ja.»

«Können Sie mir sagen, wer für die ‹Little Star› bezahlt?»

«Klar, ein gewisser Bruno Westphalen hat Boot und Platz übernommen. Hat bis Ende dieses Jahres überwiesen.»

Westphalen? Was machte der Hauptkommissar mit Beckers Boot? Sie verabschiedete sich, drehte sich um und rannte fast in Joist hinein.

«Spät abends im Dienst, Frau Kommissarin?» Ein leichter Anflug von Verärgerung lag in seiner Stimme.

Heidi zog ihn raus. Der Hafenmeister musste nicht wissen, warum sie hier war. «Da drüben liegt Beckers Boot.»

«Welcher Becker?»

«Rolf Beckers Boot. Die ‹Little Star›, auf der er sich erschossen hat.»

«Warum interessierst du dich für Rolf Becker?» Joist schaute sich um, als fürchtete er, jemand könne sie belauschen. Inzwischen standen sie wieder oben an der Kaimauer, das WDR-Gebäude im Rücken. Vielleicht verfolgte der Mann in der Jeansjacke sie gar nicht wegen Hansen?

«Kanntest du ihn?»

«Flüchtig. Das reichte mir.» Joists heftige Reaktion überraschte Heidi. Thomas hatte sich anders an Becker erinnert.

Auch im Team schien ihr Vorgänger beliebt gewesen zu sein. Außer bei Anna.

«Irgendetwas ist damals vorgefallen», erklärte Heidi.

«Klar, er hat sich eine Kugel in den Kopf gejagt.»

«Das meine ich nicht! Niemand will mit mir über Becker und seinen Tod reden. Alle weichen aus. Außer Anna. Und die hat nur gesagt, sie hätten ihn umgebracht.»

«Es war Selbstmord!», wandte Joist ein. Ein älteres Paar stieg aus einer Yacht. Der lachsfarbene Schal der Frau flatterte im Wind. Der Mann musste sich die Kapitänsmütze festhalten, damit sie nicht ins Wasser geweht wurde. «Die Obduktion hat die Billinger gemacht, die versteht was davon.» Er zögerte einen kleinen Moment, schaute wie Heidi dem Alten zu, wie er seiner Begleiterin die Hand reichte, damit sie sicher über den schmalen Steg gelangte, auf dem sie leicht wankte. Wie Anna Mehring manchmal. Beschäftigte sie sich zu viel mit ihren Kollegen? «Sie würde sich auch nicht dazu bewegen lassen, etwas anderes in einen Obduktionsbericht zu schreiben als das, was sie herausgefunden hat», schob der Mann von der Spurensicherung nach.

«Das bezweifle ich nicht. Ich glaube nicht, dass Löwinger, Dennewitz, Anna oder Westphalen Becker ermordet haben. Aber auf irgendeine Art sind sie mitschuldig am Tod ihres Partners. Zumindest einer von ihnen.»

«Dann frag sie.» Er wandte sich ihr zu, beide Hände erhoben wie der alte Pfarrer in der Kirchengemeinde ihres Vaters, nicht mehr predigend. Fordernd.

«Wie stellst du dir das vor? Soll ich eine Umfrage starten, wer Becker auf dem Gewissen hat?»

Joist legte die Hände wieder zurück auf das Geländer,

beugte sich nach vorne, starrte auf das Wasser. Die Alten kletterten nun die Stufen vom Hafenbecken hoch. Er trug einen Korb in der Hand, der mit einem weißen Tuch zugedeckt war. Sein Schritt auf der Treppe war schwerfällig. Immer wieder musste er stehen bleiben und eine Pause einlegen. Noch ein paar Jahre und ihr Vater würde sich genauso schwer tun, eine solche Treppe zu gehen. Becker würde nie so alt werden.

«Wusstest du, dass es gegen Becker einmal eine Dienstaufsichtsbeschwerde gab?»

«Das kommt öfter vor.»

«Er hat wohl ein bisschen damit angegeben.»

«Was hat man ihm denn vorgeworfen?»

«Keine Ahnung. Ich weiß leider auch nicht, wer ihm die angehängt hat.»

«Du meinst, es war jemand aus dem Team?»

«Das wäre möglich, oder?»

«Mobbing?»

«Vielleicht nicht direkt Mobbing …»

«Dafür wäre Becker auch das falsche Opfer gewesen.»

«Du meinst, er hätte eher andere gemobbt?»

«Vielleicht war da auch noch etwas anderes», wechselte Joist das Thema. «Es gab Gerüchte …», begann er und lenkte ihre Aufmerksamkeit weg von dem alten Pärchen. Er verstummte, wartete, bis die Alten an ihnen vorbeigelaufen waren. «Gerüchte, dass Beckers Frau eine Affäre hatte.»

«Du meinst, er hat sich deswegen umgebracht?»

«Er wäre nicht der Erste.» Blickte ihr Begleiter trauriger als vorher? «Im Bericht steht außerdem, dass die Ermittler von privaten Gründen als Motiv ausgegangen sind.»

Woher kennst du den Bericht zu Beckers Tod, dachte sie, fragte aber nicht. «Das steht da immer, wenn sich ein Kollege erschießt. Kaum jemand würde da wohl reinschreiben, dass es Probleme im Job waren, die ihn in den Selbstmord getrieben haben.»

«Warum so wütend?»

«Weil mich diese Geheimniskrämerei wahnsinnig aufregt!»

«Du willst immer alles wissen, oder?»

Sie schwieg. Natürlich wollte sie das.

«Jedenfalls», Joist richtete sich auf, «das Gerücht lautete, dass jemand von deinen aktuellen Kollegen im KK12 mit Verena Becker ein Verhältnis hatte.»

«Weißt du, wer?»

«Das haben die Gerüchte leider nicht gesagt.»

Montag, 7. März 2016

16

Acht Uhr morgens. Trotz des nächtlichen Wintereinbruchs waren alle pünktlich. Heidi hatte sich der Steher-Fraktion angeschlossen. Wie Westphalen und Löwinger stand sie hinter ihrem Schreibtisch, lehnte an der Wand neben den Postkarten und Aushängen, dort, wo bis vor ein paar Tagen die Todesanzeige ihres Vorgängers gehangen hatte. Vielleicht war sie eine Art Mahnung gewesen für den im Team, der Rolf Beckers Tod mit zu verantworten hatte. Sie beobachtete die drei Männer und Anna aufmerksamer, unter einem anderen Blickwinkel. Wer hatte die Dienstaufsichtsbeschwerde eingereicht? Einer von ihnen?

Nachdem Joist sie vorgestern Abend zum Wagen gebracht und sie es bei freundschaftlichen Küssen auf die Wange belassen hatten, hatte sie auf der Couch gesessen, Kopfhörer aufgesetzt und auf ihrem Laptop im Internet nach Rolfs Ehefrau Verena gesucht. Am Sonntag hatte sie versucht, alle Gedanken an Verena Becker oder Nils Hansen beiseitezuschieben. Sie hatte im Studio ausgiebig trainiert, Musik aufgedreht, die gesamte Wohnung geputzt, dabei immer auf den Laptop geschielt und überlegt, doch noch die ein oder andere Recherche zu machen. Schließlich war sie am Abend noch eine Runde laufen gegangen, um der Versuchung zu entkommen, und danach fix und fertig ins Bett gefallen.

Jetzt rief sie sich die Bilder, die sie auf dem Facebook-Profil der Blondine entdeckt hatte, ins Gedächtnis und überlegte, wem der drei sie eine Affäre mit ihr zutraute. Paul war ihr erster Kandidat gewesen, aber sie konnte ihn sich nicht mit der heute so verhärmt wirkenden Witwe vorstellen. Vielleicht hatte es ihn gereizt, dass sie die Frau eines Kollegen war? Vielleicht war sie ein Spiel für ihn gewesen, eine Trophäe, etwas Besonderes? Nur wirkte Dennewitz am allerwenigsten von allen durch Beckers Tod niedergedrückt. Löwinger liebte seine Kinder abgöttisch. Er würde kaum mit einer anderen, verheirateten Frau schlafen. Oder? Blieb der Hauptkommissar. Sie blickte zu ihrem Chef hinüber. Traute sie ihm eine Affäre mit der Frau eines alten Kollegen zu? Traute sie ihm zu, diesen Kollegen damit in den Tod getrieben zu haben? Er hatte das engste Verhältnis zu den Beckers. Bezahlte das Boot seines verstorbenen Kollegen.

Sie erzählte den Kollegen von ihrem Gespräch mit Johanna Kamphausen.

«Erpressung?», fragte Dennewitz.

«Das würde die Bareinzahlungen und die Verwendungszwecke erklären», erklärte Heidi.

«Also stünden die letzten beiden Buchstaben für die Leute, die Hansen erpresst hat?», fragte Löwinger.

«Es könnte sein, und damit hätten wir genügend Leute mit einem Motiv, Hansen zu ermorden.»

«Aber die morden nicht so professionell!», widersprach

Löwinger. «Das war keine Arbeit eines Amateurs da oben im Wald. Der ganze Ablauf, das Verwischen sämtlicher Spuren, das zertrümmerte Gesicht, die fehlenden Fingerkuppen, das Feuer. So etwas machst du, wenn du dich mit Morden auskennst. Wenn du ein Profi bist. Ein Anfänger, ein Erpressungsopfer in Panik, hätte irgendeine Spur hinterlassen. Er hätte irgendetwas vergessen.»

Heidi stellte fest, dass Löwinger morgens wesentlich diskussionsfreudiger war, lebendiger wirkte, wacher. Am Nachmittag schien er oft wie weggetreten, in Gedanken woanders, müde und ausgebrannt. Als ob über Tag seine Energiereserven komplett verbraucht würden und er sie in der Nacht, im Schlaf auf eine Art wieder auflud, die an Maschinen erinnerte. Maschinen, die dringend einen Batteriewechsel brauchten.

«Vielleicht hat jemand einen Profi beauftragt?»

«Ach ja! Unser Küken wieder! Eine wilde, neue Theorie! Kannst du nicht mal lernen, ordentliche Polizeiarbeit zu machen? Erst Nachforschungen anstellen, dann Schlüsse ziehen. Welche Belege haben wir denn für diese frische, wilde These?» Dennewitz hatte rote Flecken unter den Ohren.

«Das, was Löwinger sagt. Und nenn mich nie wieder ‹Küken›!»

«Ich nenn dich, wie ich will!»

«Geh spielen!», fauchte sie. «Was hast du bisher zu unseren Ermittlungen beigetragen?» Treffer. Das sah sie ihm an. Geschah ihm recht.

«Ruhe jetzt! Haltet beide die Klappe!» Westphalen trat einen Schritt vor, als wolle er als Ringrichter zwei Boxer trennen. «Wir können hier keine Streitigkeiten gebrauchen.

Wir sind ein Team. Wir ziehen alle an einem Strang!» In Heidis Ohren hörten sich seine Worte an wie eine Beschwörung, die Beschwörung eines Geistes, der schon lange nicht mehr existierte. Fast wäre sie aufgesprungen und hätte ihm das ins Gesicht gesagt. Noch zügelte sie sich. Ihre Augen funkelten Dennewitz an, der ihrem Blick nicht lange standhielt. Sie verzichtete darauf, die anderen zu fragen, ob sie ebenfalls verfolgt wurden. Dennewitz hätte ihr sonst doch nur vorgeworfen, paranoid zu sein.

Nach der Besprechung rauschte Paul wütend aus dem Raum hinaus. Er hielt es nicht mehr aus. Was bildete sich die Schwarze ein, ihn so anzukeifen? Ginge es nach ihm, hätte sie die Laufarbeit erledigt und ihnen keine wilden Thesen um die Ohren gehauen. Sie hätte – er musste lachen, als er das dachte – das erledigt, was sie früher Negerarbeit genannt hatten. Wo zum Teufel blieb die Hierarchie? Westphalen ließ sie gewähren. Er war nicht mehr der Alte.

Im Treppenhaus begegnete ihm Tusk, der Computer-Experte vom LKA mit seinem unvermeidlichen Laptopkoffer. Als er Paul sah, kramte er eine Plastikhülle aus der Jackentasche und hielt sie ihm entgegen.

«Die Kollegen haben den Stick noch einmal auf Herz und Nieren geprüft. Außer den Sachen, die wir schon kennen, ist nichts drauf und wohl auch nie drauf gewesen. Keine gelöschten Dateien, die uns weiterhelfen könnten. Das Modell stammt aus dem Herbst. Hansen muss den Stick extra für diese Sicherungskopie gekauft haben.»

Paul kam eine Idee. Eine Idee, wie er Hansens Mörder vielleicht finden konnte, bevor die schwarze Konkurrenz ihn wieder auflaufen ließ. Er hatte nicht vor, seine Zeit bis in alle Ewigkeit als Kriminalkommissar im KK12 zu verbringen. «Okay, super! Eine andere Sache: Westphalen meinte, es wäre gut, wenn einer von uns sich mit der Software auskennen würde. Zumindest in groben Zügen. Können Sie mir zeigen, wie Hansens Programm funktioniert?»

«Klar», der Pole nickte, «das ist kinderleicht. Sollen wir nach oben gehen? Der Hauptkommissar hat sowieso schon nach dem Stick gefragt.» Er wandte sich die Treppe hoch. Aber Paul hielt ihn am Oberarm fest, lächelte.

«Nein!» Er überlegte fieberhaft. Eventuell war einer der Verhörräume frei. «Kommen Sie mit!» Er lief vor Tusk her, der ihm brav folgte, rüttelte an ein paar verschlossenen Türen, bevor er einen leeren Raum in diesem völlig überfüllten Gebäude fand, und führte den Polen hinein. «Hier ist es besser», sagte er. «Oben herrscht ziemliches Chaos.»

Gleichmütig legte der LKA-Experte die Hülle mit dem Stick auf den alten Tisch, dessen Platte auf einer Seite arg zerkratzt wirkte. Zu viele Verdächtige, die hier drin hatten warten müssen und ihre Spuren hinterlassen hatten. Dann hob er den Koffer daneben und klappte ihn auf. Paul rückte zwei Stühle zurecht und setzte sich neben Tusk.

Nachdem er den Rechner hochgefahren und den Stick eingesteckt hatte, startete der Pole die Software. Paul verstand schnell, wie Hansen das Programm angelegt hatte. Im Grunde war es eine im Design abgespeckte, aber in Funktionalität und Suchmöglichkeiten aufgemotzte Version einer Internet-Suchmaschine.

«Muss ich irgendetwas beachten, wenn ich die Sicherheitsschranken überwinden will?»

«Im Prinzip nur, dass es illegal ist», antwortete der Mann vom LKA. «Ansonsten übernimmt das Programm die Arbeit für Sie.»

«Wie praktisch. Unser Opfer hatte offensichtlich eine Schwäche für bequeme Lösungen.»

«Na ja, er hatte den Stick gesichert, und ich vermute, auch sein Laptop dürfte einige Sicherheitsvorkehrungen besitzen. Da hat er es vermutlich nicht für nötig gehalten, auch noch den Programmzugang zu sichern.»

«Apropos sichern: Können Sie auf dem Stick nachverfolgen, wonach Hansen mit der Software gesucht hat? Also welche Accounts er sich angeschaut hat? Wonach er gesucht hat? Gibt es da Sicherungen und Dateien in dem Programm?»

«Die Software speichert das für eine gewisse Zeit ab. Natürlich nur bis zu dem Zeitpunkt, an dem Hansen die Datei auf dem Stick gesichert hat. Er hat ihn aller Wahrscheinlichkeit nach nicht als Original oder Arbeitskopie besessen. Das war eine reine Sicherheitskopie. Aus den letzten Wochen haben wir nur die Suche nach Ihren Daten.» Tusk klickte auf eine kleine Schaltfläche in der Fußleiste des Programmfensters. Ein Profil mit Pauls Daten erschien. Mit einem weiteren Klick öffnete Tusk Pauls Online-Banking. «Oh, Sie haben gewonnen! 300 Euro immerhin. Ein Leichtes, wenn man gegen die Fortuna wettet in diesen Tagen. Trotzdem: Herzlichen Glückwunsch!»

«Ja, ja», erwiderte Paul gereizt. «Machen Sie das weg!»

Der Pole klickte das Fenster mit Pauls Daten weg. «Löschen kann ich die Suche übrigens nicht», meinte er.

«Glauben Sie, das habe ich vor?», fuhr Paul ihn an und

ärgerte sich im gleichen Moment. Er hatte sich nicht gut im Griff in den letzten Tagen.

«Ich sag's nur.»

«Eine andere Frage noch: Wir gehen im Moment davon aus, dass Hansen Leute erpresst hat.» Er zeigte mit dem Finger auf den Bildschirm. «Mit den Daten, zu denen er hier Zugang hatte. Was wir nicht wissen: Wie hat er die Leute gefunden? Er kann schlecht ein paar Millionen Profile durchsuchen, bis er was findet, was er zu Geld machen kann.»

«Genauso wie Sie etwas im Internet finden, wenn Sie danach suchen: mit Stichwörtern. Die Geheimdienste machen das Gleiche, nur ein paar Nummern größer und automatisiert. Ein anderer Weg besteht darin, sich in Bank-Accounts einzuhacken und zu schauen, wer dorthin überwiesen hat. Es gibt genügend Ehemänner, die nicht wollen, dass ihre Frau weiß, wofür sie Geld ausgeben.»

«Aber diese Suchen sind gespeichert?», fragte Paul, den die technischen Details nicht so sehr interessierten.

Tusk klickte auf einen weiteren Button, eine schlichte Textliste tauchte auf dem Bildschirm auf. «Hier haben Sie alles, was Sie brauchen.»

Statt mit dem Stick zurück ins Büro zu gehen, packte Paul ihn in die Hosentasche und nahm das wichtigste Beweisstück, das das KK12 im Mordfall Nils Hansen besaß, mit nach Hause. In seinem Arbeitszimmer startete er den PC, tippte eine SMS an Löwinger, in der er ihn bat, Westphalen mitzuteilen, dass es ihm nicht gut gehe und er nach Hause gefahren sei. Löwinger antwortete nur mit ‹Ok› und stellte keine Fragen.

Bis in den späten Nachmittag saß Paul an seinem Computer und stellte Suchanfrage auf Suchanfrage. Am Ende hatte er eine Liste mit 700 Namen, die als potenzielle Erpressungsopfer in Frage kamen.

Weil ihre Kontoführung nicht sauber war.

Weil sie ihre Ehefrauen betrogen.

Weil sie Sexseiten besuchten, bei denen selbst ihm übel wurde.

Weil sie auf irgendeine Art Spuren im Netz hinterlassen hatten, wo sie es besser nicht getan hätten.

Name für Name hatte er bei seiner Suche in eine Excel-Tabelle kopiert, dazu die Kontaktdaten, den Grund einer möglichen Erpressung und die Quelle, die den Nachweis lieferte.

Er schränkte die Liste auf Personen ein, die aus Düsseldorf und den angrenzenden Städten und Orten kamen, Duisburg, Neuss, Mettmann, Hilden, Wuppertal. Das musste fürs Erste reichen. Hatte er keinen Erfolg, konnten sie die Suche wieder ausweiten.

Er rief Anna Mehring an. Die Alte meldete sich mit einem knappen «Paul? Ja?» Selbst durch das Telefon meinte er, ihren penetranten Pfefferminzgeruch riechen zu können.

«Anna! Ich bin krank. Sag Westphalen, mir sind ein paar Sachen durch den Kopf gegangen. Kannst du mir mal die Kürzel diktieren, die in Hansens Belegen auftauchen?»

«Du meinst, was wir für Namenskürzel halten?»

«Ja, genau. Dann kann ich direkt was überprüfen und muss euch nicht erst behelligen, wenn's Schwachsinn ist.»

«Wie fürsorglich.» Halt die Fresse und gib mir die Buchstaben, dachte er. Er lächelte. In einem Seminar zu Vernehmungstechniken hatte ihm eine Kollegin, die früher in einem Callcenter gearbeitet hatte, erzählt, dass die Leute am anderen Ende der Leitung das Lächeln spüren würden und glaubten, man sei freundlich. Er wusste nicht, ob das stimmte, hatte aber keine schlechten Erfahrungen damit gemacht. Außerdem meinte er ja auch, Annas Pfefferminz durchs Telefon riechen zu können.

Die Kollegin diktierte ihm die Buchstaben. Er schrieb sie auf die Rückseite eines Werbebriefes und lächelte noch breiter, als er das Gespräch beendete. Jetzt hatte er eine gute Auswahl. Würde er der Theorie der Kollegin doch mal auf den Grund gehen. Ohne sie. Er verglich die Liste mit seiner Excel-Tabelle. Zwölf Treffer. Zufrieden druckte er die Tabelle aus, steckte sie in die Tasche seiner Jeansjacke, zog den Stick vom Rechner und schaltete ihn aus.

«Hören Sie, ich weiß wirklich nicht, was Sie von mir wollen!»

Paul saß auf einem weißen Ledersofa und blickte auf den Mann, der ihm gegenüber auf einem Sessel mit gleichem Bezug Platz genommen hatte. Hinter ihm konnte Paul durch das breite Panoramafenster des Wohnzimmers auf den Rhein blicken, auf dem Lastschiffe langsam am Fenster vorbeizogen.

Der Mann saß leicht nach vorne gebeugt, die Fingerspitzen zwischen den Knien aneinandergepresst, der Sakkoärmel leicht nach oben gerutscht. Der Kommissar sah die Manschettenknöpfe mit den Initialen darauf: RS.

Er blickte Dennewitz kurz an, dann auf den Boden. Paul glaubte ihm kein Wort. Immerhin hatte der Landtagsabgeordnete Schäfer ihm nicht wie einige vor ihm eine Szene gemacht, als er vorsichtig nachgefragt hatte, ob er vielleicht in den letzten Wochen von jemandem angesprochen und erpresst worden sei. Vielleicht lag das daran, dass seine Geschichte in den letzten Tagen durch die Medien gegangen war. Er war der fünfte Mann, den er das heute Vormittag gefragt hatte. Alle hatten ungefähr das Gleiche gesagt. Sie wüssten von nichts, wären nie erpresst worden. Weswegen überhaupt? Paul hatte darauf verzichtet, die Männer mit seinen Beweisen zu konfrontieren. Er wusste, dass das, was er getan hatte, in höchstem Maße illegal war und dass es ihm vor Gericht um die Ohren gehauen würde. Aber ein paar diskrete Nachfragen brachten vielleicht den einen oder anderen zum Reden. Das würde reichen. Es wäre nicht das erste Mal, dass Ermittler auf nicht ganz legalem Weg an Informationen kämen.

«Es ist wichtig, dass Sie mit uns reden», erwiderte Paul nach einer längeren, wohlaustarierten Pause, «auch wenn Sie in Zukunft angesprochen werden sollten. Oder falls Ihnen doch noch etwas einfällt.» Er zog seine Visitenkarte aus der Tasche seiner dünnen, schicken Lederjacke, die er gegen die Jeansjacke getauscht hatte, und reichte sie dem Abgeordneten. Der sah kurz darauf und ließ sie in der Außentasche seines Sakkos verschwinden. «Wir wollen Ihnen keinerlei Ärger machen. Aber wir ermitteln in einem Mordfall.»

«Wirklich, ich weiß, wie hart Ihre Arbeit ist. Deswegen würde ich Ihnen gerne helfen!» Schäfer breitete die Arme aus und lächelte. Gequält. «Aber mich kann man nicht erpressen! Ich habe nichts zu verbergen. Nicht mehr.»

«Ihre Frau …»

«Meine Frau steht zu mir. Meine Tochter übrigens auch.»

Paul nickte. Da war ja noch das Offshore-Konto auf den Virgin Islands, auf das eine Baufirma eine sechsstellige Summe überwiesen hatte. Wenige Wochen, bevor die Firma einen Auftrag des Landes zur Brückensanierung in achtstelliger Höhe erhalten hatte. Dank der engagierten Fürsprache eines gewissen Abgeordneten, dessen Schwager in der Geschäftsführung der Firma tätig war. Und der Manschettenknöpfe mit seinen Initialen trug.

Am liebsten hätte Paul ihn danach gefragt. Es wäre interessant zu sehen, wie Schäfer antworten würde. Wie er die Finger kneten würde, während er fieberhaft nach einer ausweichenden, nichtssagenden, nichts einräumenden Antwort suchen würde und doch wüsste, dass es aussichtslos war. Verhöre waren ein Machtspiel. Er liebte es. «Sie können sich auch anonym an uns wenden. Per E-Mail oder auch per Telefon. Die Adressen stehen auf der Karte. Für uns ist es vor allem wichtig, Anhaltspunkte zu finden, damit wir weiter ermitteln können.»

Er lächelte. Und wenn wir wollen, heble ich deine Anonymität in ein paar Sekunden aus, dachte er. Gleichzeitig erhob er sich. Nun blickte er auf den Abgeordneten hinab.

«Eine letzte Frage noch: Wo waren Sie am Abend des 29. Februar zwischen 21 Uhr und Mitternacht?»

«Warum wollen Sie das wissen? Werde ich verdächtigt? Wegen welchem Verbrechen?»

«Es ist eine reine Routinefrage. Wir müssen das überprüfen.»

Die Finger der rechten Hand pressten die linke zusammen.

‹Nervös?›, fragte ihn Paul in Gedanken. Immer noch lächelnd.

«Es würde uns die Arbeit sehr erleichtern.» Aufmunternd nickte er dem Mann zu, der nun noch gebeugter dazusitzen schien und an Pauls Hüfte vorbei auf den Fluss schaute. «Wie Sie sagten, liegt Ihnen ja viel daran.»

«Ich war hier», antwortete er, die Hände jetzt auf den Knien aufgestützt, die Ellbogen gespreizt.

«Ihre Frau kann uns das sicher bestätigen?», fragte Dennewitz.

«Sie ist nicht im Haus. Tut mir leid. Sie müssen mir schon glauben.»

«Wir können sie ja später noch einmal befragen.»

Schäfer sprang auf. Demonstrativ schaute er auf seine Armbanduhr. «Es tut mir leid. Sie müssen jetzt wirklich gehen. Ich habe Termine.»

Er begleitete ihn zur Tür. Paul hatte den Eindruck, er machte das vor allen Dingen, um sicher zu sein, dass er wirklich ging.

17

Rolf Beckers Witwe saß Heidi gegenüber, die schlanken Hände um eine Tasse Tee geschlungen. Nachmittagssonne schien durch die großen Fenster in den Garten in ihr Gesicht. Von der Tasse lachte Heidi eine große gezeichnete Maus an. Verena Becker wirkte nicht, als habe sie in den letzten Monaten viel gelacht. Als sie die Frau am Nachmittag angerufen hatte, war sie sehr schnell bereit gewesen, mit Heidi zu sprechen. Die Kommissarin hatte sich eine Erklärung zurechtgelegt, die zumindest halb der Wahrheit entsprach. «Rolf Beckers Tod beschäftigt hier alle», hätte sie gesagt und: «Ich möchte gerne mehr über ihn erfahren, wissen, in wessen Fußstapfen ich getreten bin.» Aber dazu war sie gar nicht gekommen. Die Witwe hatte sofort eingewilligt, Heidi zu treffen.

«Danke, dass Sie sich bereit erklärt haben, mit mir zu reden.»

«Sie sagten, Sie sind seine Nachfolgerin in Brunos … Westphalens Team?» Heidi registrierte die kleine Pause aufmerksam. Sie versuchte, sich die beiden zusammen vorzustellen. Es gelang ihr erst, als sie das Verhärmte, Verbitterte der Witwe ausgeblendet hatte.

«Ja, seit Anfang des Monats.»

«Muss schwer sein für Sie.»

«Wahrscheinlich ist es immer schwer, Nachfolgerin eines guten Kollegen zu sein. Er hat eine große Lücke im Team hinterlassen.»

«Wissen Sie, dass sich keiner außer Bruno jemals wieder bei mir gemeldet hat? Sie waren bei der Beerdigung, alle stilecht in Schwarz, haben mich in den Arm genommen, mir erklärt, sie würden mich nicht im Stich lassen, und dann nie wieder von sich hören lassen.»

«Das tut mir leid. Ich glaube nicht, dass ich mir vorstellen kann, wie diese Situation für Sie sein muss, wie es ist, seinen Mann so zu verlieren, aber es muss schrecklich sein ...»

Verena Becker drehte die Tasse in der Hand, schaute auf den gläsernen Couchtisch zwischen ihnen. Dann blickte sie Heidi mit ihren kalten grauen Augen an.

«Sie haben recht: Sie können es sich nicht vorstellen.»

Vor Heidis Auge tauchte der verbrannte Nils Hansen auf. Für einen Augenblick versuchte sie sich vorzustellen, es sei Manuel. Es gelang ihr nicht. Sie stellte sich ihren Vater vor, verbrannt, ermordet, in einem Waldstück abgelegt, und erschauderte. Dann stellte sie sich vor, es sei Joist, und schob den Gedanken rasch beiseite.

«Kommen Sie denn jetzt zurecht?»

«Ich bekomme eine Rente und habe einen kleinen Job angenommen, aushilfsweise – bei einem Rechtsanwalt.»

Verena Becker stellte die Tasse ab und zündete sich eine

Zigarette an. Sie erinnerte Heidi an Anna. Verschlossen. Verhärmt.

«Gab es im Vorfeld Anzeichen für das, was geschehen würde?»

Es zischte, als Verena Becker ihre Zigarette bereits nach wenigen Zügen mit festen Stößen im Aschenbecher ausdrückte. «Sie sagen, er hätte sich umgebracht. Er hätte sich die Dienstwaffe an die Schläfe gehalten und abgedrückt.» Eine kurze Pause, in der sich die Witwe eine weitere Zigarette anzündete. «Ich muss das wohl glauben.»

«Bezweifeln Sie den Obduktionsbericht?»

«Rolf war keiner, der sich umbringt. Er war immer stark, ein Mann, der zupackte und Lösungen fand. So war er.»

«Also glauben Sie, dass ihn jemand anders erschossen hat?»

«Die Ermittlungen waren eindeutig.» Gierig saugte sie an der Zigarette. «Sagen sie.»

Heidi beugte sich ein Stück nach vorn, nahm es in Kauf, den Zigarettenrauch direkt in die Augen gepustet zu bekommen. Sie brannten. «Sagen Sie, was Sie selbst denken. Ich weiß nichts über Ihren Mann und was mit ihm geschehen ist.»

«Haben Sie die Akte nicht gelesen?»

«Doch, das habe ich.»

Eine Art von neuem Interesse erwachte in Verena Beckers Augen. Erneut drückte sie die halb aufgerauchte Zigarette im Aschenbecher aus. Sorgsamer dieses Mal.

«Irgendwer hat ihn auf dem Gewissen. Wie ich schon sagte: Rolf war niemand, der sich umbringt. So etwas hätte er nie gemacht. Er hätte mich nie im Stich gelassen!» Sie rieb sich mit dem Daumenballen eine Träne weg. Heidi reichte ihr ein Taschentuch.

«Haben Sie einen Verdacht, wer Ihren Mann auf dem Gewissen haben könnte?»

Wütend zuckte die Witwe mit den Achseln. «Woher soll ich das wissen? Es gab genug Leute, denen er Ärger gemacht hatte. Das ist dieser verdammte Polizistenberuf. Irgendwann kommt einer, den du an die Wand genagelt hast, aus dem Knast wieder raus, voller Wut im Bauch, irgendwo noch eine Knarre versteckt, und rächt sich. Peng!»

Die Umstände von Beckers Tod passten nicht zur Tat eines rachedurstigen Ex-Knackis. So jemand würde Becker nicht mit dem Boot entführen und auf dem Rhein mit der eigenen Waffe erschießen. Dennoch griff Heidi den Faden auf.

«Wissen Sie, woran Ihr Mann gearbeitet hat, bevor er starb?»

«Er hat nie über seine Arbeit gesprochen. Als wir uns kennenlernten, habe ich ihn noch danach gefragt. Aber er hat immer abgewunken und gesagt, er wolle diese Dinge nicht mit nach Hause bringen.»

Heidi bezweifelte, dass ihm das gelungen war. Man legte diesen Job nicht ab. Auch nicht Rolf Becker. «Hatte er ein Arbeitszimmer?»

Verena nickte. «Oben unter dem Dach hat er sich einen eigenen Raum eingerichtet. Für seine Videos und so.»

«Videos?»

«Er hat Filme gesammelt.»

«Darf ich das Zimmer sehen?»

Verena zögerte. «Meinen Sie, dass Sie herausfinden können, wer an Rolfs Tod schuld ist?»

«Ich kann es versuchen. Ich führe keine offizielle Ermittlung. Es ist mehr so, dass mich der Fall beschäftigt.» Sie legte der Witwe die Hand auf das Knie. Kurz nur. Verena Becker wirkte für einen Augenblick, als wollte sie nach der Hand greifen, sich an ihr festklammern. «Immerhin habe ich seinen Posten übernommen.»

Die Witwe zuckte bei Heidis letztem Satz zusammen. «Wenigstens eine …», murmelte sie.

Heidi war sich nicht sicher, was sie damit meinte. «Sollen wir hochgehen?», fragte sie.

Verena nickte und stand auf. Sie führte Heidi eine enge Wendeltreppe hoch. Oben angekommen, schloss sie eine Tür auf, steckte den Schlüssel in die Hosentasche und ließ Heidi eintreten.

«Bitte haben Sie Verständnis, dass ich Sie allein lasse. Es fällt mir schwer, mit all diesen Erinnerungen. Das war Rolfs Raum, müssen Sie wissen. Ich habe hier nichts verändert, seitdem er ge… weggegangen ist. Nur ein paar Kisten mit seinen Sachen aus dem Schrank unten habe ich dort in die Ecke gestellt.» Sie deutete mit der Hand, an der sie ihren Ehering trug, auf drei Umzugskartons neben einem bunten Sofa, das vermutlich für ein anderes Zimmer in einem anderen Haus gekauft und irgendwann für hässlich befunden worden war. Aber ebenfalls für zu schade, um weggeschmissen zu werden. Also war es hier gelandet. Heidi wartete, bis Verena Beckers Schritte auf der Treppe nicht mehr zu hören waren.

Sie ließ den Raum auf sich wirken, die unangenehme Stille, sah die Regale mit den DVD-Boxen, einen kleinen Metallschrank, einen Schreibtisch unter dem Dachfenster, davor ein billiger Klappstuhl, das Sofa, die Kisten, an den Wänden hingen Filmplakate, Al Pacino in *Serpico*, Michael Douglas in *Black Rain*, *Lethal Weapon*, Sylvester Stallone in *Copland* … Ausschließlich Filme über Polizisten. Von wegen, Becker habe seine Arbeit nicht mit nach Hause gebracht.

Ping!

Den Abend gut überstanden? M(artin), las sie. Sie schaltete das Handy lautlos und steckte es weg.

Sie versuchte, den Metallschrank zu öffnen, aber er war verschlossen. Dann setzte sie sich auf den Klappstuhl. Schon nach wenigen Minuten spürte sie ihren Rücken. Becker konnte hier nicht oft gesessen haben, zumindest wenn er sich nicht selbst hatte quälen wollen.

Sie zog die oberste, flache Schublade heraus. Erfahrungsgemäß legten die meisten Leute ihre Schlüssel hier ab. Becker natürlich nicht. Also durchwühlte sie die drei anderen Schubladen. Sie enthielten Familienfotos, einige CDs, Briefe privater Art, die Heidi flüchtig durchblätterte, eine Kiste mit Erinnerungsstücken aus der Zeit, als Rolfs und Verenas Beziehung noch romantisch gewesen sein musste. Nichts, was Heidis Interesse weckte. Sie schämte sich, in den privaten Hinterlassenschaften eines toten Kollegen zu wühlen. Der Versuch, sich mit dem Gedanken zu trösten, dass das Teil ihres Jobs war, zog nicht. Sie war als Privatperson hier. Nicht als Polizistin. Auch wenn sie wie eine Polizistin dachte, als sie die Schubladen durchsuchte und schließlich fand, was sie suchte: eine alte Keksdose, in der neben verschiedenen Münzen und Geldscheinen mehrere Schlüssel lagen.

Mit ihrer zweiten Wahl konnte sie den Schrank aufschließen. Das obere Brett enthielt verschiedene Ordner, sauber beschriftet: Steuern, Versicherung, Bank, Privates, Hochzeit, Reisen, Boot. Sie standen dicht gedrängt beieinander. Heidi nahm die Ordner ‹Bank› und ‹Boot› heraus und blätterte darin. In Beckers Kontoauszügen konnte sie nichts Auffälliges bemerken: Gehalt, Krankenversicherung, Kredit für das Haus, Abhebungen im üblichen Rahmen. Auch der Ordner zum Boot enthielt nichts Spektakuläres. Sie stellte beide Akten zurück und las die Rücken auf dem unteren Brett. Auf ihnen standen nur Jahreszahlen. 2010 bis 2015. Sie zog den Ordner für das Jahr 2015 heraus, legte ihn sich auf die Knie, während sie auf dem Sofa saß, und schlug ihn auf. Mappen mit einzelnen Blättern lagen darin. Auf den Mappen hatte Becker mit Bleistift Notizen gemacht. «Gegen Ali Özlem», «Gegen Kai Burchardt», «Gegen Johannes und Elvira Meißner», dazu Aktennummern: 1 / 2015, 2 / 2015, 5 / 2015.

Man zog sich den Job nicht aus, wenn man nach Hause kam. Dennoch wurde sie stutzig. Warum sammelte Becker Kopien von Ermittlungsakten in seinen Privaträumen? Und handelte es sich bei den Aktennummern um Monatszahlen? Sie zog den Ordner für das Jahr 2014 aus dem Schrank und schlug ihn auf. Die letzte Akte trug die Nummer 17 / 2014. Sie waren also nach Fällen sortiert.

Dann fehlten die Fälle 3 / 2015 und 4 / 2015. Ähnlich in den anderen Ordnern. Auch hier war die Nummerierung unvollständig. Das Jahr 2013 fehlte ganz. Hatte Becker nur einzelne Fälle hier archiviert? Oder hatte jemand nach seinem Tod den Aktenschrank «gesäubert»?

Die Kommissarin verschloss den Schrank, legte den Schlüssel in den Schreibtisch.

«Haben die Kollegen das Zimmer durchsucht, als sie

ermittelt haben?», fragte sie Beckers Witwe, als sie wieder im Wohnzimmer stand.

«Nein, von denen war niemand oben.»

«War sonst jemand da? Hat sich jemand in dem Zimmer umgesehen?»

«Nein.» Sie schüttelte den Kopf. «Nur Bruno war einmal oben, kurz nach Rolfs Tod.»

«Haben Sie noch einen kurzen Augenblick für mich?»

«Setzen Sie sich ruhig. Außer Ihnen interessiert sich niemand von der Polizei für Rolfs Schicksal.»

Heidi sank tief in die Polster zurück, als würde sie darin gefangen. «Mich wundert das. Stand Ihnen keiner der anderen näher?»

«Man täuscht sich in den Menschen, Frau Kommissarin.» Sie zündete sich eine weitere Zigarette an. Statt den vollen Aschenbecher in die Küche zu bringen und auszuleeren, nahm sie einen zweiten vom Boden. Auch in ihm lagen schon mehrere Zigarettenstummel. An einigen klebte Lippenstift. Nicht an allen. Am liebsten hätte Heidi in den Aschenbecher gegriffen und zwei der Stummel für eine DNA-Analyse eingepackt. «Geht es einem gut, sind sie die allerbesten Freunde. Geht es einem schlecht, lassen sie einen im Stich.»

«Mit wem verstand sich Rolf am besten im Team?»

«Er kam mit allen gut aus.» Mit einem hageren Finger, an dessen Nagel der Lack an ein paar Stellen abgesplittert war, tippte sie Asche von der Kippe.

«Und Sie? Wie kamen Sie mit seinen Kollegen aus?»

Kurz schaute Verena Heidi an. Ihre Augen waren ausdruckslos, starrten eher, als dass sie schauten. «Ich kam auch mit allen gut aus. Bis Rolf starb.»

«Gab es jemanden, bei dem Sie sich gewundert haben, dass er sich nicht mehr gemeldet hat, nachdem Rolf tot war? Jemand», sie zögerte, überlegte, wie sie die Frage am besten stellen sollte, «von dem Sie dachten, er stünde Ihnen vielleicht etwas näher als die anderen?»

Verena Becker drückte die halb ausgerauchte Kippe im zweiten Aschenbecher aus, schüttelte den Kopf, fuhr sich kurz mit der Hand durch ihre drahtig-zäh wirkenden Locken. «Nein. Wir haben uns alle gut verstanden.»

Heidi beließ es dabei und verabschiedete sich. Als die Witwe die Tür hinter ihr schloss, stand sie kurz auf dem Weg, der durch den schmalen Vorgarten zum Bürgersteig führte, und schaute auf ihr Handy. Keine Nachricht von Manuel. Stattdessen eine von Joist.

Heute habe ich wirklich was für dich, M., las Heidi. Mit der Dunkelheit war die Kälte gekommen, sie zog das Ledersakko enger um sich.

Okay, schrieb sie zurück. Sie war noch keine drei Schritte gelaufen, da klingelte ihr Handy.

«Hast du Zeit?», fragte Martin.

Natürlich hatte sie die. Sie könnte ins Fitness-Studio gehen. Oder arbeiten. Oder allein zu Hause in der Wohnung hocken. Das war es aber auch schon. «Was hast du vor?»

«Lass dich überraschen!»

«Ich hasse Überraschungen.»

Schweigen am anderen Ende. «Du lässt keine Geheimnisse offen, oder?»

«Ich bin Polizistin.»

«Soll ich dich abholen?»

«Hol mich am Präsidium ab.» Sie wollte nicht, dass Joist

sie zu Hause abholte. Das Polizeipräsidium war nur ein paar Minuten entfernt. Joists Wagen stand bereits etwas abseits auf dem Parkplatz zwischen Präsidium und Wirtschaftsministerium, als sie das Rad festkettete. Er selber stand an der Haltestelle der Bahn. Die Blinker leuchteten wenige Meter vor ihnen auf, als er den Türöffner drückte.

Als sie im Wagen saßen, hielt er einen Augenblick inne. «Ich habe mit einem Kumpel bei der Personalabteilung gesprochen. Beckers Dienstaufsichtsbeschwerde, die einzige, die er je bekommen hat, drehte sich um das Nichtverfolgen einer Straftat. Angeblich hat er eine Drogenabhängige laufen lassen.»

«Ist das was Besonderes? Wenn wir jeden Junkie, den wir treffen, hochnehmen würden, würden wir nichts anderes mehr machen.»

«Ich sag nur, was mein Kumpel gesagt hat. Die Beschwerde ist übrigens fallen gelassen worden.»

«Wer hat sie eingereicht? Weißt du das?»

«Dennewitz.»

«Dennewitz?»

«So steht's in den Akten. Fahren wir los?»

«Wohin geht's denn?»

«Lass mich nur machen», antwortete er. Na, dann mach mal, dachte sie. Als er den Wagen startete, tippten seine Finger nervös auf dem Lenkrad. Sie fuhren über die Rheinkniebrücke, dann das Ufer entlang, bis er den Wagen in Niederkassel parkte. Niedrige, meist nur ein- oder zweistöckige Häuser zogen sich eine schmale Straße entlang. Kaum mehr als fünf Minuten Fahrtzeit, und Heidi kam sich vor wie auf einem Dorf. Sie hatte sich etwas mehr versprochen als diese hutzelige Landatmosphäre. Die Straße hinunter konnte sie immerhin den Fluss sehen. Das war doch schon mal was! «Lass uns spazieren gehen», schlug sie vor und stapfte los.

«Warte!», sagte er, sprintete über die Straße hinüber in ein kleines Lokal und kam wenige Minuten später mit einer bereits entkorkten Flasche Rotwein und zwei Gläsern zurück. Nicht schlecht! Gemeinsam gingen sie die Straße hinunter.

Auf der anderen Seite des Flusses sahen sie die Lichter der Innenstadt orange, weiß, blau und rot leuchten. Sie spiegelten sich im Wasser, das unbeirrt nach Norden floss. Urbane Rheinromantik war viel eher ihr Fall als das Dörfliche, das sie hinter sich gelassen hatten. Heidi musste die Lampe ihres Handys zu Hilfe nehmen, um den Weg den Deich hinunter zu finden. Joist hielt sie fest. Sie lachten, als er ins Stolpern geriet und fast auf sie gefallen wäre. Dann liefen sie über die Wiese bis zum Wasser. Wäre es nicht so kalt gewesen, hätte sie die Schuhe ausgezogen und wäre hineingelaufen. Ein Motorboot fuhr gemächlich den Fluss hinunter, zerteilte die bunten Spiegelungen und dutzende Wellen. Joist klemmte sich die Weinflasche unter den linken Arm, hielt die beiden Gläser in der Hand und gab ihr die andere, als sie vom Fluss die kleine Böschung wieder hinaufklettern wollte. Er reichte ihr die Gläser, goss ein und stellte die Flasche zwischen seine Füße auf den Boden. Dann stießen sie an. Selbst im Dunkeln schienen seine Augen zu leuchten. Sie trank, der Wein war schwer und tat gut. Aber um ehrlich zu sein: Sie schmeckte ihn kaum, blickte unverwandt in das sanfte, blaue Schimmern, bis sie sich küssten.

Dienstag, 8. März 2016

18

Trotz wenig Schlaf bester Stimmung, lief sie die Treppe zu ihrer Wohnung hoch. Ihr ganzer Körper schien noch nach Martin zu riechen, in ihrem Mund schmeckte sie ihn noch. Sie lächelte. Sehr zufrieden mit sich und der Welt. Vor der Wohnungstür blieb sie stehen. Leise summte sie eine Melodie mit, als sie den Schlüssel aus der Handtasche kramte. Sie schloss auf und blickte in Manuels lächelndes Gesicht.

«Nachtschicht gehabt?», fragte ihr Freund arglos. «Kaffee?» Er hielt ihr seinen eigenen Kaffeebecher hin. Dann stellte er ihn auf die alte Kommode neben der Küchentür und kam auf sie zu, die Arme leicht ausgebreitet. Roch sie wirklich noch nach Martin? Fast hätte sie sich den Ärmel ihres Pullovers, der aus der Lederjacke herauslugte, vor die Nase gehalten, um sicher zu gehen. Aber da stand Manuel schon vor ihr und nahm sie in die Arme. Sie ließ ihn gewähren, schmiegte den Kopf an seine Brust, legte ihn zur Seite, um zu verhindern, dass er sie küsste. Manuel ließ sich nicht beirren, nahm ihr Gesicht in beide Hände. Küsste sie.

«Du schmeckst komisch.»

«Lange Nacht, ich muss Zähne putzen und duschen.» Sie stellte die Tasche auf den Boden neben der Kommode und schlüpfte an ihm vorbei ins Badezimmer.

«Soll ich dir einen Kaffee machen? Frühstück?»

«Nur Kaffee!», rief sie, die Badezimmertür hinter sich schließend. «Ich muss gleich wieder los.»

Er stieß die Tür auf, lehnte sich lässig an den Türrahmen, wie nur er das konnte. «Keinen freien Tag nach der langen Nacht?»

Sie schaute ihn an, hoffte, dass er ihr das schlechte Gewissen nicht ansah, und schüttelte den Kopf. «Leider nicht! Wir sitzen gerade mitten in der heißen Phase einer Ermittlung. Da kann ich unmöglich frei machen.»

Sie zog sich aus, schämte sich das erste Mal überhaupt, sich vor ihm zu entkleiden, und war froh, als sie den Vorhang der Dusche zwischen sich und ihn schieben konnte.

«Immer noch der Verbrannte aus dem Wald?»

«Ja, immer noch der», sagte sie und begann sich gründlich abzuschrubben, um damit alles, was sie auf dem Heimweg so glücklich gemacht hatte, loszuwerden. Hatte einer ihrer Verfolger sie am Rhein und auf dem Weg zu Martins Wohnung beobachtet? Hatten sie ihr Handy geortet? Sie hörte Manuel in der Küche werkeln, die elektrische Kaffeemühle, auf deren Kauf er bestanden hatte, ratterte.

«Wie war es bei dir? Warum bist du überhaupt schon wieder da?», fragte sie, als sie in frischem grauem Rollkragenpullover und schwarzer Jeans in die Küche trat. Manuel stand noch an der Anrichte, drehte sich mit zwei vollen, dampfenden und gut riechenden Tassen zu ihr um. Sie tranken im Stehen.

«Wahnsinn!», sagte er. «Ich muss dir die Bilder zeigen. Das ist echt irre da unten. Die Stadt, die Wüste, die Menschen! Leider wollte die Redaktion dann doch nur für eine Woche zahlen.»

«Das haben sie sich früh überlegt.»

Er zuckte nur mit den Achseln. «Es klingt fast, als würdest du dich nicht freuen, mich zu sehen.»

Sie küsste ihn. Er grinste zufrieden. Selbstzufrieden. «Soll ich dir jetzt die Bilder zeigen?»

«Heute Abend», erwiderte Heidi. Sie stellte die Tasse in die Spüle, küsste ihren Freund zum Abschied, schlüpfte in die Boots, zog die Lederjacke über, verwandelte sich in den Bullen Heidi Kamemba. Dieses Outfit war ihre Uniform geworden in den letzten Tagen. Jetzt hoffte sie, ihre Schuldgefühle hinter ihr verbergen zu können.

Als sie die Treppe hinunterlief, checkte sie ihr Handy. Zwei Nachrichten von Martin. *Ich hoffe, es geht dir so gut wie mir ;-) Bist du gut heimgekommen?* die eine, *Alles ok?* die andere, zwanzig Minuten später gesendet. Sie hatte auf beide keine Antwort.

«Möchten Sie uns etwas fragen?»

Westphalen hatte gewartet, bis alle Mitglieder des Teams im Raum waren. Auch Tusk, Joist und Spoehri von der Spurensicherung nahmen an ihrem morgendlichen Meeting teil. Als Letzter war Paul erschienen und hatte sich zunächst einen Kaffee geholt, bevor er sich leise pfeifend gesetzt hatte. Der Hauptkommissar hatte schweigend dagestanden, an der Türzarge lehnend, hatte die Hände hinter dem Rücken verschränkt und ausdruckslos vor sich hingestarrt. So hatte er schon dagestanden, als Heidi ihr Büro betreten hatte, ihr Gruß war unerwidert geblieben.

Jetzt brauchte sie einen Moment, bis sie begriff, dass ihr Chef sie meinte. «Ich weiß nicht genau, was Sie meinen?», erwiderte sie vorsichtig. Der Kopf ihres Vorgesetzten lag etwas schief, er schaute zu ihr hinüber. Wie ein Raubvogel, der sein Opfer prüfend beäugt.

«Das wissen Sie nicht?», äffte er sie nach. Alle Augen waren auf sie gerichtet. Man hätte die berühmte Stecknadel im Raum fallen hören können. Wäre da nicht das Knacken von Pfefferminzpastillen in Anna Mehrings Mund gewesen. Um Pauls Lippen spielte ein erwartungsvolles Lächeln. Hatte er sie irgendwo reingerissen? Inzwischen traute sie ihm das zu. «Sie haben gestern Verena Becker besucht.» Selbst die Pfefferminzpastille verstummte. «Was wollten Sie von ihr?»

Verena Becker hatte also mit Westphalen geredet. Heidi schaute von einem zum anderen. Paul lächelte. Sie war sich nicht sicher, ob das aufmunternd gemeint war. Anna blickte so ausdruckslos wie immer, Löwinger schien schon jetzt vor dem Explodieren zu stehen. Tusk spielte mit seinem Smartphone. Ihn interessierten die Interna des Teams offenkundig nicht sonderlich. Joist schaute betreten zu Boden, die Hände in den Hosentaschen vergraben. Spoehris Augen glänzten förmlich. Er sah aus, als freute er sich, bald ihren Körper auf Spuren eines Verbrechens überprüfen zu dürfen. Seine Habichtaugen wichen keine Sekunde aus, als sie ihn ansah.

«Ich wollte mehr über Rolf erfahren. Es erschien mir eine gute Idee, um mich besser ins Team einfügen zu können.»

«Deswegen haben Sie sich die Akte über seinen Selbstmord angeschaut?»

«Das gehörte dazu, ja. Ich wollte wissen, was mit meinem Vorgänger passiert ist. Und warum das jeden hier so sehr belastet.»

«Vielleicht weil wir einen integren, zuverlässigen Kollegen und guten Freund verloren haben?» Westphalens Stimme wurde von Satz zu Satz leiser, zischender, bedrohlicher. «Der wusste, was seine Aufgaben sind und was ihn nichts angeht?»

«Ich …»

«Sie haben Verena Becker erzählt, Sie würden in seinem Todesfall ermitteln.» Die Stimme hob langsam, aber unvermeidlich an wie das Donnern eines näher kommenden Unwetters.

«Das stimmt nicht.»

«Wollen Sie sagen, dass ich lüge?» Das Unwetter war nun direkt über ihr.

«Vielleicht hat Verena Becker etwas falsch verstanden.»

«Ist es denn nicht so gewesen, dass Sie Frau Becker nach den Umständen gefragt haben, unter denen ihr Mann ums Leben gekommen ist? Nach privaten Problemen? Den Fällen, an denen er gearbeitet hat? Waren Sie nicht sogar in Rolfs Arbeitszimmer und haben sich dort umgeschaut?»

«Ich denke, ich muss Frau Kamemba in Schutz nehmen.» Joist mischte sich ein. Nachdem er lange mit gesenktem Kopf dagestanden hatte, blickten seine blauen Augen Westphalen jetzt scharf an.

«Halten Sie sich raus», fuhr der Hauptkommissar ihn an. «Ich hab die Schnauze voll von Ihnen, Kamemba!», wandte er sich wieder Heidi zu. «Rolf Beckers Tod geht Sie einen verdammten Scheißdreck an! Was fällt Ihnen ein, auf eigene Faust Ermittlungen über einen toten Kollegen anzustellen? Zu einem längst abgeschlossenen Fall? Sind Sie komplett bescheuert?»

Bleib ruhig, sagte sich Heidi und antwortete, so kühl sie konnte. Sie hatte den Eindruck, das Lächeln auf Paul Dennewitz' Gesicht wäre breiter geworden.

«Rolf Beckers Tod spielt in diesem Team immer noch eine wichtige Rolle. Deswegen wollte ich …»

«Was zum Teufel sind Sie? Eine Sozialtherapeutin? Dann haben Sie den falschen Beruf gewählt, verdammt noch mal! Aber wenn Sie umschulen möchten, bitte schön, ich werde Sie nicht abhalten.»

«Hey!» Erneut ging Joist dazwischen. «Das geht zu weit!»

«Raus aus meinem Büro!», bellte der Hauptkommissar. «Beide!»

Joist ließ sich nicht lange bitten. Wortlos stürmte er hinaus und schlug die Tür hinter sich zu. Heidi blieb sitzen, ihre Hände zu Fäusten geballt. Sie war nicht bereit, ihren Platz zu räumen. Für einen Moment starrte sie auf den Bildschirm vor sich, der als Schoner das Wappen der Polizei Nordrhein-Westfalens trug. Beckers Bildschirmschoner, den sie nicht geändert hatte. Weil sie stolz darauf war, dazuzugehören. Sie atmete tief ein. Dann richtete sie sich auf. In Hooligankreisen nannte man das ‹den Rücken gerade machen›. Ein Schläger, den sie bei einem Einsatz mit der Hundertschaft festgesetzt hatten, hatte ihr das einmal erzählt. Sie straffte die Schultern, schaute Westphalen fest in die Augen. «Ich arbeite hier. Wenn Sie mich beurlauben wollen, müssen Sie ein Disziplinarverfahren einleiten.»

Sie konnte nicht sehen, wie die anderen auf den Angriff reagierten. Sie sah nur den Hauptkommissar an, der sich ebenfalls aufrichtete, die linke Hand zur Faust geballt, als wolle er auf sie losgehen. «Möchten Sie das?», fragte er.

Ihre Stimme war fest. «Nein. Das möchte ich nicht. Aber», sie schaute nun in die Runde, «ich will wissen, was mit Becker geschehen ist. Warum jeder hier glaubt, schuld an seinem Tod zu sein.» Sie blickte Anna an. Die wandte sich ab und zog eine Pastille aus der Tasche.

«Was mit Becker geschehen ist, steht in den Akten», sagte Löwinger. Es war das erste Mal, dass einer ihrer drei Kollegen etwas sagte.

«Und mehr müssen Sie nicht wissen, Kamemba!», ergänzte der Hauptkommissar. Paul nickte zustimmend, vermied es aber, Heidi anzuschauen, und spielte stattdessen mit einem Kugelschreiber, auf dem der Werbeschriftzug eines Online-Wettanbieters stand.

«Vielleicht lernen Sie heute die Spurensicherung kennen, Kollegin Kamemba? Ich glaube, Ihnen täte ein wenig Abwechslung gut.» Spoehri mischte sich in das Gespräch ein.

Heidi wollte widersprechen, ihren Platz nicht räumen. Sie starrte Westphalen weiter an, als sie eine Hand auf ihrer Schulter spürte. Sie fuhr herum, Spoehris Habichtaugen blickten auf sie herab. «Kommen Sie!» Er grinste schief. «Das wird lustig. Lustiger jedenfalls, als der Tag im KK12 für Sie werden könnte.»

Wie in Trance stand sie auf, nahm ihre Jacke von der Garderobe, blieb an der Tür stehen und blickte auf die Postkarten daneben, drehte sich um. «Wer hat eigentlich Beckers Todesanzeige abgehängt?»

Niemand antwortete.

«Du kommst mit in mein Büro!»

Westphalen war noch nicht fertig mit seinem Team. Paul schaute ihn erschrocken an, stand auf und folgte ihm.

Er schloss die Tür zum Büro hinter sich, blieb stehen, die Hände noch auf der Klinke. Westphalen stand vor seinem Schreibtisch, ihre Gesichter waren aufgrund der Enge des Zimmers nicht einmal eine Armlänge voneinander entfernt.

«Den Stick!» Westphalen hielt die Hand auf. Eine Geste, die keinen Widerspruch duldete.

Paul zog den USB-Stick aus der Tasche seiner Jeans und reichte ihn dem Chef. «Ich habe da eine interessante Spur …», setzte er an.

«Danke. Raus jetzt.»

«Aber …»

«Raus!»

Nachdem Dennewitz die Tür geschlossen hatte, holte Westphalen sein privates Notebook aus der Tasche und startete es. Zehn Minuten später gab er den Versuch auf, den Inhalt des Sticks zu sichern. Ratlos starrte er das kleine Monster an. Ein Glockenton. *Hast du ihn? Rolf :)*

Er seufzte. Antwortete.

Ja

Brav. Heinrich-Heine-Platz. Mülleimer an der U-Bahn. 19 Uhr. Kleb ihn mit Tesafilm unter die Öffnung. Rolf :)

Westphalen stand auf, verließ das Büro. Paul saß noch an seinem Schreibtisch. «Bring den in die Poststelle. Der soll zurück ins LKA», sagte er und reichte ihm den Stick.

Spoehri wartete ein paar Schritte entfernt vor einer alten, abgenutzten Infotafel aus Kork, an der ein paar vereinzelte Hinweise hingen. Heidi hatte sich in den letzten Tagen nie die Zeit genommen, dort drauf zu schauen. Der Chef der Spurensicherung las interessiert einen der Aushänge.

«Es gibt Erdbeertorte in der Kantine.» Er drehte sich zu ihr um. «Möchten Sie?»

«Was?»

«Ah! Keine Erdbeeren! Sie müssen sich erst noch ein wenig abreagieren! Nehmen Sie's nicht persönlich. Aber Sie haben in ein Wespennest gestochen.» Er hielt inne, fuhr sich mit einer Hand durchs Haar, um eine der wild abstehenden weißen Strähnen zu glätten. «Um genau zu sein: Sie haben Ihren ganzen Kopf in ein Wespennest gesteckt. Hinter Westphalens Rücken Erkundigungen bei Beckers Witwe einholen. Sie sind noch bescheuerter, als ich dachte.»

Heidi überlegte ernsthaft, ob sie dem Alten an die Gurgel gehen sollte. «Geht's noch?», blaffte sie ihn an. «Westphalen wirft mich raus, Sie bieten mir Erdbeertorte an und behaupten dann, ich wäre bescheuert?» War das Spoehris Vorstellung von einem lustigen Tag? Na, das konnte in der Tat heiter werden …

Spoehri grinste und zeigte dabei einen tiefbraun verfärbten Schneidezahn. «Ich biete Ihnen viel mehr als Erdbeertorte», erwiderte er und lief den Gang hinunter. «Nun kommen Sie schon!» Er winkte. «Kommen Sie, bevor Westphalen dahinterkommt, dass es eventuell eine dumme Idee war, Sie ausgerechnet mit mir gehen zu lassen.»

Vor dem Paternoster wartete er. Beim Einstieg ließ er ihr den Vortritt. Ein Gentleman wie Martin. Mit dem sie auch noch reden musste. Lustiger Tag. Von wegen! Im Erdgeschoss sprang Spoehri erstaunlich behände für sein Alter aus dem Gefährt, eine Hand am Griff. Sonnenlicht fiel in das Foyer. «Lassen Sie uns einen Spaziergang machen. Wer weiß, wie lange das gute Wetter hält.»

Heidi war das recht. Frische Luft konnte ihr guttun, verhindern, dass sie wieder hoch in den zweiten Stock stürmte und Westphalen niederschlug. Ihre schweigenden Kollegen gleich mit.

Ohne ein Wort zu wechseln, gingen sie in dem Laubengang, der zum Jürgensplatz führte, nebeneinander her. Als sie hinaustraten, spürte Heidi das erste Mal seit langem die Wärme der Sonne. Am liebsten wäre sie hier stehen geblieben, hätte die Augen geschlossen und das Gesicht stundenlang in die Sonne gehalten. Nichts anderes spüren als die wärmenden Strahlen auf der Haut. Abdriften in die Illusion eines sonnigen Urlaubstages. Dabei hasste sie Urlaub.

«Ist alles okay?» Wenn Spoehri fürsorglich wurde, musste man ihr wirklich anmerken, wie aufgewühlt sie war.

«Ja klar. Warum fragen Sie?»

«Weil Sie aussehen, als wüssten Sie nicht, ob Sie ohnmächtig umfallen oder Westphalen bewusstlos prügeln wollen.»

«Was würden Sie mir raten?»

«Weder das eine noch das andere bringt Sie weiter.» Die Habichtaugen sahen für einen kurzen Moment sorgenvoll aus. «Ich fürchte, dass das, was Sie stattdessen tun werden, Sie wahrscheinlich auch nicht dahin bringt, wo Sie hinwollen.»

«Sie wissen ja ganz schön gut Bescheid.»

«Können wir jetzt endlich gehen? Ich brauch Bewegung. Elende Morgenbesprechungen!» Der Alte stapfte los, ohne auf Heidi zu warten. Sie lief ihm nach. Seine helle Hose flatterte um die dünnen Beine, die in viel zu groß wirkenden dunkelbraunen Trekkingschuhen steckten. Genau die richtigen Schuhe, die man brauchte, wenn man kurzfristig an einen Tatort gerufen wurde. Sie erinnerte sich an ihre erste Begegnung mit Spoehri. Wie lange war das jetzt her? Sechs Tage? Es kam ihr vor wie ihr halbes Leben. Vielleicht weil es das Leben war, auf das sie die Zeit davor hingearbeitet hatte. Jetzt hatte sie den Eindruck, als verließe sie dieses Leben wieder, überquerte den Fürstenwall, der das Polizeipräsidium von der schicken, hippen Lorettostraße trennte wie ein alter Mauergraben. Ein tätowierter Mann mit Vollbart und einer Truckerkappe lächelte ihr zu, als sie an ihm vorbeiging. Sie schloss zu Spoehri auf, der ein flottes Tempo vorlegte.

«Wollen Sie irgendwo hin?», fragte sie ihn.

Der Alte schüttelte den Kopf. «Nein, nur ein bisschen bewegen.» Vor einem Schaufenster mit Kleinkram blieb er stehen, studierte die Auslage. Lederportemonnaies, bedruckte Tassen, Schmuck. Nichts, was Heidi sich hätte leisten können oder wollen. Nichts, von dem sie glaubte, dass es Spoehri gefallen würde. Er schnaubte kurz, dann wandte er sich von dem Fenster ab und setzte seinen Weg fort.

«Manchmal ist es gut, sich die Dinge eine Weile in Ruhe anzuschauen. Man lernt dabei.»

«Wird das jetzt eine Unterrichtsstunde in fernöstlicher Gelassenheit à la Düsseldorfer KTU?»

«Das würde Ihnen nicht schaden.»

Jetzt hätte sie am liebsten Spoehri eine reingehauen. Was sie als Beweis akzeptieren musste, dass er recht hatte.

«Finden Sie, dass ich zu weit gegangen bin?»

Er antwortete nicht, überquerte stattdessen die Straße, um sich auf der anderen Seite die Auslage eines Spielzeuggeschäfts anzuschauen. Der Mann machte sie wahnsinnig! Er faltete die Hände auf dem Rücken, beugte sich leicht vor, um das eine oder andere Detail zu betrachten. Seine Nase hing fast an der Glasscheibe. Heidi erkannte eine Tasche mit Motiven aus dem Star-Wars-Film, die sich Manuel einmal gekauft hatte.

«Können wir vielleicht irgendwo einen Kaffee trinken gehen und Sie erzählen mir endlich, warum wir hier sind?» Spoehri zuckte seltsam zurück, nickte und lief weiter.

«Okay.»

So allmählich gewann sie den Eindruck, dass der Alte seine Kauzigkeit von vorne bis hinten inszenierte. Nicht nur hier, sondern auch am Tatort und in der täglichen Arbeit. Er betrat ein kleines Café gegenüber der Kirche, deren dunkelrote Ziegelmauern düster am Ende der Straße wachten.

Spoehri zwängte sich zwischen Stühlen und Tischen vorbei an einen kleinen Tisch vor dem Fenster mit Blick auf Kirche und Straße. Heidi folgte ihm. Außer ihnen saß noch niemand in dem kleinen Café. Hinter der Theke, die aussah, als sei sie in einer alten Konditorei aus- und in dieses viel zu kleine Lädchen wieder eingebaut worden, schnitt eine junge Frau hochkonzentriert Kuchen.

Heidi setzte sich ihm gegenüber, die anderen Tische im Rücken.

«Also?», begann sie.

«Ist das Ihre Verhörstrategie? Ein-Wort-Fragen?»

«Sie lenken ab.»

Es war offensichtlich, dass er es genoss, sie hinzuhalten. «Haben Sie heute noch was vor? Termine auf der Arbeit?»

«Hören Sie, Spoehri …»

Der Alte pfiff nach der Kellnerin, die erschrocken aufblickte. «Können wir vielleicht mal bestellen?» Heidi wäre am liebsten im Boden versunken.

Das Mädchen wischte sich die Hände an einem Spültuch ab und eilte an der Theke vorbei. Kurz vor ihnen drehte sie sich noch einmal um, lief zurück und griff nach Stift und Block, die neben den Kuchen auf der Ablage der Theke lagen. Der Stift rollte zu Boden. Sie hob ihn auf. Spoehri bestellte, jetzt wieder freundlicher, einen Espresso und ein Stück Apfeltorte, Heidi einen Cappuccino. Die Kellnerin verschwand. Hinter sich hörte Heidi das Zischen, als sie den Milchschaum für ihren Cappuccino machte. Die Habichtaugen schauten sie durchdringend an.

«Was wissen Sie über Ihren Vorgänger Rolf Becker?», fragte er schließlich. Endlich kam er zur Sache! Die Kellnerin brachte Heidis Cappuccino, einen Espresso und ein Stück Torte für den Chef der KTU. Heidi erzählte von der verschwundenen Todesanzeige über den Inhalt der Akte, ihre Gespräche mit Thomas und Beckers Witwe. Der Alte schwieg und hörte zu, während er einen riesigen Berg Zucker in den kleinen Kaffee rührte. Sie hätte gewettet, dass der Löffel in dieser Mischung würde stehen können. Als Spoehri fertiggerührt hatte, leckte er den Löffel ab und wischte ihn mit der Serviette sauber, bevor er ihn auf die Untertasse legte. Er setzte an, etwas zu sagen, hielt aber mitten im Wort inne, als die Türglocke erklang. Heidi konnte Stimmen hören. Sie drehte sich um. Die beiden Männer, die das Café betreten hatten, schauten zu ihnen hinüber, musterten Heidi neugierig, nickten Spoehri kurz zu. Auch ohne das Nicken hätte Heidi die beiden als Kollegen erkannt. Ihnen stand «Bulle» förmlich auf die Stirn getackert.

Keiner von ihnen sagte mehr etwas, solange die Kollegen an der Theke standen. Der eine versuchte, mit der Kellnerin zu flirten, aber die ließ ihn auflaufen. Offenbar hatte sie nach Spoehris Anpfiff ihre Souveränität wiedergefunden. Heidi blickte hinaus auf die Straßen, die vor der Kirche einen kleinen trapezförmigen Platz bildeten. Neben einem alten Trafohäuschen stand der Mann, der sie in den Arcaden und auf der Autobahn verfolgt hatte. Er beschäftigte sich mit seinem Handy. Sie stupste Spoehri an, der gedankenverloren in seinen Kaffee starrte und kaute.

«Der Kerl drüben mit den kurzen, blonden Haaren und der Jeansjacke. Kennen Sie den?»

«Der mit dem Smartphone spielt?» In dem Augenblick sah der Mann hoch, bemerkte, dass sie ihn beobachteten, und ging, immer noch auf sein Handy schauend, langsam zu den Häusern am anderen Ende der Kreuzung. Dort steckte er das Mobiltelefon in die Tasche seiner Jacke und beschleunigte den Schritt, ohne noch einmal zu ihnen herüberzuschauen.

«Wer was das?», fragte Spoehri. Kurz hob er die Hand, als

die beiden Kollegen das Café verließen. Heidi drehte sich nach ihnen um. Einer von ihnen trug ein Paket mit Kuchen.

«Jemand, den ich in letzter Zeit öfter gesehen habe. Einmal ist er mir in den Arcaden nachgelaufen, ein anderes Mal habe ich ihn auf der Autobahn gesehen, als ich aus Krefeld zurückgekommen bin. Er scheint mich zu verfolgen. Aber ich weiß nicht, wer er ist.»

«Es könnte Zufall sein.»

«Er hat versucht, auf der Autobahn an mir dranzubleiben, obwohl ich auf dem Standstreifen stehen geblieben bin.»

«Gut. Kein Zufall. Haben Sie das Nummernschild überprüft?»

«Hab ich. Existiert nicht.»

«Geklaut?»

Sie schüttelte den Kopf, trank einen Schluck. «Gefälscht.»

«Geklaute Nummernschilder benutzt jeder Straßendieb. Aber ein gefälschtes Nummernschild ist was anderes. Da gibt sich jemand Mühe. Ein Profi.»

«So wie derjenige, der Nils Hansen getötet hat.»

«Sie haben sich in den letzten Tagen offensichtlich nicht nur intern eine Menge Feinde gemacht.»

«Dabei bin ich eigentlich ein ganz netter und verträglicher Mensch.»

Spoehri hob eine seiner weißen, buschigen Augenbrauen. «Vielleicht sollten Sie das mal Ihrem Chef sagen?»

«Er würde mir kaum glauben, oder?»

«Zur Zeit nicht.»

«Dabei täte es ihm und den anderen gut, wenn sie endlich einmal erzählen würden, was mit Becker passiert ist. Oder haben die alle was zu verbergen?»

«Jeder hat etwas zu verbergen, Kommissarin Kamemba, und die meisten Leute leben in der Angst, dass ihr Geheimnis irgendwann einmal ans Tageslicht kommt. Wahrscheinlich stimmt es, dass Nils Hansen sich auf Grundlage dieser Angst ein bisschen was dazuverdient hat. Wenn Sie wirklich verfolgt werden, dann hat er das nicht allein gemacht. Angst ist ein großes Geschäft. Auch wir leben davon.»

«Aber was hat Becker damit zu tun?»

«Ich würde Tony Lingala fragen.»

«Wen?»

«Tony Lingala. Sie finden ihn in der Kölner JVA in Ossendorf. Fahren Sie hin! Sie haben heute eh nichts Besseres zu tun, und Lingala wird sich über ein wenig Abwechslung und weiblichen Besuch sicher sehr freuen.» Spoehri stand auf. Er winkte der Kellnerin, zog sein Portemonnaie aus der hinteren Hosentasche. Heidi griff nach ihrer Handtasche, doch der Chef der Spurensicherung winkte ab. «Fühlen Sie sich eingeladen. Es war nett, mit Ihnen zu plaudern. Sehen Sie es als eine Art Begrüßungsgeschenk. Haben die Kollegen vom KK12 schon Ihren Einstand mit Ihnen gefeiert?»

Heidi verneinte.

«Dann sind die noch nicht überzeugt, dass Sie bleiben», sagte er, während er der Kellnerin einen 20-Euro-Schein über die Theke reichte.

Heidi stand ebenfalls auf und stellte sich neben ihn. «Warum tun Sie das?», fragte sie ihn.

«Sie einladen?»

«Mich zu Lingala schicken.»

«Ich schicke Sie nicht dahin. Sie gehen da ganz allein hin. Freiwillig.» Er steckte Wechselgeld und Portemonnaie wieder ein und ging an Heidi vorbei ins Freie, sie folgte ihm. «Es wäre klug von Ihnen gewesen, sich erst gar nicht mit Becker zu beschäftigen. Jetzt, wo Sie einmal damit angefangen haben, wäre es das Schlimmste für uns alle, wenn Sie auf halbem Weg stehenbleiben. Das schafft nur Gerede, Gerüchte, Unruhe. Dann heißt es, Westphalen habe Sie zurückgepfiffen. Natürlich, weil er etwas zu verheimlichen hat. Das KK12 hat ohnehin nicht den besten Ruf. Mit Beckers Tod ist der nicht besser geworden. Sie können diesen Ruf wiederherstellen.»

«Ich könnte etwas herausfinden, was Westphalen oder jemandem aus seinem Team schadet.»

«Dann fliegt dem guten Hauptkommissar das ganze KK12 um die Ohren. Auch das wäre ein akzeptables Ergebnis.»

«Sie möchten, dass ich für Sie die Kastanien aus dem Feuer hole und rausfinde, was es mit Beckers Tod auf sich hat?»

«Sie und ich, Kamemba, wir können nicht aus unserer Haut.» Eine dunkle Wolke schob sich vor die Sonne. Fast augenblicklich wurde es einige Grad kälter. «Entschuldigen Sie das Bild, Sie könnten es als unpassend empfinden. Aber Sie wissen, was ich meine: Wenn Sie einmal angefangen haben, sich mit einem Fall zu beschäftigen, dann wollen Sie alles wissen und hören nicht auf, bis Sie es herausgefunden haben. Sie sind tausendmal hartnäckiger, gründlicher und besessener als alle anderen Polizisten, die ich kenne. Wie hat man Sie früher genannt? Die Deutsche?»

«Woher wissen Sie das?»

«Glauben Sie, dass Sie die Einzige sind, die sich umhört?»

19

Sie wusste nicht, was sie von dem, was Spoehri erzählt hatte, halten sollte. Es war ein Hinweis. Vermutlich verfolgte der alte Kauz seine eigenen Absichten. Vielleicht wollte er wirklich nur die Situation im KK12 geklärt sehen. Sollte sie seiner Spur nachgehen? Ihr Platz war im Präsidium auf der Arbeit. Westphalen würde sie sofort wieder rausschmeißen. Ohne weitere Informationen nach Köln zu fahren, um mit diesem Tony Lingala zu reden, war keine gute Idee. Nie unvorbereitet in eine Vernehmung oder ein wichtiges Zeugengespräch gehen. Jetzt fehlte ihr der Zugriff auf den Polizeicomputer, um mehr über Lingala zu erfahren, herauszufinden, weswegen er in Ossendorf einsaß und welche mögliche Verbindung zu Rolf Becker und dem KK12 bestand. Sie stand immer noch vor dem kleinen Café. Die Kirche warf einen langen Schatten bis zu ihr hinüber. Sie ging ein paar Schritte die Lorettostraße hinauf in Richtung Präsidium, schaute sich die Leute auf der anderen Straßenseite an und die, die ihr folgten, konnte den Mann aus den Arcaden aber nicht entdecken. Das hieß weder, dass er nicht in der Nähe war und sie beobachtete, noch dass das nicht vielleicht jemand anders tat, den sie gar nicht bemerkt hatte. Üblicherweise wechselten sich Observationsteams ab. Da sie nicht wusste, mit wie vielen Leuten sie es in Hansens Umfeld zu tun hatten, konnte sie auch nicht sagen, ob der Blonde ihr einziger potenzieller Verfolger war. Hansens Software würde ihr jetzt weiterhelfen. Ihr kam eine Idee. Sie kramte ihr Mobiltelefon aus der Tasche und fand die Nummer, die sie suchte, in ihrer Anruferliste.

«Lust auf eine Mittagspause mit mir?», fragte sie ihren Gesprächspartner. Der bejahte, auch als sie ihm erklärte, dass es mit Arbeit zu tun haben würde. Sie beendete das Gespräch und machte sich auf den Weg. Zu Fuß. Sie hatte es nicht weit. Keine zehn Minuten später gelangte sie an ihr Ziel.

Das Landeskriminalamt residierte in einem riesigen Neubau an der Völklinger Straße, kein Vergleich zu der heruntergekommenen Schäbigkeit, die das Polizeipräsidium auszeichnete. Hier war alles schick, Glas und Beton. Schon allein der Eingangsbereich, ein Atrium aus Glas und Stahl, beeindruckte Heidi mächtig. Sie zeigte ihren Dienstausweis vor und wurde ohne viel Federlesens eingelassen. Tusk holte sie am Eingang ab und führte sie in ein winziges Büro im ersten Stock. Ein Schreibtisch stand an der Wand neben einem Fenster, das einen Blick Richtung Süden bot, auf den Rhein, der sich durch die flache Landschaft schlängelte. Die Schreibtischplatte glänzte, ein Computerbildschirm stand darauf, davor eine Tastatur, parallel daneben ein aufgeklappter Laptop. Neben dem Bildschirm eine Aktenablage, säuberlich sortiert.

Von einem kleinen Tablett auf der Fensterbank nahm

der Pole zwei Wassergläser und goss ein. Aus der obersten Schublade, die ähnlich aufgeräumt wirkte wie alles andere in diesem Raum, zog er eine halb aufgegessene, aber sorgfältig wieder verschlossene Tafel Schokolade.

«Ich hab versucht, es etwas netter zu machen», sagte er und deutete auf eine Blumenvase auf dem Aktenschrank gegenüber dem Tisch. «Der gute Eindruck des Hauses lässt nach, wenn man in die Arbeitsbereiche kommt. Aber die Technik ist vom Feinsten.»

Heidi schaute auf den Flatscreen auf Tusks Schreibtisch und glaubte ihm sofort. Er nahm ihre Jacke und hängte sie an einen Garderobenhaken an der Tür. Dann zog er den Stuhl heran. Heidi rechnete damit, dass er ihn ihr anbot. Aber der Pole setzte sich selbst auf den Klappstuhl und bot ihr seinen gepolsterten Schreibtischstuhl an. Warum war keiner dieser netten Männer, die ihr überall begegneten, in ihrer Abteilung?

«Was kann ich für dich tun?»

«Ich brauche Zugriff auf Ermittlungsakten und möchte das nicht von meinem eigenen Büro aus machen.» Sie entschied sich dagegen, Tusk von ihrer Auseinandersetzung mit Westphalen zu erzählen.

«Heikle Angelegenheit?»

Sie nickte.

«Hat es damit zu tun, dass Westphalen dich heute aus dem Büro geworfen hat?»

«Das hat sich ja ziemlich schnell rumgesprochen.»

«Darauf kannst du wetten.»

«Es geht um meinen Vorgänger.»

«Ich glaube nicht, dass Westphalen begeistert sein wird,

wenn er erfährt, dass du dich immer noch für den Tod deines Vorgängers interessierst.»

Einen Augenblick schaute sie Tusk an. Was wusste der? Konnte sie ihm vertrauen? Konnte sie ihm sagen, dass sie mit dem Gedanken gespielt hatte, ihr Chef selbst habe ihren Vorgänger auf dem Gewissen? ‹Wir haben ihn umgebracht.› Annas Worte kamen ihr in den Sinn. Das Schweigen des Teams, als sie Westphalens Büro verlassen hatte.

«Beckers Tod hat Westphalens Team verändert, und ich möchte wissen, was damals genau passiert ist. Wieso sein Tod sie so mitnimmt.»

«Willst du die Ermittlungsakte zu seinem Tod einsehen?» Tusk tippte auf seiner Tastatur herum, die Akte erschien auf dem Bildschirm.

«Danke, die kenne ich schon.» Der Pole hob die linke Augenbraue. Heidi war sich nicht sicher, ob das Kritik oder Bewunderung bedeuten sollte. «Ich möchte, dass du einen Namen für mich überprüfst und falls möglich, mir Einblick in die Ermittlungsakten verschaffst.»

«Das geht nur, sofern das LKA daran beteiligt war. Andernfalls müsste ich eine offizielle Anfrage ans Präsidium stellen. Das dauert ein paar Tage. Für andere Menschen als Nils Hansen ist Datenschutz ein großes und wichtiges Thema.»

«Der Name ist Tony Lingala.»

Tusk tippte. Die Tastatur klapperte, übertönte das leise Brummen der Rechnerkühlung. Im Präsidium hätte sie dutzend andere Geräusche gehört, Schritte auf dem Gang, Telefonate, Straßenlärm, Westphalen, der in seinem Büro auf- und abging, Wasserleitungen, die in den Wänden rauschten, das Hämmern und Bohren auf der Baustelle für die Modernisierung des Präsidiums. Im Büro des Computerexperten vom LKA herrschte eine fast klösterliche Ruhe, ließ man die Geräusche des Computers außer Acht.

«Da haben wir ihn.» Tusk klickte zweimal, dann erschien ein Untersuchungsprotokoll auf dem Bildschirm. Vorneweg ein Foto. Unschwer als Tatort zu erkennen. Der obligatorische Versuch, das Geschehen in ein Bild zu pressen. Selten, dachte Heidi, war das so gut gelungen wie hier. Das Bild zeigte eine verwüstete Wohnung, ein Stuhl war umgefallen oder umgestoßen worden, die Überreste eines zweiten Stuhles verteilten sich auf dem Linoleum des Küchenbodens. Der Tisch stand schräg im Raum, die Tischdecke war halb heruntergerissen, Geschirr lag zerbrochen um ihn herum. An der Wand hing ein zerfetzter Rest eines Plakats. Heidi konnte nicht lesen, was darauf stand. Die Türen des Küchenschranks im Hintergrund waren aufgerissen, auch hier waren Teller zu Bruch gegangen. Das Erschreckendste aber war das Blut. Rot klebte es auf dem Boden, hing in der zerrissenen Tischdecke, betonte leuchtend das reine, schlichte Weiß des Geschirrs, war auf den Küchenschränken verschmiert worden. Blutrote Handabdrücke erzählten an den Wänden von dem Grauen, das sich an diesem Ort ereignet hatte. Heidi konnte die Hände dreier unterschiedlicher Menschen identifizieren. Eine große Hand. Eine mittelgroße Hand, die vermutlich einer Frau gehörte, und dazwischen, meist tiefer an der Wand als die anderen Abdrücke, kleine, zierliche Bluthände. Handabdrücke eines Kindes. In ihrer Ausbildung hatte sie einmal einen Kindergarten besucht, um den Kleinen etwas über die Gefahren im Straßenverkehr zu erzählen. An den Fenstern dieses Kindergartens hatte sie ganz ähnliche Handabdrücke gesehen. Akkurater in der Ausführung, sorgfältig mit Liebe und Begeisterung an die Glasscheiben gedrückt. In bunten Farben, nicht nur rot. Was sie hier sah, waren Abdrücke eines Todeskampfes. Es musste ein Gemetzel gewesen sein. Hatte deswegen das LKA die Spurensicherung übernommen und nicht das Präsidium, also Spoehri?

«Lingala hat eine Frau und ...», Tusk zögerte einen Moment, ehe er weiterlas, «... ihren fünfjährigen Sohn mit einem Küchenmesser getötet. 128 Einstiche im Körper der Frau, 67 im Körper des Jungen. Vielleicht liest du das besser selbst.» Er drehte den Bildschirm in ihre Richtung.

Lingala hatte die Tat nicht geleugnet. Wie auch? Seine Fingerabdrücke fanden sich in der ganzen Wohnung. Als blutige kleine Tupfer zwischen den Handabdrücken seiner Opfer und den Spritzern und Blutlachen, die in der gesamten Küche und ebenfalls im Schlafzimmer verteilt gewesen waren. Ein psychologisches Gutachten beschied Lingala schwere Traumata aus der Jugend im kongolesischen Bürgerkrieg. Lingala selber hatte sich dazu nicht ausgelassen. Heidi runzelte kurz die Stirn, als sie das las. Der Kongo war die Heimat ihres Vaters. Sie selber war nie dort gewesen, hatte anders als viele andere Schwarze nie das Bedürfnis verspürt, in der Heimat ihrer Eltern nach ihren Wurzeln zu suchen.

«Nichts über das Motiv?»

«Nein, das ist ein reines Untersuchungsprotokoll. Du hast Glück, dass Westphalen das LKA hinzugezogen hat. Ansonsten hätten wir hier vielleicht nur ein paar Blutproben.»

«Warum hat er das LKA überhaupt hinzugezogen?» Sie

glaubte nicht, dass Westphalen Spoehri nicht zugetraut hatte, den Tatort zu untersuchen. Es musste einen anderen Grund geben.

«Keine Ahnung. Ich habe nur diesen Bericht.»

«Steht da auch, wer in dem Fall der leitende Ermittler war?»

«Der Fall ging rasch ans Präsidium zurück. Ein Hauptkommissar Wengler.»

Der Name sagte Heidi nichts. Worin bestand die Verbindung zu Beckers Tod? Warum hatte Spoehri sie auf Lingala gestoßen?

«Eine andere Sache», sagte sie nach einer Pause, in der sie Tusk Hansens Handynummer, die sie aus den Personalunterlagen der Firma in Heerdt hatte, auf einen Zettel schrieb. «Kannst du orten, wo das Handy ist?»

«Ist es eingeschaltet?»

«Zurzeit vermutlich nicht.»

«Dann geht das nicht.»

«Ich weiß. Aber bestimmt hat der Mörder das Handy wie auch Hansens übrige Sachen irgendwo versteckt. Und wenn er es einschaltet, würde ich das gerne mitbekommen.»

Tusk schaute sie skeptisch an. «Ich glaube nicht, dass das passieren wird.»

«Einen Versuch ist es wert.»

«Dann brauche ich eine richterliche Anordnung.»

«Ich rede mit Westphalen.»

«Soll ich das machen? Das ist zur Zeit vielleicht klüger.»

Heidi nickte. Das war es wohl in der Tat.

20

Tony Lingala war groß und schlank. Ein Fuß über den anderen gelegt, die Beine von sich gestreckt, saß er weit nach hinten gelehnt, betont lässig auf dem einfachen Holzstuhl, die muskelbepackten Arme vor der Brust verschränkt. Das graue Poloshirt, Anstaltskleidung, war am Ärmel leicht aufgerissen. Er schaute sie aus undurchdringlichen Augen an. Abwartend. Misstrauisch. Zumindest vermutete Heidi das, denn das kurze Kopfnicken zur Begrüßung gab ebenfalls keine Auskunft über Lingalas Innenleben. Sie würde hier einen Machtkampf führen müssen. Sie war entschlossen, ihn zu gewinnen.

Ihm gegenüber nahm sie Platz und nickte dem Beamten der Justizvollzugsanstalt, der neben der Tür Stellung bezogen hatte, zu. Einvernehmen mit einem möglichen Verbündeten herstellen, falls es hart auf hart kam. So wie er sie angeschaut hatte, als sie reingekommen und ihren Ausweis vorgezeigt hatte, war sie sich nicht sicher, auf welche schwarze Seite er sich im Ernstfall schlagen würde. Ihr Stuhl knarzte, als sie ihn über den Boden zog. Lingala beobachtete sie. Als er sich dabei ertappt fühlte, schaute er demonstrativ an die Decke.

Sie saß noch nicht richtig, da beugte sich der Gefangene ruckartig nach vorne, knallte die Hände auf den Tisch. Aus dem Augenwinkel sah Heidi, dass der Beamte an der Tür einen Schritt nach vorne machte und sich an den Gürtel griff, wo sie sein Funkgerät sehen konnte. Waffen trugen sie beide nicht. Ihre hatte sie am Eingang der JVA abgeben müssen. Immerhin wusste sie jetzt, dass sie einen Verbündeten im Raum hatte. Lingala lehnte sich wieder ein Stück zurück. Zeigte gesunde Zähne. Sehr zufrieden mit dem kleinen Moment der Verunsicherung, den er geschaffen hatte.

Heidi überkreuzte die Arme und lehnte sich ihrerseits nach vorn. «Ich würde mit Ihnen gerne über Vanessa Brinkmann reden.»

Lingala rollte mit den Augen.

«Und über ihren Sohn Niklas.»

Weder die Erwähnung von Vanessa noch die des Kindes lösten irgendeine Reaktion in Lingalas Gesicht aus.

«Was sind Sie? Eine Psychotante?»

«Ich bin Polizeibeamtin.»

Lingala lachte schallend. Dann schüttelte er den Kopf, hielt sich eine seiner großen, tiefbraunen Hände vor die Stirn und schaute Heidi schließlich wieder an, immer noch ein breites Grinsen im Gesicht.

«Kann ich bitte …», er musste den Satz unterbrechen, weil er wieder anfing zu lachen, «… Ihren Ausweis sehen?»

Heidi zog ihren Dienstausweis aus der Jackentasche und hielt ihn Lingala hin. Der beugte sich nach vorne, legte seine Hand an ihre, so als wollte er verhindern, dass

Heidi den Ausweis wieder wegzog. Sie schob seinen Arm mitsamt der Hand 30 Zentimeter nach rechts. «Fassen Sie mich nicht an!»

«Das würde Ihnen bestimmt gefallen, Kommissarin Kamemba!» Er lehnte sich leicht zurück, lächelte. Seine Augen leuchteten. «Wie wird so eine wie Sie Kommissarin?»

«Was meinen Sie damit? Eine wie ich?»

«Sie wissen, was ich meine.»

Sie begann, ihm ihre Ausbildungsstationen herunterzuleiern. Er hob die Hand. «Das war nicht, was ich wissen wollte.»

«Erzählen Sie mir von Vanessa Brinkmann! Sie haben sie umgebracht.»

«Falsch! Ich habe sie abgeschlachtet. Niedergemetzelt. Zerfetzt. In Stücke gehackt. Und ihren Scheißer gleich mit.»

«Sie leugnen also nicht? Sind Sie stolz darauf?»

Er zuckte mit den Achseln, wieder ganz der Unbeteiligte mit dem ausdruckslosen Gesicht.

«Warum haben Sie das getan? Warum diese Grausamkeit?»

«Haben Sie die Akte nicht gelesen?»

Sie schüttelte den Kopf. Für einen kurzen Augenblick zogen sich seine Augenbrauen zusammen. Er witterte etwas, wusste aber noch nicht, was das war.

«Ich bin noch nicht dazu gekommen. Das ist ein spontaner Besuch. Ich war gerade in der Nähe.»

«Drüben bei IKEA, was? Ein bisschen Deko für die kleine Wohnung kaufen, Frau Beamtin. Oder ein Kinderbettchen für den kleinen Polizisten junior?» Er lehnte sich auf einen Arm und schaute sie von schräg unten an. Lauernd. Die

Mundwinkel leicht auseinandergezogen. «Glück ist flüchtig. Vergessen Sie das nicht. Ein falsches Wort und der böse Mann kommt und rächt sich.» Mit der Hand fuhr er sich demonstrativ an die Kehle.

«Hat Vanessa Brinkmann Sie verraten?»

Wieder dieser kleine fragende Blick. «Wer schickt Sie?»

«Wie meinen Sie das?»

«Warum sind Sie hier?»

«Ich würde gerne mehr über Rolf Becker erfahren.»

«Rolf Becker?»

«Ein Polizist.»

«Nie gehört, den Namen.»

«Sind Sie sicher?»

Lingala richtete sich auf, saß gerade und entspannt am Tisch. Die Hände lagen locker auf der Tischplatte.

«Ganz sicher. Wer soll das sein?»

«Ein Polizist, der sich umgebracht hat.»

«Meinetwegen?» Er lehnte sich wieder zurück, warf den Kopf nach hinten und hielt sich beide Hände an die Stirn. So verharrte er einige Sekunden. «Ein Polizist, der sich meinetwegen umgebracht hat. Und ich weiß nichts davon. Was für eine Schande!»

Hatte Spoehri sich geirrt? Hatte er sie reingelegt? «Sind Sie sich sicher, dass Sie keinen Polizisten mit Namen Rolf Becker kennen?» Ärgerlich, dass sie kein Bild von Becker bei sich trug! Hätte sie das Foto an der Pinnwand im Büro mal abfotografiert! Jetzt war es zu spät.

Lingala schüttelte den Kopf. «Nein, wirklich nicht!» Stumm musterte ihn die Kommissarin. «Ehrlich, Kommissarin Kamemba! Warum sollte ich Sie in diesem Fall anlügen? Ich habe Ihnen erzählt, dass ich Vanessa Brinkmann abgeschlachtet habe. Ich bin zu ihr gegangen, kurz nachdem mich Ihre Kollegen haben laufen lassen.»

«Sie sind verhaftet worden?»

«Sind Sie wirklich Polizistin? Sie wissen ja gar nichts.»

«Wie gesagt: Ich arbeite mich gerade in den Fall ein», wich sie aus. Sie lächelte. Ein wenig verlegen. Zu sehr wie ein schüchternes Schulmädchen.

Ihm schien es zu gefallen. Er zwinkerte ihr zu. «Wir haben alle mal klein angefangen. So wie der süße Niklas.»

«Sie lieben es, über diesen Mord zu reden, nicht wahr?»

«Ich hab sonst nichts mehr.»

«Warum haben Sie Vanessa Brinkmann überhaupt umgebracht?»

«Und den kleinen Niklas», ergänzte Lingala. Sie schwieg. «Die Schlampe hat mich angezeigt, hat mir Drogen untergeschoben. Daraufhin bin ich zu ihr.» Seine Augen leuchteten.

Heidi erhob sich abrupt. Sie verzichtete darauf, sich von Lingala den Mord an Vanessa Brinkmann und ihrem Sohn noch einmal in allen Details schildern zu lassen. Lingala nickte zum Abschied kurz und wandte sich dem Wachmann zu. «Mein Rendezvous ist offensichtlich vorbei», sagte er. Mit einer Handbewegung wies der Beamte der JVA Lingala an, sitzen zu bleiben, und öffnete Heidi die Tür. «Passen Sie auf sich auf, Kommissarin Kamemba!», rief Lingala ihr nach und ließ offen, ob das ein Wunsch oder eine Drohung sein sollte.

Über den Gefängnisdirektor der JVA erfuhr Heidi den Namen von Lingalas Anwältin, die ihn mehrfach besucht hatte. Nachdem sie das Gefängnis verlassen hatte, versuchte

Heidi, sie zu erreichen. Erst als sie im Auto saß und die Auffahrt zur A57 hochfuhr, hämmerte der Beginn von Kreators *Impossible Brutality* vom Beifahrersitz. Sie erkannte die Nummer der Anwältin und griff nach der Freisprechanlage. Fast schon gewohnheitsmäßig schaute sie in den Rückspiegel, konnte aber keinen blauen BMW entdecken, der ihr folgte. Vielleicht saß ihr Schatten in einem anderen Auto. Vielleicht, dachte sie, hört er gerade dieses Telefonat ab.

«Schmidt-Wermelin, Sie hatten angerufen?»

«Kamemba, KK12, es geht um Tony Lingala.»

Sie wollte weiterreden, aber die Rechtsanwältin fiel ihr ins Wort. «In welchem Fall ermitteln Sie?»

Heidi setzte den Blinker und wechselte auf die linke Spur, schaute in den Rückspiegel. Ein grauer Opel scherte ebenfalls aus. Sie beschleunigte, zog an einem Lkw vorbei. Der Opel blieb hinter ihr.

«Es geht um eine Hintergrundrecherche. Ihr Mandant wird keines Verbrechens beschuldigt.»

«Danach habe ich nicht gefragt.»

Vor dem Lkw ordnete sie sich wieder auf der rechten Fahrspur ein. Der Opel überholte sie. Als sie auf gleicher Höhe waren, schaute sie hinüber. Eine Frau saß darin. Sie war knapp über 40, hatte lange, leicht gewellte rote Haare und trug einen Kunstpelzmantel. Ihre Hände auf dem Lenkrad steckten in schwarzen Lederhandschuhen. Heidi hatte die Frau noch nie gesehen. Sie blickte dem Opel nach, der stur auf der linken Spur blieb.

«Es geht um Rolf Becker.»

«Das ist Ihr Vorgänger im KK12, oder?»

«Sie wissen Bescheid.»

«Das ist mein Beruf, Frau Kommissarin. Genauso wie es mein Beruf ist zu wissen, dass die Akte Becker geschlossen ist. Gibt es neue Hinweise? War es kein Selbstmord? Wird der Fall wieder aufgerollt?»

Kurz dachte Heidi darüber nach, der Anwältin die Unwahrheit zu sagen. Zu lügen, weil es bequemer war. Aber etwas in der Stimme der anderen verriet ihr, dass sie damit nicht weiterkommen würde. «Es gibt keine Hinweise darauf, dass Becker ermordet wurde. Bisher gehen wir immer noch von Selbstmord aus.» Das ‹Wir› war doch eine kleine Unaufrichtigkeit. «Dennoch habe ich ein paar Fragen zu seinem Tod. Möglicherweise hängt sein Tod mit dem Fall Lingala zusammen.»

«Auf welche Weise sollen die beiden Fälle zusammenhängen? Becker hat sich aus privaten Gründen umgebracht.»

«Ich hatte gehofft, Sie könnten mir dazu etwas sagen.» Heidi hörte Papierrascheln.

«Ich muss zurück in meine Sitzung. Wir können uns danach treffen. So in einer Stunde.»

Schmidt-Wermelin legte auf. Im Rückspiegel sah Heidi einen silbernen Passat. War der nicht schon vor einigen Minuten da gewesen? Hätte er nicht überholen können?

Das Oberlandesgericht, ein prachtvoller Bau aus dem 19. Jahrhundert, lag an der Cecilienallee, direkt vis-à-vis vom Rhein. Das Foyer mit seinem runden Treppenaufgang erinnerte Heidi an den Eingangsbereich des Präsidiums. Nur war dieses Entree prunkvoller als sein nüchternes Pendant am Jürgensplatz. Dezenter Stuck zierte die blassgelben Säulen, die den Rundlauf im ersten Stock trugen. Ihre Boots wirkten plump und schmutzig auf dem glänzenden, fein gemusterten Fliesenboden. Schmidt-Wermelin stand in Robe auf der ersten Treppe und sprach mit einem jungen, dunkelhäutigen Mann, offenbar ihr Mandant. Sie sah aus wie eine ältere Version der Frau, deren Bild sich Heidi im Wagen noch rasch auf ihrer Homepage angeschaut hatte. Die Haut wirkte älter und faltiger als auf dem Foto, das lange, offene Haar deutlich grauer. An manchen Stellen. Denn im Grunde umspielten sämtliche nur denkbaren Grautöne das schmale, scharf geschnittene Gesicht der Frau. Die Lippen waren knallrot geschminkt. Auf den Blick, den die Anwältin Heidi zuwarf, hatte das Foto sie aber nicht vorbereitet. Klar, durchdringend, dabei freundlich, aber für nicht eine einzige Sekunde einen Zweifel daran lassend, dass es mit dieser Freundlichkeit auch sehr schnell wieder vorbei sein konnte. Zu gerne hätte Heidi sie in einer Auseinandersetzung mit Spoehri erlebt. Schmidt-Wermelin hielt eine Fallakte im Arm. Interessanterweise genau so, wie Heidi ihre Unterlagen gehalten hatte, als sie das Präsidium betreten hatte, um ihren neuen Job im KK12 anzutreten. Vor die Brust gedrückt, als wollte sie sich schützen. Die Anwältin sah sie und winkte ihr. Der junge Mann drehte sich ebenfalls zu ihr um. Seine Gesprächspartnerin ging schon los, streckte ihre rechte Hand aus, die Mappe jetzt locker in der linken haltend, und lächelte Heidi höflich zu. «Kommissarin Kamemba, nehme ich an?» Heidi nickte, schüttelte die Hand der Anwältin, die eiskalt war. «Es freut mich, Sie kennenzulernen. Sie sind eine Berühmtheit!»

«Darauf könnte ich verzichten.» Der Junge gesellte sich schweigend zu ihnen. Schmidt-Wermelin drückte ihm die

Akte in die Hand. «Please, Halim, make two copies of everything and bring it to the car. You can go for a coffee, if you like. Frau Kamemba and me are going for a little walk.»

Der Junge nickte, verabschiedete sich von Heidi und verschwand mit der Akte in einem Korridor. Schmidt-Wermelin blickte ihm nach. «Aleppo, Syrien», sagte sie. «Seine Eltern und seine vier Geschwister sind im Bürgerkrieg ums Leben gekommen. Er hat sich allein bis nach Deutschland durchgeschlagen, und jetzt will er Anwalt werden.»

«Ist er nicht noch etwas zu jung dafür?»

«Erst einmal muss er die Schule fertig machen, dann studieren. Aber er ist wild entschlossen, geht mir zur Hand, wenn er keine Schule hat. Weil er lernen will.» Sie musterte Heidi sorgfältig. «Finden Sie mal einen deutschen Jungen mit so viel Elan!» Gemeinsam gingen sie zum Ausgang. «Wir wollten ja einen Spaziergang machen», stellte die Anwältin fest und drückte die Tür auf, ohne Heidis Zustimmung abzuwarten.

Die Luft draußen war kühl. Das Wetter war den ganzen Tag wechselhaft geblieben. Das gegenüberliegende Ufer lag in der Sonne, die Häuser drüben schienen regelrecht zu leuchten.

«Lassen Sie uns in den Park gehen. Da können wir reden.»

Heidi war das recht. Stumm überquerten sie die Allee an der nahen Verkehrsampel. Es schien eine stille Übereinkunft zwischen ihnen zu geben, erst auf der anderen Straßenseite wieder zu reden. «Ich wette, Sie waren auch eine der Besten in Ihrem Jahrgang», setzte Schmidt-Wermelin das Gespräch fort, als sie an den Rheinterrassen vorbei in den Park liefen. Sie kramte ein Zigarettenetui aus Perlmutt hervor und hielt Heidi das aufgeklappte Etui hin. Die schüttelte den Kopf. Die Anwältin nickte, murmelte: «Eigentlich ist das auch gesünder» und steckte sich selber eine Kippe an. Heidi konnte die Initialen auf dem silbernen Feuerzeug lesen, als die Grauhaarige es wieder in die Tasche steckte. «Waren Sie es?»

«Nicht ganz.»

«Sie waren die Beste, oder?»

Heidi konnte ein stolzes Grinsen nicht unterdrücken. «Landesweit!»

«Und jetzt sind Sie hier ...», sagte die Anwältin mehr zu sich selbst, «... und wollen mit mir über Ihren Vorgänger Rolf Becker reden, der sich das Hirn weggepustet hat.» Nicht eine graue Locke fiel ihr ins Gesicht, wenn sie den Kopf drehte. Beneidenswert. Aber es waren nicht die Haare, die in Heidi ein mulmiges Gefühl weckten. Auch nicht die unerwartet heftige Formulierung. «Ohne dass es neue Ermittlungen gibt. Vermutlich sind Sie auch ohne Wissen Ihres Vorgesetzten bei mir, Kommissarin?»

«Wie kommen Sie darauf?» So leicht würde sie sich nicht in die Ecke drängen lassen.

«Westphalen ist doch froh, dass die Akte Becker geschlossen ist, und er würde alles dafür tun, dass das so bleibt.» Sie zog an ihrer Zigarette, bewegte den Kopf ganz leicht von Heidi weg, um ihr den Rauch beim Ausatmen nicht ins Gesicht zu pusten. An der kleinen Mauer, die die untere Hafenmole vom Park trennte, blieben sie stehen, blickten einen Augenblick auf den Fluss. Die Häuser gegenüber lagen nun wieder im Schatten, über ihnen riss schon die nächste Wolke auf. Die Wolken trugen ebenso viel Grautöne wie die Anwältin. Wäre Manuel hier gewesen, hätte er wahrscheinlich ein Foto gemacht. Die Frau mit den vielfältig grauen Haaren vor dem wilden Wolkenhimmel, die roten Lippen der einzige Farbtupfer. «Sie hingegen würden alles dafür tun, um die Wahrheit in Erfahrung zu bringen.»

Abrupt wandte sich die Anwältin ab und ging das Ufer entlang in Richtung der Theodor-Heuss-Brücke. Verkehrsrauschen drang herüber, eine Möwe kreiste über ihnen, ebenfalls grau und weiß. Nur ihr Schnabel war leuchtend gelb wie der Mund Schmidt-Wermelins rot. Krächzend stob die Möwe in Richtung Fluss davon. «Was hatte Becker mit Lingala zu tun? Ihr Mandant hat behauptet, er würde ihn nicht kennen.»

«Sie haben mit meinem Mandanten gesprochen?»

«Es war ein rein informelles Gespräch.»

Die Anwältin ging weiter. Sie hatte das Tempo deutlich erhöht, Heidi hielt mühelos Schritt. «Becker war ein komischer Typ. Kein schlechter Polizist, soweit ich das beurteilen kann.»

«Was heißt das, ‹er war ein komischer Typ›?»

«Lassen Sie es mich so sagen: Es fiel ihm schwer, Grenzen zu akzeptieren.»

«Hat er illegale Ermittlungsmethoden angewandt?»

«Wie kommen Sie darauf?»

«Es war nur so ein Gedanke», wich Heidi aus. Doch, Schmidt-Wermelins Augen konnten einen Kampf mit Spoehris Habichtblick aufnehmen. «Eine andere Geschichte …»

«Ihr aktueller Fall? Sehen Sie eine Verbindung zu Beckers Tod?»

«Nein, wahrscheinlich nicht. Erzählen Sie weiter!»

Die Anwältin zögerte einen Moment. Ein Lastkahn mit weißen, in der Sonne glänzenden Autos fuhr auf dem Fluss an ihnen vorbei. «Ich würde sagen, er hat vieles persönlich genommen, was er besser von sich ferngehalten hätte. Vanessa Brinkmann zum Beispiel.»

«Er hatte ein Verhältnis mit Vanessa Brinkmann?»

«Das weiß ich nicht. Aber Lingala hat gesagt, in den Tagen vor …», eine neuerliche kleine Pause, «… ihrem Tod wäre öfter ein Bulle bei ihr gewesen.»

Lingala hatte bestritten, Becker zu kennen. «Sie meinen, das wäre Becker gewesen?»

«Lingala hat ihn einmal verfolgt. Zu einem Boot.»

«Die ‹Little Star›?»

«Es gibt nicht viele Polizisten in Düsseldorf, die sich ein Boot im Medienhafen leisten, Frau Kommissarin.»

«Warum haben Sie das im Prozess nicht zur Sprache gebracht?»

«Es gab keine Beweise.»

«Es muss Spuren am Tatort gegeben haben.»

«Davon stand nichts in den Akten.»

Der Stick steckte in der Tasche seiner Jacke. Westphalen hatte die neue U-Bahn zum Heinrich-Heine-Platz genommen, kletterte nun die Stufen zum Platz hoch. Nachdem Paul den Stick in die Postablage gelegt hatte, hatte Westphalen zwei Stunden später einen Stapel anderer Papiere in das Fach gelegt und den Stick an sich genommen. Wurde sein Verschwinden bemerkt, war er in der Post abhandengekommen. Das würde Riesenärger geben. Für die Poststelle.

Oben sah er den Briefkasten auf der linken Seite, dahinter das angestrahlte Carsch-Haus. Er blieb stehen. Einen kurzen Moment zögerte er. Es war eine spontane Entscheidung. Ein waghalsiger Versuch. Er nahm den Stick aus der Tasche, steckte ihn in die Öffnung des Mülleimers. Aber statt ihn unter dem Deckel festzukleben, verbarg er ihn in seiner Hand und nahm ihn wieder mit, als er in Richtung Flinger Straße verschwand und hoffte, in den jungen Leuten, die dort shoppen gingen, untertauchen zu können.

An der Neustraße tat er so, als würde er abbiegen. Doch an der Ecke blieb er stehen und spähte in Richtung Heinrich-Heine-Platz. Alles in allem waren zwei Minuten vergangen. Es war unwahrscheinlich, dass der Mann, der sich in den Kurznachrichten als Rolf Becker ausgab, so schnell vor Ort war. Eher rechnete der Hauptkommissar damit, dass noch einige Minuten verstreichen würden.

Der Glockenton.

Du solltest jetzt wirklich nach Hause gehen.

Er sah sich um, konnte aber in der Menge an Leuten, die an ihm vorbeigingen, niemanden ausmachen, der ihm verdächtig erschien. Es war aussichtslos. Unverrichteter Dinge lief er die Flinger Straße in Richtung Rhein hinunter. In ein paar Minuten würde sein Erpresser wissen, dass er nicht bekommen hatte, was er wollte.

Mittwoch, 9. März 2016

21

«Ich muss mit Ihnen reden!»

Johanna Kamphausen trat aus dem Schatten einer Säule im Laubengang des Präsidiums und hielt Heidi am Arm fest. Die dunklen Ringe unter den Augen schienen noch tiefer geworden zu sein, die Haare fielen ihr strähnig ins Gesicht.

Heidi blieb stehen. Eigentlich konnte sie es kaum erwarten, wieder im Büro zu erscheinen. Zur Not bereit, mit Westphalen und den anderen zu streiten. «Worum geht's?», sagte sie ungeduldig.

«Es ist wegen Nils.» Heidis Ungeduld verflog.

«Hier können wir schlecht reden. Möchten Sie eine Aussage machen? Dann können wir hoch in mein Büro gehen.»

«Ich dachte, vielleicht können wir irgendwo einen Kaffee trinken? Wo es nicht so offiziell ist ...»

«Sie hätten auch anrufen können.»

Johanna schüttelte den Kopf. «Nein, das wäre nicht gegangen.» Sie trat von einem ihrer grauen durchgelaufenen Chucks auf den anderen.

Die Kommissarin nickte. «Ich muss nur kurz telefonieren», sagte sie und ging ein paar Schritte. An der anderen Seite des Ganges zog sie das Handy hervor, wählte Westphalens Nummer. Ihr Herz klopfte, als das Freizeichen erklang. Wie würde er reagieren?

«Kamemba?» Nüchtern. Sachlich. Fragend. Als hätte es Gestern nicht gegeben. Sie erklärte ihm die Situation. «Soll ich jemanden schicken?» war das Einzige, was er sagte. Sie lehnte ab. Würde sie die Frühbesprechung halt verpassen.

Wie gestern mit Spoehri überquerte sie den Fürstenwall. Die Morgensonne warf lange Schatten über die Kreuzung. Heidi zog den Schal etwas fester gegen die Kälte. Zielsicher steuerte sie eine Bäckerei an. Schüler blockierten die Theke und musterten die beiden Frauen. Heidi wartete, bis der Pulk abgezogen war, bestellte einen Kaffee für Johanna und einen Cappuccino für sich selbst. Dazu ein Croissant, das das ausgefallene Frühstück ersetzen sollte. Die Verkäuferin stellte die Getränke auf die Theke und kassierte sofort. Als Heidi mit den Sachen zum Tisch zurückkehrte, tippte Johanna auf ihrem Handy herum. Sie steckte es weg, nahm den Kaffeebecher und umklammerte ihn für den Rest des Gesprächs.

«Was wollten Sie mir erzählen?», begann Heidi und biss in ihr Croissant. Sie hatte versucht, sich nach Johannas Tochter Lisandra zu erkundigen, aber die Frau war nicht darauf eingegangen. Draußen fuhr ein blauer BMW vorbei. Heidi schreckte hoch und schaute ihm nach. Es war ein anderes Modell.

«Nun …» Johanna presste die Hände fester um den Becher. «… ich … Können Sie mir garantieren, dass das unter uns bleibt?»

«Nein», sagte Heidi, und es sah aus, als sacke Johanna ein deutliches Stück zusammen. «Es würde Ihnen auch nicht helfen.»

«Wissen Sie», begann sie leise, «Nils Hansen war ein Schwein.»

«Womit hat er Sie erpresst?»

«Müssen wir darüber reden?»

«Früher oder später kommt es sowieso raus.»

«Ja, wahrscheinlich.» Heidi versetzte Johanna Kamphausens Antwort einen leichten Stich. Sie dachte an Martin. Und an Manuel. Wusste jemand davon? Würde er sie damit unter Druck setzen? «Ein Freund, ein Bekannter hat mich angesprochen, ob ich nicht Geld bräuchte. ‹Na, klar›, hab ich gesagt. Ich brauche wirklich immer Geld. Lisandra, verstehen Sie?» Heidi nickte. Schwieg. Ließ die Kamphausen reden. «Er hat sich meine Kontodaten aufgeschrieben.» Nach einem Schluck Kaffee redete sie weiter. «Das hätte ich nicht gemacht, wenn ich ihn nicht gekannt hätte. Ich bin nicht leichtsinnig, müssen Sie wissen. Am nächsten Tag hatte ich 10 000 Euro auf meinem Konto. 500 davon durfte ich behalten, bevor ich es einen Tag später auf ein Konto überwiesen habe, das mein Bekannter mir genannt hatte.» Aus müden Augen sah sie die Kommissarin an. Es sah aus, als wären die Augenringe noch dunkler und noch größer geworden. Heidi musste an einen Pandabären denken. Einen müden, abgekämpften und ausgemergelten Panda.

«Sie haben Geld gewaschen?»

«Ich glaube ja. Ich habe nie gefragt, woher das Geld kam und wohin es ging. Sehen Sie, mir kam das vor wie … Kennen Sie diese E-Mails, die man manchmal bekommt? Wo eine reiche Witwe aus Dubai oder Afrika Ihnen das Geld ihres Mannes verspricht, wenn Sie dies oder jenes tun?»

«Ja, kenne ich. Ich lösch die immer.»

«Ich auch. Aber das war ein Bekannter, das Geld echt. Und ich durfte es behalten!» Ihre Augen leuchteten bei der Erinnerung daran.

«Dann hat Nils Hansen Sie angesprochen?» Das Leuchten erlosch.

«Ja, eines Abends hat er geschellt. Mit einer Flasche Rotwein in der Hand stand er da. Ich dachte mir, was ist mit dem los. Der bekam sonst kaum die Zähne auseinander. Na ja, aber eigentlich dachte ich mir, so eine Flasche Rotwein unter Nachbarn, das kann nicht verkehrt sein. Ich war eh guter Stimmung. Wegen des Geldes, verstehen Sie? Also haben wir uns in die Küche gesetzt. Lisandra schlief. Wir haben getrunken. Dann hat er mir die Ausdrucke gezeigt.» Sie trank. Beide Hände umfassten stur den Becher, klammerten sich an ihm fest.

«Was für Ausdrucke? Kontoauszüge?»

Johanna nickte, stellte den Becher auf die dunkle Tischplatte. «Meine Kontoauszüge und die Namen der Leute und Firmen, von denen das Geld kam und zu denen es ging.»

«Möchten Sie mir sagen, worum es bei diesen Geschäften ging?»

«Ich weiß es nicht. Nils sagte, es wären Waffengeschäfte.»

«Waffen?»

«Ja, er hatte Dossiers mitgebracht, da stand das drin. Waffen für Syrer oder Kurden oder so. Ich habe das nicht alles verstanden.»

«Aber Sie haben verstanden, dass Sie damit in Schwierigkeiten steckten?»

«Das war nicht zu übersehen.»

Heidi dachte nach. Wenn sich Hansen mit illegalen Waffenhändlern angelegt hatte, dann hätten sie eine Tätergruppe, zu der das Vorgehen bei seiner Ermordung sehr gut passte. Und eine, die sie bisher noch gar nicht im Visier gehabt hatten.

«Was wollte er von Ihnen? Geld?»

«Nein, Geld hat ihn nicht interessiert. Zumindest nicht bei mir.»

«Also Sex?»

Kamphausen nickte stumm. Blickte aus dem Fenster, die dünnen Finger um den Becher geschlungen.

«Wie oft hatten Sie Sex mit ihm?»

Sie sah sie an. Tränen liefen ihr die Wange hinunter. «Ich hatte keinen Sex mit ihm.»

Überrascht schaute Heidi die Frau an. Sah die Tränen, die Finger, die den Becher langsam zerdrückten, bis der Kaffee oben herausspritzte. Dann verstand sie.

«Geschah das immer bei Ihnen? Oder auch in Hansens Wohnung?»

«Ich hab ihn schon beim ersten Mal rausgeschmissen.»

«Und dann? Hat er Ihnen nicht gedroht?»

«Natürlich hat er das. Aber ich konnte doch Lisandra nicht …»

«Also haben Sie Ihren Freund angerufen. Den mit dem Konto?»

«Was hätte ich sonst tun sollen?»

Es kostete Heidi viel Überzeugungsarbeit, Johanna Kamphausen dazu zu bewegen, im Präsidium eine Aussage zu machen. Noch im Flur auf dem Büro lief die Polizistin eisern neben ihr her, darauf bedacht, nicht schneller zu sein als ihre wichtigste Zeugin. Ihr keine Möglichkeit zur Flucht zu lassen. Johanna ging zögerlich, Schritt für Schritt immer langsamer werdend, je weiter sie kamen. Ginge sie nur ein paar Schritte voraus, so fürchtete Heidi, würde Johanna sich umdrehen und weglaufen. Sie hielt ihre Hand, als sie so beherzt wie möglich an die Tür des Büros klopfte.

Anna und Löwinger blickten auf. Löwinger runzelte die Stirn, zog die Augenbrauen leicht zusammen, was einer Bitte um Auskunft gleichkam. Dafür war keine Zeit! «Ist der Chef da?»

Löwinger deutete mit einer leichten Kopfbewegung auf die Tür zum Büro des Hauptkommissars. Hinter Schreibtisch und Bildschirm verschanzt saß Anna, schaute nicht minder fragend als ihr Kollege. Heidi klopfte bei Westphalen, wartete auf sein gebrummtes «Herein», ehe sie, Johanna immer noch an der Hand, eintrat.

«Frau Kamphausen möchte eine Aussage machen», eröffnete sie, ohne Westphalen die Chance zu geben, irgendetwas zu sagen. Zu gestern. Zu Rolf Becker. Überhaupt. Sie lotste Johanna an den kleinen Tisch und bot ihr einen der beiden Stühle an.

Westphalen beobachtete sie. «Soll ich vielleicht rausgehen?», fragte er mit einem leicht zynischen Unterton.

Heidi beachtete ihn nicht, sondern wandte sich an Johanna. «Erzählen Sie Hauptkommissar Westphalen bitte, was Sie mir eben erzählt haben.» Bevor die Zeugin antwortete, ging leise die Tür zum ersten Büro auf. Löwinger schaute herein. Heidi stellte sich neben Johanna, als wolle sie sie auch hier, wo sie kaum noch weglaufen konnte, bewachen.

Johanna schaute unsicher von einem zum anderen, knetete die Hände zwischen den zierlichen Oberschenkeln. Mit einem Mal erinnerte Heidi die Frau an ihre Tochter Lisandra, und für einen kurzen Augenblick tat es ihr leid, sie dieser Situation auszusetzen. Der Situation und den Konsequenzen, die sich zwingend daraus ergaben. Johanna Kamphausen hatte Schwarzgeld aus vermutlich krimineller Quelle gewaschen. Das konnte eine mehrjährige Gefängnisstrafe bedeuten. Vor allem aber, was noch schwerer wog: Die Leute, die Nils Hansen getötet hatten, würden vielleicht auch sie in Gefahr bringen. Trotzdem begann Johanna zu reden, erzählte den beiden Männern, was Nils Hansen getan hatte, was sie selber getan hatte und wie sie sich um Hilfe an ihre kriminellen Freunde gewandt hatte.

Westphalen und Löwinger hörten stumm zu, bis Johanna zu Ende berichtet hatte. «Danke, dass Sie damit zu uns gekommen sind», sagte der Hauptkommissar schließlich. Johanna atmete erleichtert aus.

«Wie hieß der Mann, an den Sie sich gewandt haben?»

«Stevic, Nico Stevic. Aber er war nur der Kontakt. Er ist ein alter Freund von mir», antwortete Lisandras Mutter. Heidi musste an Lingala denken. Und an Vanessa Brinkmann und ihren Sohn Niklas. Sie schaute Westphalen an. Er wandte den Blick ab, nickte Löwinger kurz zu. Der drehte sich um, wandte sich dann aber noch einmal den dreien im Raum zu.

«Warum sind Sie damit nicht direkt zu uns gekommen, Frau Kamphausen?»

«Ich wollte zuerst mit Frau Kamemba sprechen. Das war mir wichtig. Sie kennt mich. Ich vertraue ihr.»

Löwinger nickte, als verstünde er, dann sah er Westphalen kurz an, dessen Miene sich verfinsterte.

22

Die Zielfahnder brauchten fast den ganzen Tag, um Stevic zu finden. Stunden, in denen das Team vor allem wartete und Berichte schrieb. Polizeiarbeit war Papierkrieg. Heidi hatte sich aus einer alten Akte sein Foto gezogen, ausgedruckt und an den unteren Rand ihres Bildschirms geheftet. War das der Mann, den sie suchten? Sie versuchte irgendetwas in seinem hageren Gesicht zu lesen, fand aber keinen Zugang. Es wirkte komplett ausdruckslos.

Westphalen hatte den Vorfall von gestern mit keinem Wort erwähnt. Am späten Nachmittag wurde es Heidi zu bunt und sie stürmte in sein Büro.

Er sah kaum auf. «Ich muss Sie wahrscheinlich nicht fragen, ob Sie sich aus dem Fall Becker herausgehalten haben?»

«Ich habe mit Tony Lingala und seiner Anwältin gesprochen.» Dass sie auch die Akte Lingala / Brinkmann gelesen hatte, behielt sie zunächst für sich.

«Es ist wahrscheinlich hoffnungslos, Ihnen zu sagen, dass Sie sich besser um Ihren eigenen Kram kümmern?»

«Das ist mein Kram. Ich bin Teil dieses Teams. Beckers

Tod belastet meine Kollegen. Also kümmere ich mich darum. So bin ich.»

«Bringen Sie mir Stevic!»

Damit war das Thema für den Hauptkommissar beendet. Heidi hatte insistieren wollen, aber da hatte sie hinter sich ein leises Klopfen gehört. Anna blickte mit ihren Eulenaugen in den Raum, hielt ihr Handy hoch und sagte: «Sie haben ihn.»

Westphalen war fair genug, Heidi loszuschicken, um Stevic festzunehmen. Klug genug, ihr den robusten Löwinger an die Seite zu geben. Nun also betraten die beiden eine kleine Bar unweit des Hauptbahnhofs. ‹Kaschemme›, dachte sie spontan. Es roch nach Zigaretten und Alkohol. Papierschnitzel sammelten sich unter der Theke vor den Barhockern, der Spiegel dahinter hatte einen Sprung, der quer über das Glas ging.

Die Bar war nur spärlich besucht. Zwei ältere Männer blickten zu ihnen herüber, verächtlich, wie Heidi meinte. Der Barmann stand am Ende der Theke und sprach mit einem weiteren Gast, nur wenig jünger als die beiden Thekensteher.

Neben der Tür nestelte ein schmächtiger, dunkelhaariger Mann in einem weißen Sakko an seinen Schuhen, als die Tür hinter ihnen zufiel. Er schaute demonstrativ zur Wand.

«Ho, ho, ho! Wen haben wir denn da?», riefen die beiden Alten. Kurz war Heidi abgelenkt. Stevic versuchte die Gelegenheit zu nutzen und sich hinauszustehlen. Sie versperrte ihm den Weg.

«Wohin so eilig, Stevic?», fragte sie ihn.

Die beiden Rentner erhofften sich anscheinend ein

Schauspiel, das die Langeweile zu vertreiben versprach. Löwinger baute sich vor ihnen auf und hielt ihnen den Ausweis vor die platten Nasen. «Schön an der Theke bleiben und weitertrinken. Hier gibt es nix zu sehen.»

Der eine deutete mit seinem Glas auf Heidi, die Stevic am Arm festhielt. «Ist die 'n Bulle?»

«Frau Kamemba ist eine Beamtin der deutschen Polizei, ja. Haben Sie damit ein Problem?»

Der Grauhaarige schüttelte den Kopf. «So ein nettes Mädchen», sagte er zu seinem Kumpel, «schwarz und süß, wie ich meinen Kaffee mag, und dann ist die 'n Bulle …»

«Heute kannste keinem mehr vertrauen», ergänzte sein Kumpel, «nicht einmal mehr den Negern.» Er sprach das ‹g› weich aus, fast zärtlich. Heidi hätte ihn trotzdem am liebsten geohrfeigt. Doch ihre Konzentration galt Stevic.

«Was soll ich mit den beiden Spaßvögeln machen, Frau Kollegin?», fragte Löwinger.

Heidi hielt Stevic, der fast einen Kopf kleiner war als sie, mit einer Hand an der Schulter fest. Der Serbe machte keine Anstalten, sich loszureißen. Er schien zu wissen, dass er verloren hatte.

«Lass sie», antwortete Heidi. «Wir haben, wen wir wollen.»

Löwinger steckte seinen Ausweis in die Tasche. «Ihr solltet euch bei Frau Kamemba bedanken», sagte er den beiden Alten.

«Wir wollten doch nur flirten», warf einer zaghaft ein und versuchte sich an einem schelmischen Lächeln. Ein Rest Fleisch hing zwischen seinen Schneidezähnen.

Im Hintergrund begann Reggae aus den für den kleinen

Laden viel zu großen Boxen zu dröhnen, die in den Ecken hingen und die Besucher an den Tischen darunter vermutlich erschlagen würden, wenn die Ketten, die sie an der Decke hielten, rissen.

«Police and thieves in the streets», begann eine nölige Stimme zu singen. Sie klang ein wenig blechern in den Boxen. Vermutlich war irgendetwas mit dem Basstöner nicht in Ordnung. «Oh yeah», antwortete ein Chor. «Scaring the nation with their guns and ammunition», sang die nölende Stimme weiter.

Heidi wandte sich Stevic zu, dessen aufdringliches Aftershave ihr in die Nase stieg.

«Kommen Sie, Stevic, wir reden ein bisschen draußen an der frischen Luft.»

«Ich habe keine Ahnung, was Sie von mir wollen. Da sitzt man friedlich in einer Bar und wird von der Polizei aufgegriffen. Das ist Freiheitsberaubung.»

«Schnauze», bellte Löwinger und zerrte ihn vor die Tür. Heidi folgte den beiden. Hinter sich hörte sie einen lauten Rülpser, der sogar das Genöle aus den Boxen übertönte.

Löwinger tastete Stevic ab, der sich lamentierend wehrte. Ein bisschen klang er wie der Sänger aus den Boxen. «Er ist sauber.»

«Natürlich bin ich sauber! Was soll ich sonst sein?»

«Bist du nicht», antwortete Löwinger. Mit dem Kinn deutete er auf Stevics Schuhe. «Schuhe ausziehen», kommandierte er.

«Hey, was soll das? Ich hab Grundrechte.»

«Halt die Fresse!» Löwinger hielt Stevic fest. «Und zieh die verdammten Schuhe aus!»

«Im Leben nicht!» Der Serbe versuchte sich loszureißen. Löwinger presste ihn gegen die Wand neben der Bar. Der Mann, der mit dem Barkeeper gesprochen hatte, trat heraus, wahrscheinlich, um zu rauchen, verschwand aber sofort, als er die drei sah.

«Nehmen wir ihn mit», rief Löwinger Heidi zu und zerrte ihn in Richtung ihres Wagens. Heidi folgte ihnen. So entging ihr nicht, dass Stevic nach etwa zwanzig Metern aus seinen Slippern schlüpfte. Sie blieb stehen und sah das schmale Alupäckchen sofort.

«Ihr könnt stehen bleiben. Unserem Freund hat es die Schuhe ausgezogen.»

Grinsend hielt sie den Schuh Löwinger entgegen. «Gute Idee, Kollege!» Der sah sich um.

«Das hat die mir untergeschoben», jammerte Stevic. «Ihr wollt mich reinlegen!»

Erneut versuchte er sich loszureißen. Dieses Mal konnten sie ihn nur mit vereinten Kräften niederringen. Löwinger setzte sich auf ihn. «Ich ersticke», brüllte Stevic. Heidi beugte sich zu ihm hinunter.

«Keine Sorge, wir lassen dich nicht ersticken. Du sollst uns schließlich noch was sagen.»

«Ich red kein Wort mit euch!»

Sie winkte ihm mit dem Schuh. «Doch, wirst du.»

«Das ist nur zum Eigenbedarf!»

«Uns egal, was du damit machst. Darum geht's uns gar nicht.»

Für einen Moment schwieg Stevic. Er ahnte den Ausweg. «Ich red nicht mit Bullen.»

Heidi wusste, dass er die Form wahren musste. Man arbeitete nicht mit den Bullen zusammen. Man hatte sich gegen eine Zusammenarbeit zu wehren. Auch wenn niemand zu sehen war, die Straße hatte Augen und Ohren. Und einen Mund, der alles weitererzählte. Die Straße brauchte keine Überwachungssoftware wie Nils Hansen, keine Beschatter, wie sie Heidi verfolgten. Aber im Grunde wussten sie beide, dass sie ihn an der Angel hatten, und wenn sie keinen Fehler machten, würde er ihnen sagen, was sie wollten.

Löwinger ging kurz hoch, dann ließ er sich wieder auf Stevic fallen. Der schrie auf, hustete. «Ab jetzt redest du mit Bullen!»

Fehler, dachte Heidi. «Lass ihn!», versuchte sie Löwinger zu beschwichtigen.

«Der verarscht uns doch!», knurrte der Kommissar.

«Wir wissen, dass du Johanna Kamphausen bei ihren finanziellen Problemen geholfen hast.»

«Das ist nicht verboten!»

«Du hast ihr auch bei einem anderen Problem geholfen», bohrte Löwinger weiter, immer noch auf Stevics Rücken sitzend. «Wir würden gerne wissen, an wen du dich dabei gewandt hast.»

«Ich weiß nicht, wovon Sie reden.»

«Von dem Typen, der Johanna Kamphausens Nachbarn beseitigt hat, den Programmierer.»

«Fuck!» Der Dealer schlug mit der Hand auf den Bürgersteig. «Ich wusste, der würde mir Ärger machen.»

«Sag uns einfach, wen du ihm empfohlen hast.»

«Das war ein Witz, Mann! Johanna ist komplett durchgeknallt! Zu viel Koks! Dann die Kleine. Das war zu viel für die.»

«Also hast du ihr nicht geholfen? Hast du sie im Stich gelassen?»

Stevic schwieg.

Löwinger hob die Beine an, die rechts und links von Stevics Armen auf dem Boden standen. Seine Füße hingen frei in der Luft, sein Gewicht drückte den dünnen Mann weiter zu Boden. Er schrie.

«Hör auf, sonst ist der hinterher so dünn wie eine Briefmarke.»

«Dann leckt ihm einer das Hinterteil, klebt ihn auf eine Postkarte und schickt ihn zum Teufel. Geschieht ihm recht.»

«Hey, hey, hey, wenn ich mit Ihnen rede, schickt mich jemand zum Teufel …»

Löwinger schaute rasch von rechts nach links. Niemand war auf der Straße zu sehen. Sie waren allein. Nur ein paar Fenster waren erleuchtet. Er hob die Faust. Heidi ging dazwischen. «Es reicht, Löwinger!» Sie griff nach der Faust und umklammerte sie. Der Kommissar blickte sie wütend an.

«Der Typ ist ein Freak!», brüllte Stevic und beobachtete aus dem Augenwinkel ängstlich die Faust und das Gerangel über seinem Kopf.

«Das ist er in der Tat. Und ich will nicht, dass dieser Freak Mist baut. In dem Fall habe ich eine versaute Ermittlung und Sie sind, wenn es scheiße läuft, tot.»

«Wenn er Glück hat!», fügte Löwinger zwischen zusammengebissenen Zähnen hinzu. «Also sagen Sie uns, an wen Sie sich gewandt haben, Stevic?»

Einen Moment schwieg der Mann im nicht mehr ganz

so weißen Sakko. Die Polizisten ließen ihn nachdenken. «Marko Lubic!», sagte er schließlich.

Ein Streifenwagen tauchte am Ende der Straße auf und hielt neben ihnen. Sein Blaulicht leuchtete die Straße gespenstisch aus. Die Uniformierten stiegen aus. Der männliche Beamte kam auf sie zu, die Hände am Holster. Seine Kollegin stand hinter der geöffneten Tür des Streifenwagens. «Was ist hier los?»

Heidi griff in ihre Jacke und suchte nach ihrem Dienstausweis. «Hände, wo ich sie sehen kann!», rief der Polizist, klappte das Holster auf und legte die Hand auf den Griff seiner Dienstwaffe.

«Beruhig dich, Pauly, und steck die Knarre weg», knurrte Löwinger, der aufstand und Stevic am Kragen mit sich hochzog.

«Ach du bist's!», sagte der Streifenbeamte und steckte die Waffe wieder in das Holster. «Wir haben einen Anruf bekommen, dass ein Pärchen einen Mann ausraubt.» Er blickte Heidi an. «‹Eine Schwarze und ihr Macker›, hat es geheißen. Noch mal sorry! Braucht ihr uns?» Er hielt Heidi die Hand hin. «Knut Pauly! Du musst die Neue sein, von der alle sprechen.» Seine Kollegin hinter der Wagentür entspannte sich. Sie musterte Heidi aufmerksam. Feindselig, fand die. Es war ihr egal.

«Auf die Prominenz könnte ich wirklich verzichten.»

«Irgendwann gewöhnen sich die Leute dran», sagte Löwinger, der jetzt neben ihr stand und Stevic immer noch am Kragen gepackt hatte. «Könnt ihr den für uns im Präsidium abliefern? Hauptkommissar Westphalen weiß Bescheid.»

«Fürs KK12?» Pauly packte Stevic und bugsierte ihn auf die Rückbank des Streifenwagens. Dann stiegen er und seine Kollegin ein, winkten noch einmal zum Abschied und fuhren, das Blaulicht eingeschaltet, in Richtung Fürstenwall davon.

23

«Was machen wir jetzt?», fragte Heidi Löwinger, während sie zusah, wie der Streifenwagen um die Ecke bog.

«Wir gehen jetzt einen Kaffee trinken», erklärte Löwinger, machte kehrt und steuerte geradewegs die Bar an, aus der sie Stevic vor ein paar Minuten geholt hatten.

«Bisschen spät für Kaffee.»

«Alkohol gibt's nicht, Frau Kollegin. Wir sind noch im Dienst.»

«Wollen wir nicht ins Präsidium, Stevic weiter verhören?»

«Kannst du ja machen. Ich hole mir erst diesen Lubic.» Im Gehen holte er sein Handy aus der Tasche. Heidi sah ein Bild der Kinder auf dem Sperrbildschirm, das im Dunkeln bunt leuchtete, bis ihr Kollege darüber wischte und es verschwand.

«Jörn», hörte Heidi ihn sagen. «Wir suchen einen Marko Lubic. Hast du eine Idee, wo wir den finden können? … Zehn Minuten? Gut, wir warten.»

Er beendete das Gespräch, steckte das Handy zurück in

die Hosentasche. «Jörn ist ein alter Freund von mir, Zivilfahnder im Drogenmilieu. Er kennt Lubic und hört sich um, ob ihn heute Nacht jemand gesehen hat.»

Der Mann hinter dem Tresen rollte genervt mit den Augen, als Löwinger und Heidi erneut die Bar betraten. Die beiden Alten standen an einem Spielautomaten hinter der Theke. Löwinger und Heidi setzten sich auf die Hocker neben deren Plätzen. Sie orderten zwei Kaffee, die ihnen der Barmann in Rekordtempo servierte.

Löwinger wollte bezahlen, aber der Mann wehrte ab. «Nehmt's mir nicht übel, aber ich wäre froh, wenn ihr nicht lange bleibt.»

«Problem mit der Hautfarbe meiner Kollegin?», fragte ihn der Polizist.

Der Barmann schaute Heidi kurz an und schüttelte den Kopf. «Ich hab ein Problem mit ihrem Beruf.»

«Dafür kann sie nichts», sagte Löwinger grinsend und nippte an seinem Kaffee. Sie hatte ihren Kaffee erst halb ausgetrunken, als Löwingers Handy klingelte. Er sprach kurz. Mehr als ‹Okay›, ‹Gut› und ‹Danke› sagte er nicht. Dann legte er einen Fünf-Euro-Schein auf den Tresen und sie verließen die Bar.

«Heute lernen wir die miesesten Ecken der Stadt kennen. Lubic ist hinter dem Bahndamm. Im Laufhaus. Bei einer Nutte.»

Heidi dachte an das Liebesnest im Wald, das sie auf die Spur der Prostituierten gebracht hatte und damit erst auf Nils Hansen. Jetzt also wieder Prostituierte. Die Stadt schien voll davon zu sein.

Sie mussten einmal um den Hauptbahnhof herumfahren, ehe Löwinger in der Industriestraße direkt vor dem Bordell parkte. Ein Mann wartete vor dem Eingang in den Hof des Hauses. Als sie an ihm vorbeigingen, zischte er «36» und verschwand in Richtung Bahndamm.

Die Mädchen, an denen sie vorbeigingen, musterten Heidi misstrauisch. Sie tuschelten leise, ein scharfes, Abneigung offenbarendes Zischen, das weniger ihrer Hautfarbe denn ihrem Geschlecht galt. Löwinger sahen sie offenbar den Polizisten an, sie hingegen wussten sie nicht einzuordnen. Eines der Mädchen, die am Eingang des Hauses standen, stellte sich Löwinger in den Weg.

«Es ist verboten, sich seine Mädchen selber mitzubringen», sagte sie und stemmte die Arme in die viel zu schmalen Hüften. Ihr schwarzer BH war mindestens eine Nummer zu groß und gab den Blick auf ausgemergelte Brüste frei. Löwinger schob sie mit dem Unterarm beiseite. Es wirkte fast, als ekle er sich davor, das Mädchen anzufassen.

«1. Polizeieinsatz. 2. Schnauze!»

Sie wussten beide, dass ihnen jetzt nur noch wenig Zeit blieb. Das Warnsystem der Mädchen würde binnen kurzem alle aufgeschreckt haben, ohne dass Löwinger und sie irgendetwas davon mitbekommen würden. Wenn sie Glück hatten, zog sich Lubic nicht schnell genug an. Sie nahmen die Treppe hoch in den dritten Stock. Löwinger ließ Heidi den Vortritt.

«Klopf du! Die Überraschung ist dann größer!»

Bevor sie weiter darüber nachdenken konnte, wurde die Tür aufgerissen und ein großer schlanker Mann mit blonden Haaren stieß sie weg, schlug mit einem Totschläger auf

Löwinger ein und rannte den Flur hinunter. Löwinger ging zu Boden. Blut tropfte von seiner Stirn. Heidi ging in die Hocke, um sich die Wunde näher anzusehen.

«Hinterher!», brüllte ihr Kollege. Sie zögerte. Konnte sie ihn hier zurücklassen? Er schubste sie in Richtung Treppenhaus.

«Pass auf dich auf!», rief sie, klopfte ihm kurz auf die Schulter und rannte los.

Mädchen traten aufgeregt aus den Zimmertüren und stellten sich ihr in den Weg, in fremden Sprachen auf sie einredend. Sie stieß sie weg, was die folgenden Mädchen nur noch aggressiver machte.

Schließlich hatte sie den Treppenabsatz erreicht und sah unten den blonden Haarschopf gerade das Haus verlassen. Von einem Fenster im Treppenhaus sah sie, wie er die Arminstraße hinunterlief.

Sie folgte ihm, stürmte aus der Tür hinaus, weitere Prostituierte wegstoßend, die wütend auf sie einschrien und nach ihr schlugen. Eine stellte ihr ein Bein. Sie stolperte. Fast wäre sie gefallen, raffte sich aber wieder auf und rannte weiter. Fluchte. Verdammte Nutten!

Auf der langen geraden Straße fiel ihr die Jagd leicht. Lubic hatte keine Möglichkeit auszuweichen oder sich zu verstecken. Die letzte Nebenstraße hatte er bereits passiert, und rechts von ihm hinderte die Betonwand der Bahnstrecke nach Köln ihn daran, seine Richtung zu ändern.

Und sie war fitter als er. Sein Vorsprung schrumpfte. Er drehte sich mehrmals nach ihr um.

«Polizei! Bleiben Sie stehen! Sie haben keine Chance, Lubic!», brüllte sie.

Er rannte weiter. Sie kam näher.

Dann sah sie, dass er an seiner Jacke nestelte und etwas daraus hervorzog.

Etwas Schwarzes.

Er lief jetzt langsamer.

Sie war bis auf fünfzehn Meter an ihn herangekommen, als er stehen blieb und sich zu ihr umdrehte. Sie sah, wie er die Waffe auf sie richtete.

Beide Hände am Abzug.

Er zielte.

Ohne lange nachzudenken, warf sich Heidi hinter ein parkendes Auto, stieß mit dem Kopf gegen den Bordstein und blieb einen Moment benommen liegen. Ihr war schwindelig. Die Welt wurde dunkler, die Stoßstange des Autos, nur wenige Zentimeter vor ihren Augen, verschwand in einer dunklen Wolke.

Der Schuss holte sie zurück in die Wirklichkeit. Es konnten nur Sekundenbruchteile vergangen sein.

Als sie Schritte hörte, blickte sie hinter dem Wagen hervor. Lubic hatte das Ende der Straße erreicht und wandte sich unter die Brücke der Bahntrasse.

Als sie die Brücke erreichte, war Lubic verschwunden. Mit gezückter Waffe lief sie an der Wand entlang, fürchtete, dass Lubic ihr hinter einem der eisernen Brückenpfeiler auflauerte. Aber sie sah ihn nicht. Er musste den Aufgang zur S-Bahn genommen haben.

Sie schaute vorsichtig hoch. Niemand zu sehen. Also sprintete sie die Treppenstufen hinauf, vorbei an Graffitis und einer Hakenkreuzschmiererei.

Oben angekommen, stürzte sich Lubic auf sie, versuchte, ihr die Waffe zu entreißen. Sie klammerte sich daran. Er packte ihre Hand, donnerte sie gegen die stählerne Säule der Dachkonstruktion auf dem Bahnsteig. Einmal. Zweimal. Dreimal. Dann zwang der Schmerz sie dazu, die Waffe fallen zu lassen. Mit der eigenen Pistole schlug er ihr gegen den Schädel. Sie wankte. Im Fallen sah sie, wie Lubic ihre Dienstpistole nahm und auf die Gleise hinuntersprang. Benommen stützte sie sich an der Säule ab, keuchte, der Schmerz in ihrer Hand brannte. Sie sah Lubic hinterher, wie er über die Gleise lief, rannte selber ans Ende des Bahnsteigs, sprang hinunter und ging in die Knie, um den Aufprall abzufedern. Ein Güterzug donnerte an ihr vorbei, versperrte ihr den Blick auf Lubic. Zugleich bot ihr der Zug Deckung. Sie rannte so schnell sie konnte neben ihm her. Schließlich raste der letzte Waggon an ihr vorbei.

Dahinter erblickte sie Lubic. Er war nur noch zehn Meter vor ihr. Mühsam lief er über die Schienen, sprang über die Gleise, versuchte mit den Füßen auf den Schwellen zu landen, weil er auf dem Schotter nicht schnell genug vorankam.

Wenn er sich umdrehte, gab es keine Deckung für sie. Keine parkenden Autos, hinter die sie sich werfen könnte. Nur ein Dutzend Gleise, die ihr keinen Schutz bieten würden. Nachdem sie die Arminstraße Richtung Süden hinuntergerannt waren, liefen sie nun über die Gleise zurück nach Norden, auf den Hauptbahnhof zu. Sie konnte auf Zimmer 36 schauen. Das Mädchen, bei dem Lubic gewesen war, stand im Fenster und schaute zu ihr herüber. Wo zum Teufel war Löwinger? Ein Zug kam ihr entgegen. Sie sah, dass Lubic stehen geblieben war, die Hände auf den Oberschenkeln abstützte und keuchte. Wenn sie schnell genug war, könnte sie versuchen, sich auf ihn zu stürzen.

Sie rutschte ab, als ihr Fuß auf dem rostbraunen Kies landete. Schmerz schoss ihr Bein hoch. Lubic richtete sich auf und drehte sich wie in Zeitlupe zu ihr um.

Sie erstarrte. Vergaß den Schmerz.

Er nahm die Waffe langsam hoch und richtete sie auf Heidi. Sie sah, wie sich der Lauf auf sie richtete, sah die Öffnung, aus der die Kugel kommen würde, die sie töten würde. Eine Woche hatte sie im KK12 überlebt.

Der Zug kam langsam näher. Heidi hoffte, dass er rechtzeitig zwischen ihnen sein würde und ihr Deckung bot. Doch dann wechselte er an einer Weiche das Gleis.

Er würde hinter ihr vorbeifahren.

Ihr keinen Schutz bieten.

Lubic ignorierte den Zug. Er schien nur auf sie fixiert zu sein. Er blickte sie an, zielte, sein Gesicht völlig ausdruckslos.

Der Zug stieß ein Warnsignal aus. Überrascht wandte sich Lubic um. Heidi warf sich auf den Boden, spürte die Steine unter ihrer Hand. Sie wollte danach greifen, einen davon, mehrere, wenn es sein musste, auf Lubic schleudern, als der Schuss fiel. Lubic hielt die Waffe immer noch auf sie gerichtet, packte sich mit der linken Hand an die Brust, sackte in den Knien zusammen, ließ die rechte Hand sinken, die Waffe fiel zu Boden, dann kippte auch der Mann vornüber und fiel mit dem Gesicht auf die Gleise.

Donnerstag, 10. März 2016

24

Auf den Gleisen des Düsseldorfer Hauptbahnhofs sah Heidi die wartenden Züge, Menschen drängten sich an den Kopfenden der Bahnsteige und schauten zu ihnen hinüber. Auch nach Mitternacht war der Bahnhof voller Menschen. Polizisten sicherten die Gleise, standen zwischen den Schienen, die Hände hinter dem Rücken verschränkt, circa zwanzig Meter Abstand zwischen sich. Ein junger Notarzt kniete neben Lubics Leiche und stellte formal den Tod des Mannes fest. Bruno Westphalen, der sie gerettet hatte, stand etwas abseits. Löwinger telefonierte und lief den Bahnsteig der S-Bahn-Haltestelle auf und ab. Er trug einen Turban aus Verbandszeug, wirkte aber sonst so lebendig und aggressiv wie eh und je. Heidi hockte neben dem Notarzt auf einem Gleis. Anna stand neben ihr, legte ihr eine Wolldecke um die Schultern, die sie aus dem Rettungswagen geholt hatte, der wohl unten auf der Straße parkte. Sie klopfte ihr kurz auf die Schulter. Anerkennend, beruhigend, ohne ein Wort zu sprechen. Heidi griff kurz nach der Hand, packte und hielt sie. Anna ließ es geschehen. Der Notarzt drehte sich zu ihnen um.

«Tot. Glatter Durchschuss der Herzkammer, würde ich vermuten. Ihr Chef hat wirklich gut getroffen.» In seinem Ton klang eine leichte Spur Missbilligung mit, als hätte Westphalen eine Wahl gehabt.

«Dieser Mann», Heidi deutete auf den toten Serben, «hätte mich erschossen, wenn er nicht da gewesen wäre.»

Der Notarzt zuckte mit den Achseln, schloss seinen Koffer und stand auf. «Jetzt wird er niemanden mehr erschießen. So viel steht fest.» Er nickte ihr zum Abschied zu, dann ging er zu den beiden Rettungssanitätern, die untätig ein paar Meter entfernt warteten und rauchten. Heidi betrachtete Lubic noch einen Augenblick. Blut durchtränkte sein helles T-Shirt, ein paar Tropfen glänzten auf dem Gleis, neben dem er lag. Seine Augen starrten leer in den dunklen Nachthimmel, die Arme hielt er seltsam verkrampft von sich, neben seiner rechten Hand lag immer noch die Waffe, die er auf sie gerichtet hatte. War das die Waffe, mit der er Hansen erschossen hatte? Eine Hand legte sich sanft auf ihre Schulter. Sie drehte sich um. Joist ging neben ihr in die Hocke. Er trug seine Arbeitskleidung, den Schutzanzug, die Überziehschuhe und reichte Heidi Schuhe und Handschuhe. «Du solltest die anziehen.» Sie nahm sie, zog sie über. Wie mechanisch. «Hat dir der Notarzt was gegeben?», fragte er weiter. Zwei Kollegen, ebenfalls in den obligatorischen Overalls, liefen herbei.

«Nein», antwortete sie, «er war ausschließlich mit Lubic beschäftigt.»

«Der ihn nicht wirklich brauchte. Geht es dir gut?»

«Ich weiß nicht. Wir müssen reden.»

«Jetzt?»

«Warum nicht?»

«Weil es ein komischer Zeitpunkt ist.»

«Es ist eine komische Zeit. In der man komische Sachen macht …»

«Die man später bereut?» Er erhob sich.

«Ja», sagte sie.

«Können wir anfangen?», unterbrach einer der beiden SpuSi-Leute ihr Gespräch. Heidi stand auf, widerstand der Versuchung, Joist zum Abschied die Schulter zu drücken, und lief hinüber zu Paul und Westphalen. Löwinger telefonierte immer noch.

«Danke», wandte sie sich an ihren Boss.

«Keine Ursache! Bedanken Sie sich bei Löwinger. Der hat uns hierher gelotst.» Sie streckte ihm die Hand hin, er nahm sie kurz.

«Und sich dabei wahrscheinlich der Avancen mehrerer Prostituierter erwehren müssen.»

«Avancen würde ich das nicht nennen. Schauen Sie sich die Kratzer auf seinem Unterarm mal an.»

Obwohl ihr klar war, dass sie auf diese Entfernung nichts davon sehen konnte, schaute sie zu Löwinger hinüber, der immer noch beschäftigt war.

«Wir wollen jetzt einen Blick in Lubics Wohnung werfen», sagte der Hauptkommissar. «Ich nehme an, Sie wollen nach Hause?»

Auf gar keinen Fall! Sie wollte dabei sein, wenn das Team Lubics Wohnung auf den Kopf stellte, Beweise suchte, um diesen Fall abzuschließen. «Ich komme mit!»

«Dann los», sagte er, und die drei liefen zur Treppe, die sie hinunter zur Straße führte. Heidi winkte Löwinger, der hob die Hand, beendete das Gespräch und eilte ihnen hinterher.

Paul lief neben ihr, flüsterte leise: «Alles okay?»

Sie hob den Daumen. Paul lächelte. Es wirkte tatsächlich erleichtert. Löwinger überholte sie. «Hopp, hopp», brüllte er. Vielleicht seine Art, sich nach ihrem Wohlbefinden zu erkundigen.

Unten hatte sich das Bild gewandelt, seitdem Heidi Lubic verfolgt hatte. Der Rettungswagen bog gerade um die Straßenecke und verschwand, fünf Streifenwagen parkten unter der Brücke, am Ende der Reihe sah sie den Van der Spurensicherung, dahinter parkte ein dunkler, langgestreckter Mercedes. Der Wagen des Bestatters. Zwei Männer lehnten daran. Der eine spielte mit seinem Handy herum, der andere blickte herüber. Westphalens Auto parkte auf der anderen Straßenseite. Löwinger winkte ihr und gab ihr zu verstehen, dass sie mit ihm im Ford fahren sollte. Was sie verwirrte: Er hielt ihr die Tür auf.

Zwanzig Minuten später standen sie vor einer Wohnungstür in Garath und streiften sich durchsichtige Plastikhandschuhe über die Hände. Westphalen schellte. Niemand öffnete. Er zog einen Plastikbeutel mit Lubics Schlüsselbund aus der Hosentasche, öffnete ihn und nahm ihn heraus. Er musste drei Schlüssel probieren, bevor er den passenden fand. Nach zweimaligem Herumdrehen konnte er die einfache Tür aufdrücken. Stumm betraten sie einer nach dem anderen die Wohnung. Westphalen, der voranging, schaltete in allen Räumen das Licht an.

So ungefähr hätte sie sich Hansens Wohnung vorgestellt, dachte Heidi, als sie hinter Westphalen das einzige Zimmer neben der Küche und dem Bad betrat. Ein ungemachtes Bett, auf dem bunt gemusterte Bettwäsche zerknüllt auf dem verzogenen Laken lag, ein Esstisch mit zwei Stühlen neben dem Durchgang zur Küche. Das Geschirr von Lubics letzter Mahlzeit stand noch da. Daneben die Styroporverpackung eines Schnellimbisses. Es roch nach Thai-Curry. Altem, kaltem Thai-Curry.

«Dennewitz das Bad, Kamemba die Küche, Löwinger und ich das Wohnzimmer!»

Niemand von ihnen hatte das Bedürfnis, etwas zu sagen. Nicht einmal Heidi. Sie war froh, sich in die kleine Küche zurückziehen zu können. Manchmal sah sie vor ihrem inneren Auge Lubic mit der Waffe auf den Gleisen stehen, auf sie zielen. Dann hörte sie den Schuss. Ihre Kniekehlen zitterten leicht. Es war besser, sich abzulenken. Sie öffnete Schubladen und Schränke, fühlte unter dem oberen Rand der Ablage und hinter den Schränken nach Verstecken, Hohlräumen oder irgendwelchen Sachen, die Lubic vielleicht mit Klebeband über den Schubladen versteckt hatte. Sie fand nichts außer weiterem Geschirr, Töpfen, einer Tüte Nudeln. Im Kühlschrank ein ähnlich karges Bild: eine Flasche Rotwein, zwei Flaschen Bier, unter der Spüle Müll und Altglas.

Schließlich hörte sie Pauls Stimme aus dem Bad, das direkt hinter der Küche lag. «Ich hab was!», rief er. Zu viert drängten sie sich in den viel zu kleinen Raum. Paul hatte den Deckel des Spülkastens abmontiert und ins Waschbecken gelegt. Auf dessen Unterseite, mit zwei dicken Streifen Paketklebeband gesichert, hatte Lubic eine Plastiktüte versteckt. Heidi konnte den Umriss einer Pistole darin erkennen. Westphalen hob anerkennend den Daumen. Heidi dachte, dass es ein dämliches Versteck für eine Waffe war. Jeder hätte als Erstes in den Spülkasten geguckt. Außerdem: Warum besaß Lubic zwei Waffen?

Bereits am Morgen lag der Bericht der Ballistiker vor. Westphalen hatte auf eine Sonderschicht gedrängt. Er wollte den Fall abschließen. Dennewitz unterstützte ihn. Heidi brachte ihre Einwände in der Frühbesprechung vor. Obwohl sie nur vier Stunden zu Hause gewesen war, davon vielleicht zwei geschlafen hatte, fühlte sie sich hellwach. Sie fragte nach Hansens immer noch verschwundenem Laptop, nach seiner ausgeräumten Wohnung. Westphalen bügelte sie ab. «Wir haben die Tatwaffe, wir haben die Aussage von Johanna Kamphausen. Das reicht für den Staatsanwalt. Und gerade Sie sollten doch ein Interesse daran haben, dass Lubics Schuld bewiesen wird.» Damit löste er die Runde auf.

Joist blieb unschlüssig in der Tür stehen und blickte zu Heidi hinüber. Sie beachtete das nicht, sondern überlegte stattdessen, wen aus ihrem Team sie von ihren Zweifeln überzeugen konnte. Joist verharrte in der Tür, winkte ihr zu. Plötzlich drängte Tusk sich an ihm vorbei in den Raum, er hielt die obligatorische Tasche für seinen Laptop vor sich. Als bräuchte er einen Schild, der ihn vor Joists Nähe schützt. Außer Heidi beachtete niemand den Polen. Löwinger tippte eine SMS, vermutlich an eins seiner Kinder, Dennewitz sprach leise mit dem Hauptkommissar, Anna stand am Fenster und schaute hinaus auf die Straße. Sie trug immer noch den Mantel. Ihre rechte Hand steckte in der Manteltasche und spielte mit etwas herum. Joist ging hinaus. Wenige

Sekunden später vibrierte Heidis Smartphone. Sie schaute auf das Display. *Lass uns reden*, las sie, doch bevor sie antworten konnte, räusperte sich Tusk. Wie er so da stand, den Koffer immer noch vor sich, die Brille etwas zu groß für den kleinen Kopf unter den drahtigen Locken, erinnerte er Heidi an einen Schuljungen. «Ich habe Hansens Handy geortet», sagte er schließlich. Jetzt hatte er nichts mehr von einem Schuljungen. Dafür hatte er die Aufmerksamkeit des ganzen Raumes.

«In Lubics Wohnung?», fragte Dennewitz.

«Wo liegt die?»

«In Garath, in der …»

«Nein, Garath ist es nicht.»

«Wo dann?», mischte sich Westphalen ein.

«Jemand hat es heute Morgen aktiviert. In der Haroldstraße.»

«Da wohnen ein paar hundert Menschen. Von den Büros ganz zu schweigen», sagte Paul. Er klang unzufrieden.

«Ich kann dir die genaue Adresse sagen. Haroldstraße 5.»

Er stellte seinen Koffer auf eine Schreibtischecke und klappte ihn auf.

«Da sitzt das Landesamt für Verfassungsschutz», wusste Heidi.

«Wie kommt der Verfassungsschutz an Hansens Mobiltelefon?», fragte Löwinger.

«Vor allem: Wie kommen wir da dran?» Heidi sah ihre Zweifel bestätigt. Tusks Entdeckung öffnete eine völlig neue Spur. Sie erinnerte sich an den Mann, der sie in den Arcaden und auf der Autobahn verfolgt hatte. «Können wir da rein?», fragte sie in die Runde.

«Auf gar keinen Fall!», erwiderte Dennewitz. «Das gibt einen Riesenskandal.»

«Das ist mir völlig egal!» Anna hatte sich vom Fenster abgewandt, die faltigen Hände umklammerten ihre Stuhllehne. «Wenn der Verfassungsschutz hinter dieser ganzen Scheiße steckt, dann will ich, dass der hochgeht. Je mehr Skandal, desto besser!» Sie schaute in die Runde. Ernst und entschlossen.

Dennewitz hob hilflos die Hand.

«Was hast du überhaupt dagegen, dass wir da reinstürmen und den Laden hochgehen lassen? Das würde deiner Karriere doch sicher nicht schaden.»

«Als ob es mir nur um meine Karriere ginge! Hier stehen doch ganz andere Fragen zur Disposition. Es geht um Sicherheitsinteressen!»

«Quatsch!»

«Wir müssen vielleicht gar nicht da rein», mischte Tusk sich ein. Inzwischen hatte er den Laptop gestartet, schaute darauf.

«Haben wir überhaupt die Genehmigung, das Handy zu orten?», fragte Dennewitz. «Der Fall ist doch abgeschlossen.»

Tusk schaute ihn überrascht an. «Davon hat mir keiner etwas gesagt.»

«Was ist los?» Westphalen. Ungeduldig.

«Das Handy hat das Gebäude verlassen. Es ist auf der Friedrichstraße eingeloggt.»

Heidi griff instinktiv nach ihrer Jacke, hielt aber inne, als sie Westphalens Blick sah. Diesen Spielen-Sie-hier-nicht-den-Boss-Blick. Sie musste ein seltsames Bild abgeben, dachte sie. Nach vorne gebeugt, die rechte Hand an der

Jacke, einen Fuß vor dem anderen, schon fast in Startposition in Richtung Flur, aber den Blick auf den Hauptkommissar, ertappt. Starr.

«Holen wir es uns!», rief Löwinger.

Heidi zog die Jacke über. Sie klopfte Tusk auf die Schulter, als sie an ihm vorbeilief. «Danke! Gute Arbeit!», sagte sie und erntete den nächsten strafenden Blick.

«Das haben Sie gut gemacht, Tusk. Ich lasse das Ihren Boss wissen», sagte Westphalen.

«Ist mein Job», antwortete der LKA-Experte. «Soll ich hierbleiben und das Handy überwachen? Oder möchten Sie, dass ich mitkomme?»

Heidi zeigte auf den Koffer. «Nichts für ungut, aber du machst uns langsamer mit dem Koffer. Bleib hier und halt uns auf dem Laufenden.»

Der Pole nickte, nahm sich Löwingers Stuhl, der am nächsten stand, und zog ihn zu sich heran. Westphalen stand an Pauls Schreibtisch. Er wirkte auf eine seltsame Art ängstlich, fand Heidi. Sie musterte ihn.

«Was ist mit Ihnen, Chef?», fragte sie.

«Einer sollte hier bleiben und die Stellung halten», sagte er.

Ein mulmiges Gefühl beschlich sie. Eine Ahnung, dass das Handy nicht mehr zu orten sein würde, sobald sie das Präsidium verlassen hätten. Doch sie konnte es nicht äußern.

«Ihr schafft das schon.» Er versuchte, unbeschwert zu klingen. Es gelang ihm nicht.

Löwinger, der das Büro schon verlassen hatte, steckte den Kopf wieder herein, eine Hand am Türblatt. «Komm!», sagte er nur, und Heidi hätte nicht sagen können, ob der Tonfall ermunternd oder drohend sein sollte.

Draußen auf dem Flur verfielen sie in Laufschritt. Ein Rudel Wölfe auf der Jagd. Eine Sekretärin trat auf den Flur, wich aber erschrocken zurück, als sie an ihr vorbeirannten. Niemand nahm den Paternoster, alle rannten die Treppen hinunter, immer schneller werdend.

«Halt die Verbindung mit Tusk», rief Löwinger Heidi zu. Sie war schon dabei, ihr Handy herauszukramen, suchte im Laufen im Adressbuch nach der Nummer des Polen. Fast wäre sie gegen einen Kollegen gelaufen, der ihr auf der Treppe entgegenkam, aber Löwinger, der vor ihr lief, schob ihn barsch beiseite. Kaffee ergoss sich aus einem Pappbecher auf dessen Uniform.

«Das KK12 in Hochform, was?!», rief er ihnen nach.

«Fresse!», bekam er nur zu hören. Von allen gleichzeitig. Dann rannten sie weiter in den Innenhof. Heidi hielt kurz inne, tippte mit dem Daumen der rechten Hand auf ihr Handydisplay.

Draußen auf dem Hof verteilten sie sich auf den Ford und Löwingers Privatwagen, einen VW Passat. «Heidi bei mir!», kommandierte Löwinger, der stillschweigend und von allen akzeptiert das Kommando übernommen hatte.

Tusk meldete sich. «Immer noch Friedrichstraße.»

«Warum zum Teufel hat er das Ding überhaupt angemacht?», fragte Heidi.

«Weil er offenbar glaubt, dass die Ermittlungen vorbei sind», erwiderte Löwinger, startete den Wagen und jagte in die schmale Ausfahrt, die für die Polizei reserviert war.

«Es ist jetzt auf Höhe der Nummer 40», sagte Tusks

Stimme über das Handy. Heidi hatte es laut gestellt, hielt es in den Innenraum des Wagens. Ihr Kollege drückte aufs Gas, jagte den Fürstenwall hinunter in Richtung Kirchplatz. Heidi sah sich kurz um, der Ford war dicht hinter ihnen. Paul am Steuer, Anna auf dem Beifahrersitz.

«Friedrichstraße, Nummer 40», gab Löwinger über Funk nach hinten durch.

«Das kenn ich», hörte Heidi Paul, «da ist eine Espressobar drin!»

«Perfekt!»

Vor ihnen leuchteten bereits blau die neuen Eingänge der U-Bahn-Station am Kirchplatz.

Heidi erkannte den Mann, der auf der Straße stand und seinen morgendlichen Kaffee trank, schon, als Löwinger den Wagen vor der Bar scharf bremste. Sie wartete nicht auf die anderen, stürzte aus dem Wagen. Sie wusste, dass die Überraschung ihr größter Trumpf war. Verdutzt blickte der Blonde, den sie aus den Arcaden und von der Autobahn kannte, zu ihr herüber. Er stand an einem Stehtisch vor dem Café und hielt ein Mobiltelefon in der Hand, vielleicht sogar Hansens. Sein Begleiter trank gerade einen Schluck aus einer winzigen Espressotasse, den Blick ebenfalls auf das Handy gerichtet. Hinter sich hörte sie Türenschlagen, offenbar sprangen auch Anna und Paul aus ihrem Wagen. Doch sie hatte nur Augen für die beiden Männer vor sich. Der Blonde begriff schneller, was los war. Er stieß den Tisch um, Heidi musste ausweichen, damit er sie nicht traf. Sie wollte dem Blonden hinterherlaufen, aber der andere Mann packte sie und hielt sie auf. Anna zerrte ihn von ihr weg. Dennewitz und Löwinger jagten dem Fliehenden nach. Heidi riss sich los, spürte, wie der Mann nach ihr schlug, dann hörte sie hinter sich einen gequälten Aufschrei. Kurz sah sie sich um, sah auf den Mann, der zusammengesackt war und sich den Kopf hielt, Blut quoll zwischen seinen Finger hervor. Anna stand über ihm, hielt eine Flasche in der Hand, von der Blut auf den Bürgersteig tropfte. Die anderen Gäste waren erschrocken aufgesprungen und einige Schritte weggerannt, um sich in Sicherheit zu bringen. Ein Verhalten, das Heidi oft bei Einsätzen beobachtet hatte. Jeder versuchte zunächst einmal Distanz zwischen sich und das Geschehen, den unvermittelten Gewaltausbruch, zu bringen. Als Polizistin musste sie immer mitten rein. «Polizeieinsatz!», brüllte sie, bevor sie Löwinger und Dennewitz folgte, die dem Blonden nachjagten. Sie liefen nicht in Richtung Haroldstraße, sondern nach Süden zum Kirchplatz. Sie wusste, dass der Verfassungsschutz dort Büros besaß. Der Blonde würde wahrscheinlich versuchen, sich dort in Sicherheit zu bringen. Löwinger hatte den Blonden erreicht, packte ihn nun an der Schulter. Der fuhr herum und versetzte Heidis Kollegen einen heftigen Schlag. Löwinger brach sofort zusammen. Heidi sah, wie Paul die Waffe zog und entsicherte.

«Polizei!», brüllte er. «Bleiben Sie stehen!»

Der Blonde tat, was Dennewitz gesagt hatte und hob abwehrend die Hand. In der einen hielt er immer noch das Mobiltelefon.

«Hey, hey», sagte er. Seine Stimme klang weich. Butterweich. Ungreifbar. «Das scheint ein Missverständnis zu sein. Wir sind vom gleichen Verein.» Dabei ging er langsam rückwärts. «Reden wir doch», sagte er.

«Die Tür!», rief Heidi. «Lass ihn nicht rein!» Sie war nun kurz hinter Paul. Der Blonde blickte zu ihr herüber.

«Gehört die zu Ihnen?», fragte er.

«Tun Sie, was die Kollegin sagt! Gehen Sie von der Tür weg.»

«Okay, okay, kein Problem!» Er ging hinüber zur anderen Seite des Bürgersteigs, hielt jetzt beide Arme leicht erhoben. Heidi stellte sich neben Paul, der die Waffe weiter auf den Mann gerichtet hielt. Der Verkehr brauste an ihnen vorbei. Sie verstand nicht, warum er sich jetzt so bereitwillig weit von der Tür entfernte. Hoffte er, durch den dichten Autoverkehr hindurch fliehen zu können? Oder wartete er auf eine Pause im Verkehr, um die Straße dann in Richtung Kirche zu überqueren und dort in den Büschen unterzutauchen? Beides würde ihm nicht helfen, und sie konnte davon ausgehen, dass er das wusste. Sie sah die Autos hinter ihm an der Ampel auf Grün warten. Wenn er über die Straße fliehen wollte, dann jetzt. Doch er blieb stehen, die Hände weiterhin erhoben. Paul ging nun langsam auf ihn zu, Heidi neben ihm her. Die Wagen hinter dem Mann setzten sich wieder in Bewegung. Er hielt die Hände ausgebreitet, eine Geste der Kapitulation. So glaubte sie. Dann begriff sie, was er vorhatte. Sie stürmte an Paul vorbei auf den Blonden zu, hatte aber nur Augen für das Handy in seiner Hand. Sie sah die ersten Wagen an ihm vorbeifahren, sah, wie die Finger sich langsam lösten, sah, wie der Blonde den Arm etwas anwinkelte, ausholte und dann das Telefon auf die Straße warf. Sie sah den Wagen herankommen, sah den Reifen, der das Handy überrollte, sah das Gerät unter der Last zerbrechen, sah Plastik, Glas und Metall in kleinen Stücken hochfliegen, ehe der Hinterreifen des Wagens die zerdrückte Platine hochschleuderte, auf der sie meinte, die einzelnen Schaltkreise erkennen zu können, so klar und fokussiert stand das Bild vor ihr. Nahe dem Bürgersteig blieben die Überreste des Telefons liegen. Heidi stieß den Blonden beiseite und fischte es aus der Gosse. Anna, die herangekommen war, hob die Hand und winkte den Verkehr auf die andere Spur, während Heidi die Überreste des Telefons einsammelte. Der Blonde sah ihr grinsend zu, während Paul ihn packte und ihm die Hand auf den Rücken drehte.

25

«Keine Namen. Gar nichts.»

Westphalen starrte auf den Ausdruck in seiner Hand, als wolle er sich noch einmal vergewissern, dass stimmte, was er sagte.

«Gar nichts?», wiederholte Löwinger zweifelnd.

Der Chef schüttelte den Kopf. «Ihre Ausweise lauten auf Jonas Martin und Paul Bürger. Aber zu beiden gibt der Computer keine passenden Angaben preis. Es wirkt, als existierten die beiden überhaupt nicht.»

Heidi dachte an die gefälschten Nummernschilder.

«Damit gibt es auch keinen Zusammenhang mit Nils Hansen, den wir herstellen könnten. Keine Verbindung», resignierte Löwinger. «Es sei denn, unser Experte vom LKA kann noch irgendetwas aus den Trümmern des Handys retten.» Er saß auf seinem Drehstuhl, die Füße steckten unter dem Fußkreuz. Nichts mehr von raumgreifender Beinhaltung.

«Vielleicht können wir über die Ortung nachweisen, dass es Hansens Handy war?», fragte Dennewitz.

«Ein Strafverteidiger würde die Vermutung aufstellen,

dass sich das Handy zufällig in der gleichen Funkzelle aufgehalten hat. Ohne den Nachweis, dass die Trümmer zu Hansens Handy gehören, können wir da nichts machen.»

«Und selbst das reicht nicht für eine Verurteilung wegen des Mordes an Hansen», stellte Anna fest. «Falsche Personalausweise also», schob sie hinterher. «Gibt es Fingerabdrücke?»

«Kein Ergebnis.»

Alle im Raum waren überzeugt, dass sie es bei den beiden Männern mit Agenten zu tun hatten. Aber hatten die beiden zusammen mit Hansen bis dahin unbescholtene Bürger erpresst? Und warum hatten sie dann Hansen erschossen? Wollten sie einfach einen Mitwisser beseitigen? Hatte er auf eigene Rechnung gearbeitet, Leute erpresst und seine beiden Komplizen damit gegen sich aufgebracht? Hatten die beiden im Auftrag des Verfassungsschutzes gehandelt, als sie Hansen hingerichtet hatten? Waren sie überhaupt seine Mörder?

«Wollen wir mal schauen, ob uns die DNA der beiden weiterhilft», bemerkte der Hauptkommissar.

«Sie haben uns DNA-Proben gegeben?», fragte Anna fassungslos.

«Sie reden nicht, zeigen sich aber sonst freundlich-kooperativ.»

«Sie müssen sich ihrer Sache verdammt sicher sein.»

«Haben wir denn DNA von einem der beiden am Tatort?», fragte Löwinger, trotz seiner Haltung auch jetzt neben Heidi der Engagierteste in der Besprechung des KK. Heidi betrachtete ihn ein weiteres Mal. Irgendetwas in Joachim Löwinger wollte noch nicht aufgeben.

«Bisher nicht. Spoehri arbeitet daran.»

«Hoffentlich beeilt er sich. Ich weiß nicht, wie lange wir Zeit haben. Irgendwann stehen hier die Leute vom Verfassungsschutz im Raum und nehmen ihre Männer wieder mit. Und wer weiß, ob wir sie dann noch mal zu fassen kriegen.»

«Hallo? Wir reden hier von Mord!», warf Anna ein. Empört.

Der Mann schwieg den ganzen Tag. Heidi hatte nichts anderes erwartet. Sie standen zu viert draußen auf dem Flur vor dem Verhörraum, in dem er wartete. Nicht einmal seinen Namen war er bereit zu nennen. Schließlich kam Joist über den Flur zu ihnen gerannt. Er hielt ein Stück Papier in die Höhe.

«Wir haben ihn!»

Außer Atem blieb er bei ihnen stehen. Heidi wollte den Zettel nehmen, aber er gab ihn Löwinger. Der las, reichte ihn dann an Heidi weiter. Anna und Paul drängten sich um sie, blickten ihr über die Schulter.

Sie sah das Gesicht des Mannes, der hinter ihnen im Verhörraum saß. ‹Gerhard Knopf› las sie. Seine DNA war im Zuge einer Ermittlung in Mülheim aufgetaucht. Eine linksextreme Gruppe hatte dort über mehrere Wochen Autos angezündet, darunter mehrere Polizeiwagen. Ratlos schaute sie die anderen an.

«Linksterrorismus?»

Anna schnaubte. Selbst Löwinger war davon offensichtlich nicht überzeugt. «Knopf war mit Sicherheit V-Mann des Verfassungsschutzes in der Sache. Seine DNA dürfte eigentlich gar nicht mehr im System sein. Pures Glück, dass die nicht gelöscht wurde.»

Heidi dachte kurz darüber nach, was es bedeutete, dass ein Mann des Verfassungsschutzes in Brandanschläge linker Gruppierungen verwickelt war. War er nur dabei gewesen? Dann hätte er es melden müssen und die Anschläge wären vereitelt worden. Also hatte er tiefer dringesteckt, als bekannt werden sollte. Hatte er die Gruppe zu den Anschlägen motiviert? Ein Glück, dass irgendjemand geschlampt hatte und Knopfs DNA nicht gelöscht worden war.

«Der Verfassungsschutz erpresst Leute?»

«Wir wissen noch nichts Näheres. Aber es wäre an der Zeit, dass wir mit unseren beiden Verdächtigen reden. Schauen wir mal, wie sie darauf reagieren, dass wir wissen, wer sie sind. Zumindest in einem Fall.»

«Wenn wir Knopfs DNA am Tatort haben und mit dem Mord an Hansen in Verbindung bringen können, haben wir alles, was wir brauchen», warf Dennewitz ein. «Egal, ob Knopf beim Verfassungsschutz ist oder nicht.»

«Redet mit den beiden», sagte Löwinger und blickte Heidi und Paul an.

«Wo ist eigentlich der Chef?», fragte Paul zurück.

Heidi hatte Anna das Verhör überlassen und war aus dem Polizeipräsidium geeilt. Es war nur eine böse Ahnung, die sie von den Kollegen wegtrieb. Eigentlich, das wusste sie, war ihr Platz jetzt im Verhörraum oder im Büro des KK12. Westphalens aber auch. Und er war nicht da.

Im Laufschritt legte sie den Kilometer zur Marina im Medienhafen zurück. Die lag im Dunkeln. Um sie herum leuchteten die Fenster in den Bürogebäuden des Mediaparks. Den Versuch, Westphalen über Mobiltelefon anzurufen, schenkte sie sich. Es wäre eh sinnlos. Er würde nicht drangehen. Schon von oben sah sie, dass die Plane auf der ‹Little Star› verschwunden war. Ein Mann hantierte in der Steuerkabine. Sie rannte die Stufen hinunter, überprüfte, ob sie ihre Waffe bei sich trug. Ihre Boots klapperten auf dem Steg. Der Mann im Boot sah auf, trat hinaus.

«Chef?», fragte sie, als sie vor ihm stehen blieb.

«Kamemba», sagte er nur als Erwiderung. Er sah müde aus.

«Was machen Sie hier?»

«Jemand muss sich um Rolfs Boot kümmern.»

«Wir stehen kurz vor der Aufklärung. Die Datenbank hat eine DNA-Probe ausgespuckt. Einen der beiden haben wir identifiziert.»

«Herzlichen Glückwunsch! Sie haben gute Arbeit abgeliefert.» Er löste ein Tau von der Reling. Heidi nahm es und band es wieder fest.

«Was haben Sie vor?» Sie sah ins Innere der Kabine, Westphalens Pistole lag neben dem Steuerrad.

«Kommen Sie! Wir fahren eine Runde.»

Heidi ließ sich nicht lange bitten. Sie kletterte in das Boot, half dem Hauptkommissar, die Leinen zu lösen, und stellte sich zu ihm in die winzige Kabine, als er das Boot startete und langsam ablegte. Die großen Yachten zogen an ihnen vorbei, als sie auf die Lichter des Medienhafens zuhielten. Dort bog Westphalen ab, lenkte das Boot aber nicht auf den Fluss, sondern in Richtung des immer noch aktiven Handelshafens. Sie ließen die leuchtenden Fassaden hinter sich.

In der Dunkelheit oberhalb der gut sieben Meter hohen Kaimauern ragten dunkle Fassaden empor, Lagerplätze, Kräne. Das Boot tuckerte. Wind wehte durch die offene Tür hinein. Heidi jedoch ließ die Augen nicht von der Pistole neben dem Steuerrad.

«Erzählen Sie mir von Becker», unterbrach sie schließlich das Schweigen.

Westphalen drosselte den Motor, brachte das Boot zum Stehen. Sie schaukelten ganz leicht in der sanften, kaum merklichen Strömung des Hafenbeckens. «Er war ein Freund», begann er. «Ein Freund mit einem zu großen Herzen.»

«Für Vanessa Brinkmann?»

«Ja. Und für den Jungen. Beckers Frau kann keine Kinder bekommen. Wussten Sie das? Manchmal kam sie damit nicht klar. Sie haben sich beide Kinder gewünscht.» Er ließ den Rest ungesagt. «Vielleicht war er genauso labil wie sie. Bestimmt war er das. Jedenfalls hat er einen Narren an dem Brinkmann-Jungen gefressen.»

«Dann hat Tony Lingala gedroht, die beiden umzubringen. Warum eigentlich? Lingala hat erzählt, Vanessa habe ihm Drogen untergejubelt.»

«Lingalas eigene Drogen. Er war ein Kleindealer. Sie war ursprünglich eine seiner Kundinnen. Dann waren sie ein Paar. Dann wieder nicht. Sie hat ihn rausgeworfen, er war sauer, hat sie bedroht. Eines Nachts stand sie mit dem Kleinen bei uns im Präsidium und wollte Polizeischutz. Becker hatte Dienst. Ab dem Zeitpunkt war er fast Tag und Nacht bei der Brinkmann in der Wohnung.»

«Und seine Frau?»

«Ist fast durchgedreht.»

«Kann ich verstehen.» Sie dachte an ihre Nacht mit Joist. Die nie stattgefunden hätte, wäre Manuel zu Hause gewesen. «Wie konnte Lingala die beiden umbringen, wenn Becker die ganze Zeit in der Wohnung war?»

«Lingala hat einen Moment abgepasst, als er nicht da war. Verena hat Rolf die Hölle heißgemacht, weil er nicht nach Hause gekommen ist. Rolf wollte nur mal kurz rüberfahren, mit ihr reden. Sie beruhigen. Als er wieder zurück war, war Lingala bereits fertig und verschwunden.»

«Das hat ihn aus der Bahn geworfen ...»

«Mitten in der Nacht bekam ich eine SMS von ihm. Er war völlig fertig.»

«Was haben Sie gemacht?»

«Ich bin hingefahren. Er saß mitten zwischen den Leichen und dem ganzen Blut auf dem Boden. Zuerst dachte ich, er wäre ausgerastet und hätte die beiden abgeschlachtet. Aber mir wurde schnell klar, dass Rolf dafür nicht in Frage kam. Also habe ich ihn erst mal nach Hause geschickt.»

«Sie haben ihn nach Hause geschickt, obwohl Sie ihn verdächtigt haben?»

«Wie gesagt: Ich bin ziemlich schnell dahintergekommen, dass er als Täter nicht in Frage kam.»

Das war kein besonders überzeugendes Argument für einen Kriminalhauptkommissar, und sie wussten das beide. «Ich wollte einen Freund beschützen. Können Sie das nicht verstehen?» Er startete den Motor wieder. Tuckernd fuhren sie los. Tiefer in den Hafen hinein.

«Warum haben Sie das LKA gerufen und nicht Spoehri den Tatort untersuchen lassen?»

Westphalen lachte kurz. «Hat er Ihnen das erzählt? Spoehri war sauer, weil ich das LKA gerufen habe, nicht ihn. Er sah sich in seiner Ehre verletzt. Sie wissen ja, wie er ist.»

Das wusste sie. Sie spielte gerade seinen Ermittler. Oder seinen Racheengel. Da war sie sich noch nicht ganz sicher. «Warum wollten Sie nicht, dass Spoehri den Tatort übernimmt? Ich denke, Sie halten sehr viel von ihm.»

Westphalen runzelte kurz die Stirn, lenkte das Boot in ein Nebenbecken. Nur vereinzelt strahlten Scheinwerfer am Ufer alte Fabrikgebäude und Hallen an. Davor schwarze, glatte Wände.

«Spoehri ist der Beste. Spürhund nennen ihn manche.»

Heidi blickte auf die Waffe. «Deswegen wollten Sie ihn nicht. Sie haben vertuscht, dass Becker bei der Brinkmann war. Kannten Sie den Spurensicherer vom LKA?»

«Er schuldete mir was.»

«Warum das Ganze, wenn Becker unschuldig war?»

Westphalen zog das Boot nach rechts. «Es hätte ihn seine Karriere und seine Ehe gekostet, wenn das alles rausgekommen wäre.»

«Und er war ohnehin schon labil.»

«Ja.»

«Also haben Sie gemeinsam mit Ihrem Kumpel vom LKA den Tatort manipuliert und alle Spuren Beckers beseitigt. Jetzt wird es Ihre Karriere ruinieren. War es das wert?»

«Es war besser für ihn.»

«Es hat ihm nicht geholfen.»

Die Mole kam ihnen nun bedrohlich nahe. Es schien Heidi, als könnte sie die Hand ausstrecken und nach den Steinen greifen. Sie griff ins Steuerrad, lenkte das Boot zurück in die Mitte des Beckens. Westphalen ließ sie gewähren.

«Vor ein paar Tagen kamen die SMS», fuhr er fort.

Heidi verstand zunächst nicht, was er meinte. «Welche SMS?» Dann machte es klick in ihrem Kopf. «Knopf und Hansen? Deswegen die falsche Spur ins Rotlichtmilieu? Die haben Ihren SMS-Verkehr mit Becker gekannt?»

«... und mit der Spurensicherung vom LKA ...»

«... und als unsere Ermittlungen ihnen zu nahe kamen, haben sie geschaut, auf wen von uns sie Druck ausüben können, über wen sie etwas hinter Hansens Tor zur Hölle finden.»

«Tor zur Hölle?»

«Tusk hat das so genannt.»

«Schönes Bild.»

Als Westphalen sich nach vorn beugte, griff Heidi mit der rechten Hand nach ihrer Waffe und zog sie aus dem Schulterhalfter. Gleichzeitig legte sie die linke auf Westphalens Arm und hielt ihn von seiner Pistole fern. «Lubic kam Ihnen dann gerade recht. Ein perfekter Sündenbock für den Verfassungsschutz und für Sie. Wichtig war nur, dass er tot war und nicht mehr reden konnte.»

Mit einer Körperdrehung stieß er sie weg. Sie knallte gegen die Wand der Steuerkabine. Westphalen hatte die Waffe bereits zwischen den Fingern. Bevor er sich umdrehen konnte, richtete sie ihre Pistole auf ihn, drückte den Lauf gegen den Hinterkopf des Hauptkommissars. Er hielt inne. Starr.

«Drücken Sie ab, Kamemba!», sagte er leise.

Sie nahm ihm seine Waffe ab, fesselte ihn mit ihren

Handschellen an die schmale Reling draußen und rief Löwinger an.

Als Heidi das Boot vorsichtig in die Marina zurücklenkte, stand das gesamte Team auf dem Steg. Sie band Westphalen los, während Paul und Löwinger das Boot vertäuten, führte ihn aus der Marina nach oben zu einem der Streifenwagen, die dort hielten. Niemand sagte etwas. Alle starrten sie an.

26

Der diensthabende Kriminaler übernahm das Verhör des Hauptkommissars. Sein Team stand im Flur vor dem Büro, als wollte niemand von ihnen die Räume, in denen sie unter Westphalen gearbeitet hatten, betreten.

«Was ist mit Knopf und dem anderen vom Verfassungsschutz?», fragte Heidi.

«Beide sitzen in ihren Zellen. Sie schweigen weiter. Spoehris Leute und Tusk sind dran und versuchen möglichst viel über die beiden herauszufinden», erklärte Anna.

«Währenddessen sitzt der Polizeipräsident im Innenministerium zur Krisensitzung mit dem Chef des Verfassungsschutzes.»

Heidi grinste, überspielte, wie müde und leer sie sich fühlte. «Immerhin! Bereut er das Foto schon, das er mit mir gemacht hat?»

«Das tut er nicht», hörte sie eine Stimme hinter sich. Der Polizeipräsident lächelte sie dünn an. Ein Mann, den sie nicht kannte, stand hinter ihm. Er trug einen dunklen, dünnen Wollmantel. Heidi konnte eine Krawatte und eine

Anzug darunter erkennen. Kein Verfassungsschutz, dachte sie, eher Ministerium.

«Gehen wir in Ihr Büro», kommandierte der Präsident und griff Heidis Schulter. Die Polizisten folgten ihm. Drinnen ging jeder stumm an seinen Platz. Wie Schüler, die einen Klassenraum betraten, dachte Heidi. Der Polizeipräsident baute sich vor Westphalens Büro auf. «Was mit dem Hauptkommissar ist, wissen Sie ja bereits. Der Diensthabende spricht noch mit ihm. Nach allem, was ich weiß, redet er auch.» Er machte eine kurze Pause, tauschte einen Blick mit dem Mann im Anzug. «Das Ministerium, hier vertreten durch Herrn Pfahl, und ich haben lange mit dem Chef des Verfassungsschutzes geredet. Er gewährt uns Akteneinsicht.»

«Hat er schon etwas gesagt?», unterbrach ihn Heidi.

«Offenbar hat Hansen den Verfassungsschutz angesprochen und sich ihnen angeboten. Er habe da diese Sicherheitslücke entdeckt. Ob der Verfassungsschutz interessiert wäre …»

«Das wäre illegal.»

Pfahl vom Ministerium sah Anna missbilligend an. «Deswegen wurde Hansens Angebot vom VS auch abgelehnt.»

«Aber nicht von Knopf.»

«Genau das ist der Punkt. Die beiden haben mit Hansen ein eigenes Ding durchgezogen.»

«Erpressung?»

«Nicht direkt. Sie hatten wohl darauf gehofft, mit Hansens Informationen Politiker auf Linie zu bringen», antwortete der Polizeipräsident. «Hansen hat darüber hinaus auch Leute erpresst.»

«Ist das, was die beiden wollten, denn dann keine Erpressung?»

«Es ging ja nicht um Geld.»

«Na dann!» Anna konnte so zynisch klingen wie Löwinger.

«Damit kam er den beiden jedenfalls ins Gehege. Zu viel Trara, zu viel Risiko. Sie haben ihn beseitigt. Ende der Geschichte.»

«Die Medien werden diese Geschichte lieben», knurrte Löwinger.

«Sie werden sie nicht erfahren», erwiderte Pfahl.

«Was soll das heißen?» Heidi schwante Übles.

«Offiziell bleibt Lubic Hansens Mörder.»

«Und die beiden gehen straffrei aus?»

«Es ist von übergeordnetem Interesse», antwortete Pfahl.

«Wir scheißen auf Ihr übergeordnetes Interesse», fauchte Löwinger.

«Ich muss doch sehr bitten, Kommissar Löwinger!»

«Sie wollen die beiden ernsthaft laufen lassen? Zwei Mörder?!» Heidis Stimme zitterte. Das tat sie selten.

«Sie machen sich damit der Mitwisserschaft an einem Mord schuldig. Das ist Strafvereitelung», sagte Paul. Er schien zu versuchen, die Empörung der Kollegen in juristische Argumente zu verpacken.

Pfahl erhob sich. Der Polizeipräsident tat es ihm nach. «Das ist eine Anordnung von ganz oben. Der Fall liegt ab heute beim LKA, Abteilung Politische Kriminalität», verkündete der Präsident abschließend und ließ sie stehen. Pfahl folgte ihm, sah sie noch einmal scharf an. Heidi hielt dem Blick stand. Wütend.

Zwei Stunden später betraten Heidi und Löwinger das Großraumbüro einer lokalen Zeitung. Tische waren zu Gruppen zusammengestellt, hinter Flachbildschirmen arbeiteten einige Journalisten. Die Spätschicht. Eine größere Gruppe stand um einen Tisch herum und unterhielt sich.

Peter Merx, der Journalist, den Heidi schon zweimal getroffen hatte, saß am Ende des Raumes mit zwei Kollegen an einer eigenen Tischgruppe. Die Polizisten liefen durch den Raum an der Gruppe vorbei. Er sah sie und sprang hinter seinem Schreibtisch auf.

«Die begehrtesten Gesprächspartner, die die Düsseldorfer Polizei heute zu bieten hat, würde ich sagen. Außer Hauptkommissar Westphalen.»

«Wir sind nicht hier, um mit Ihnen über Westphalen zu reden. Wir haben etwas Besseres für Sie.» Die Ärmel seines Hemdes waren aufgeknöpft. Vermutlich störten die Hemdknöpfe sonst beim Tippen. Heidi schaute sich kurz um, ein paar Köpfe schauten neugierig über die Monitore zu ihnen herüber.

Der Journalist hob einladend die Hände. «Lassen Sie hören!»

«Nicht hier», antwortete Heidi.

«Okay», sagte er, stand auf und führte sie in eine kleine Kaffeeküche am Rand des Büros. Als sie drinnen standen, schloss er die Tür. «Hier können wir reden.»

Heidi erzählte ihm von ihren Ermittlungen gegen Knopf und den Verfassungsschutz. Er hörte zu, stellte gelegentlich eine Frage, ließ sie aber ausreden.

«Das klingt abenteuerlich. Aber es passt.»

«Es passt wozu?»

«Schäfer! Haben Sie das nicht mitbekommen?»

«Nein, worum geht's?», fragte Löwinger.

«Der Landtagsabgeordnete, dessen Affäre die letzten Tage durch die Medien ging – er hat eine Erklärung abgegeben, dass er erpresst worden sei.»

«Von Hansen? Die kleinen Summen hat er sich wohl leisten können», kommentierte Löwinger.

«Es ging nicht nur um Geld, oder?», fragte Heidi.

«Nein. Er sollte im Parlamentarischen Kontrollgremium seinen Einfluss zugunsten einer lascheren Kontrolle geltend machen.»

«Das dürfte nicht auf Hansens Mist gewachsen sein. Also ist er seinen Komplizen vom Verfassungsschutz da wohl in die Quere gekommen.»

«Und dann haben sie ihn ausgeschaltet», ergänzte Löwinger.

«In der Tat: Dafür kommen eher Ihre beiden Kandidaten in Frage», schaltete sich der Journalist wieder ein.

«Hat der Verfassungsschutz schon reagiert?», fragte ihn Heidi.

«Er hat alles abgestritten. Was für Beweise haben Sie?»

«Nicht viel.»

«Das, was wir haben, liegt jetzt beim LKA», ergänzte Löwinger.

Merx schaute von einem zum anderen. «Sie können Ihren Fall also nicht vor Gericht bringen», stellte er nüchtern fest.

«Das LKA wird das ebenfalls nicht tun.»

Er schürzte die Lippen, stierte für einige Sekunden auf

eine Kaffeepad-Maschine, klopfte mit den Fingern auf das Holz der Ablage. Dann sah er Heidi an.

«Vermutlich möchten Sie in der Affäre nicht genannt werden?»

«Keiner von uns.»

«Ich brauche irgendetwas Handfestes. Irgendeinen Beweis, irgendetwas, was Verfassungsschutz und Innenministerium nervös werden lässt.»

Heidi überlegte. Löwinger ebenfalls. «Da ist nichts. Die haben alles», sagte er schließlich.

«Dann kann ich nichts für Sie tun. So leid es mir tut. Die Story wäre großartig.» Er ging an ihnen vorbei, öffnete die Tür und sah noch einmal Heidi an. «Wirklich schade.»

Sie drückte die Tür wieder zu. «Westphalens Handy haben wir.»

«Was ist damit?», fragte Löwinger.

«Er hat SMS bekommen. Von den Erpressern. Nach Hansens Tod.»

«Was können wir damit beweisen?»

«Dass jemand versucht hat, Einfluss auf die Ermittlungen zu nehmen und sie in die falsche Richtung zu lenken. Außerdem», sie holte ihr Handy aus der Tasche, «haben wir nicht nur den Namen eines der beiden Agenten, sondern auch ein Bild von ihm.» Sie zeigte dem Journalisten das Foto, das sie auf der Autobahn geschossen hatte. Knopf war nicht gut darauf zu erkennen, aber Heidi hoffte, dass es dem Journalisten reichte.

«Haben Sie nichts Besseres?»

«Die Bilder der erkennungsdienstlichen Behandlung können wir Ihnen leider nicht geben», antwortete Löwinger.

«Dann halt damit. Es wird schon reichen.» Heidi wusste, dass Merx viel zu scharf auf die Story war, um sie an der Qualität des Fotos scheitern zu lassen. Irgendwer würde Knopf schon darauf erkennen.

«Sie haben was gut bei uns», erwiderte Löwinger, als sie sich mit Handschlag von dem Zeitungsmann verabschiedeten.

«Ich komme darauf zurück.»

Nachdem sie die Redaktion verlassen hatten, fuhr Heidi nach Hause. Sie hatte fast 30 Stunden am Stück gearbeitet, von dem Moment an, an dem Johanna Kamphausen sie vor dem Präsidium angesprochen hatte. Sie war durch.

Löwinger setzte sie am Präsidium ab, sie kettete das Fahrrad vom Laternenpfahl, stöpselte die In-Ears ein und fuhr über Herzogstraße und Karlstraße nach Hause. Gitarren im Ohr. Müde schlich sie die Treppe ins Dachgeschoss, schloss die Wohnungstür auf. Einmal mehr ein mulmiges Gefühl in der Magengegend. Sie würde ein Geschwür bekommen, wenn sie so weitermachte. Ein Grund mehr, offen mit Manuel zu reden.

Der stand im Flur, eine Reisetasche in der Hand, blickte sie traurig an. Wusste er Bescheid? Hatten sich Knopf und Co. an ihr gerächt? Irgendetwas aufgezeichnet, das sie und Joist zusammen zeigte?

«Wir müssen reden», sagte er zur Begrüßung.

«Ja, das müssen wir in der Tat.»

Er stellte die Tasche im Flur ab. Sie gingen in die Küche, setzten sich an den Tisch, hielten sich an den Händen und schwiegen.

«Ich …», setzten beide gleichzeitig an.

«Du zuerst», sagte Manuel.

Sie blickte ihm fest in die Augen. «Ich habe dich betrogen. Es tut mir leid.»

Er senkte den Blick. «Ich dich auch», murmelte er nur.

«Die Assistentin in Dubai?»

Er nickte.

«Ziehst du zu ihr?»

Er nickte wieder, den Kopf weiter gesenkt.

«Kannst du mich wenigstens ansehen, wenn du mir das sagst?»

Er stand auf und ging hinaus. Draußen nahm er die Reisetasche, rief: «Den Rest hole ich ein andermal» in die Küche. Heidi hörte, wie die Tür hinter ihm ins Schloss fiel, hörte seine Schritte die Treppe hinunter.

Dann hörte sie nichts mehr. Sie starrte auf die Küchenzeile. Aus dem Fenster. Auf die kleine Musikanlage. Stand auf. Schaltete sie an.

Doch die Stille blieb unerträglich.

ENDE

MIX
Papier aus verantwortungsvollen Quellen
FSC® C083411

Das für dieses Buch verwendete Papier ist FSC®-zertifiziert.